Blake Crouch

RECURSIÓN

Blake Crouch estudió en la Universidad de Carolina del Norte y se graduó de Inglés y Escritura Creativa en el año 2000. En 2004, publicó su primera novela, *Desert Places*. Sus cuentos han aparecido en *Alfred Hitchcock's Mystery Magazine*, *Thriller 2*, entre otras revistas y antologías. En 2015, su trilogía *Wayward Pines* fue adaptada como serie de televisión, protagonizada por Matt Dillon y Carla Gugino.

RECURSIÓN

RECURSIÓN

Una novela

BLAKE CROUCH

Traducción de
Raquel Castro y Alberto Chimal

Vintage Español
Una división de Penguin Random House LLC
Nueva York

PRIMERA EDICIÓN VINTAGE ESPAÑOL, MAYO 2021

Copyright de la traducción © 2021 por Raquel Castro y Alberto Chimal

Información de catalogación de publicaciones disponible en la Biblioteca
del Congreso de los Estados Unidos.

Vintage Español ISBN en tapa blanda: 978-0-593-08260-7
eBook ISBN: 978-0-593-08261-4

Para venta exclusiva en EE.UU., Canadá, Puerto Rico y Filipinas.

www.vintageespanol.com

Impreso en México - *Printed in Mexico*

10 9 8 7 6 5 4 3 2

Para Jacque

LIBRO UNO

El tiempo es solamente memoria en proceso de creación.

Vladimir Nabokov

2 de noviembre de 2018

Barry Sutton se estaciona en el espacio reservado para los bomberos ante la entrada principal del edificio Poe, una torre estilo *art déco* que brilla con luz blanca, iluminada por luces exteriores. Sale de su Crown Victoria, cruza la acera con prisa y empuja la puerta giratoria para entrar al vestíbulo.

El velador está de pie junto a los elevadores, y mantiene uno abierto mientras Barry se apresura hacia él, con sus pasos haciendo eco sobre el piso de mármol.

—¿Qué piso? —pregunta Barry mientras entra a la cabina del elevador.

—Cuarenta y uno. Cuando llegue arriba, doble a la derecha y llegue hasta el final del pasillo.

—Vendrán más policías en un minuto. Dígales que yo dije que esperen hasta que dé la señal.

El elevador sube rápidamente, desmintiendo la edad del edificio que lo alberga, y los oídos de Barry truenan después de unos segundos. Cuando las puertas se abren al fin, Barry pasa al lado del cartel de un bufete de abogados. Hay luces aquí y allá, pero el piso está casi todo a oscuras. Barry corre sobre la alfombra, pasando junto a oficinas silenciosas, una sala de conferencias, otra de descanso, una biblioteca. El pasillo termina finalmente en un área de recepción adyacente a la oficina más grande.

A la tenue luz, los detalles se ven en tonos de gris. Un enorme escritorio de caoba enterrado bajo un montón de carpetas y papeles. Una mesa circular cubierta de blocs de notas y tazas de café frío y de olor amargo. Un mueble que sirve de bar con un fregadero en el que solo hay botellas de whisky Macallan Rare. Un acuario luminoso que zumba en un extremo de la habitación y contiene un pequeño tiburón y varios peces tropicales.

Mientras Barry se acerca a la puerta de cancel, silencia su teléfono y se quita los zapatos. Toma la manija, abre la puerta despacio y se desliza hacia la terraza.

Los rascacielos circundantes en el Upper West Side tienen un aspecto sobrenatural, envueltos en sudarios de niebla luminosa. El sonido de la ciudad es fuerte y está cerca: los cláxones rebotan entre los edificios y las ambulancias remotas corren hacia alguna otra tragedia. El pináculo del edificio Poe está a menos de quince metros arriba: una corona de cristal y acero con mampostería gótica.

La mujer está sentada a cinco metros de distancia bajo una gárgola erosionada, de espaldas a Barry, con las piernas colgando del borde del edificio.

Él se acerca poco a poco, mientras la humedad de las losas empapadas se cuela por sus calcetines. Si puede llegar lo bastante cerca sin ser detectado podrá apartarla del borde antes de que ella se dé cuenta…

—Puedo oler su loción —dice ella sin voltearlo a mirar.

Él se detiene.

Ella se gira y dice:

—Un paso más y me tiro.

Con la luz ambiental es difícil saberlo de cierto, pero ella parece estar cerca de los cuarenta. Lleva un blazer oscuro y una falda a juego, y debe de haber estado sentada allí durante un buen rato, porque su cabello está húmedo, apelmazado por la neblina.

—¿Quién es usted? —pregunta.

—Barry Sutton. Soy detective de la División Central de Robos del Departamento de Policía de Nueva York.

—¿Mandaron a alguien de robos...?

—Era el que estaba más cerca. ¿Cuál es su nombre?

—Ann Voss Peters.

—¿Puedo llamarle Ann?

—Claro.

—¿Quiere que le llame a alguien por usted?

Ella niega con la cabeza.

—Voy a caminar hasta allá para que no se tuerza el cuello.

Barry se aleja de ella en diagonal, lo cual le acerca al parapeto, a dos metros y medio de donde está sentada. Echa un vistazo por sobre el borde y sus entrañas se contraen.

—Bueno, dígamelo —dice ella.

—¿Perdón?

—¿No está aquí para intentar convencerme? Haga lo mejor que pueda.

Él ya había armado su discurso mientras subía en el elevador, recordando su entrenamiento para suicidios. Ahora, justo en este momento, se siente menos confiado. Lo único de lo que está seguro es de que sus pies están helados.

—Sé que ahora mismo parece que no hay esperanza, pero sólo es temporal. Estos momentos pasan.

Ann mira hacia abajo, ciento veinte metros hasta la calle, sus palmas descansan sobre las piedras desgastadas por décadas de lluvia ácida. Todo lo que tendría que hacer es impulsarse. Él sospecha que se está preparando, avanzando de puntillas hacia el pensamiento de hacerlo, amasando el último impulso necesario.

Está temblando.

—¿Le puedo dar mi saco? —pregunta.

—Estoy segura de que usted no querría acercarse más, detective.

—¿Por qué lo dice?

—Tengo SFR.

Barry resiste las ansias de salir huyendo. Por supuesto, ha escuchado del síndrome del falso recuerdo, pero nunca ha sabido de nadie ni visto a nadie con dicha enfermedad. Nunca ha respirado el mismo aire. Ahora ya no está seguro de que intentar detenerla sea lo mejor. Ni siquiera desea estar tan cerca. No, al carajo. Si ella intenta saltar, él tratará de salvarla, y si contrae SFR en el proceso, que así sea. Son los gajes del oficio.

—¿Desde hace cuánto lo tiene? —pregunta.

—Una mañana, hace como un mes, en lugar de estar en mi casa en Middlebury, Vermont, estaba de pronto en un departamento aquí en la ciudad, con un horrible dolor de cabeza y la nariz sangrando. Al principio no tenía idea de dónde estaba. Después recordé también… *esta* vida. Aquí y ahora soy soltera, agente de inversiones, y uso mi nombre de soltera. Pero tengo… —visiblemente trata de contener la emoción—, tengo recuerdos de mi otra vida en Vermont. Era madre de un niño de nueve años llamado Sam. Tenía un negocio de jardinería con mi esposo, Joe Behrman. Yo era Ann Behrman. Éramos más felices que nadie.

—¿Qué se siente? —pregunta Barry, dando un paso clandestino hacia ella.

—¿Qué se siente qué cosa?

—Tener esos recuerdos falsos de esa vida en Vermont.

—No nada más me acuerdo de mi boda. También recuerdo haber discutido por el diseño del pastel. Recuerdo todos los detalles de nuestra casa. Nuestro hijo. Cada momento del parto. Su risa. El lunar que tiene en su mejilla izquierda. Su primer día de escuela y cómo no quería soltarse de mí. Pero cuando trato de imaginar a Sam, está en blanco y negro. No hay color en sus ojos. Me digo que eran azules. Yo sólo veo negro.

"Todos mis recuerdos de esa vida están en tonos de gris, como fotogramas de cine negro. Se sienten reales, pero son recuerdos fantasma, embrujados —se quiebra—. La gente cree que el SFR consiste en falsos recuerdos de los grandes momentos de una vida, pero los que más duelen son los pequeños. No sólo recuerdo a mi esposo. Recuerdo el olor de su aliento en la mañana cuando se giraba y me miraba en la cama. Recuerdo cómo cada vez que se levantaba antes que yo para lavarse los dientes, yo sabía que iba a volver a la cama y a tratar de tener sexo. Eso es lo que me mata. Los detalles diminutos y perfectos que me hacen saber que sí sucedió.

—¿Y qué hay de esta vida? —pregunta Barry—. ¿No vale algo para usted?

—Tal vez algunas personas contraen SFR y prefieren sus recuerdos a los falsos, pero no hay nada en esta vida que yo quiera. He estado intentándolo por cuatro largas semanas. Ya no puedo fingir —las lágrimas trazan surcos a través de su rímel—. Mi hijo nunca existió. ¿Lo entiende? Es únicamente un bello desperfecto en mi cerebro.

Barry da otro paso hacia ella, pero esta vez ella se da cuenta.

—No se acerque más.

—Usted no está sola.

—Claro que estoy sola, carajo.

—Apenas la conozco, pero quedaré devastado si usted hace esto. Piense en la gente de su vida que la quiere. Piense en cómo van a sentirse.

—Encontré a Joe —dice Ann.

—¿A quién?

—Mi esposo. Vivía en una mansión en Long Island. Actuó como si no me reconociera, pero sé que sí lo hizo. Él tenía otra vida. Estaba casado…, no sé con quién. No sé si tenga hijos. Se comportó como si *yo* estuviera loca.

—Lo siento, Ann.

—Esto es demasiado doloroso.

—Mire, sé por lo que está pasando. También he querido acabar con todo. Pero estoy aquí para decirle que me alegro de no haberlo hecho. Me alegro de haber tenido la fuerza para superarlo. Este momento malo no es todo el libro de su vida. Es sólo un capítulo.

15

—¿Qué le pasó a usted?

—Perdí a mi hija. La vida también me ha roto el corazón.

Ann mira las siluetas incandescentes de los edificios.

—¿Tiene fotos de ella? ¿Todavía habla de ella con otras personas?

—Sí.

—Al menos ella existió alguna vez.

No hay nada que responder ante eso.

Ann mira sus piernas otra vez. Con una patada se quita uno de los zapatos.

Lo mira caer.

Luego hace caer el otro.

—Ann, por favor.

—En mi vida previa, mi vida falsa, la primera esposa de Joe, Franny, saltó de este edificio, de esta cornisa de hecho, hace quince años. Tenía depresión clínica. Sé que él se echaba la culpa. Antes de que me fuera de su casa en Long Island, le dije a Joe que iba a saltar del edificio Poe esta noche, igual que Franny. Suena tonto y desesperado, pero quería que él viniera hoy y me salvara. Como no pudo venir por ella. Cuando usted llegó primero pensé que era él que venía por mí, pero Joe nunca usó loción —ella sonríe, con nostalgia, y añade—: Tengo sed.

Barry mira a través de la puerta de cancel y la oficina a oscuras y ve a dos patrulleros de pie, listos, junto al mostrador de la recepción. Mira de nuevo a Ann.

—Entonces ¿por qué no baja de ahí, vamos adentro y le consigo un vaso de agua?

—¿Me lo traería acá?

—No puedo dejarla.

Sus manos tiemblan ahora, y él detecta una resolución súbita en sus ojos. Ella mira a Barry.

—Esto no es culpa de usted —dice—. No hay otra manera de que esto termine.

—Ann, no…

—Mi hijo ha sido borrado.

Y con gracia, sin esfuerzo, ella se deja caer de la cornisa.

22 de octubre de 2007

De pie en la regadera a las seis de la mañana, tratando de despertar mientras el agua caliente resbala sobre su piel, Helena tiene una intensa sensación de haber vivido este momento preciso. No es nada nuevo. Ha tenido *déjà vu* desde los veintitantos. Además, no hay nada especial en este momento en la regadera. Se pregunta si Mountainside Capital ha revisado ya su propuesta. Ha pasado una semana. Ya debería tener noticias de ellos. Deberían haberla llamado para una reunión al menos, si es que están interesados.

Ella prepara una jarra de café junto con su desayuno habitual: frijoles y tres huevos estrellados, rociados con cátsup. Se sienta a la pequeña mesa junto a la ventana y mira el cielo sobre su vecindario llenarse de luz, en las afueras de San José.

No ha tenido ni un día para lavar ropa en más de un mes y el piso de su dormitorio está prácticamente alfombrado de ropa sucia. Excava entre las pilas hasta que encuentra una camiseta y unos jeans suficientemente decentes como para salir de la casa.

El teléfono suena mientras ella se cepilla los dientes. Escupe, se enjuaga y contesta la llamada al cuarto timbre.

—¿Cómo está mi niña?

La voz de su padre siempre la hace sonreír.

—Hola, papá.

—Pensé que no te iba a encontrar. No quería molestarte en el laboratorio.

17

—No, está bien. ¿Qué hay?

—Sólo pensaba en ti. ¿Alguna noticia de tu propuesta?

—Nada aún.

—Tengo un presentimiento de que sí va a suceder.

—No lo sé. Esta ciudad es dura. Mucha competencia. Mucha gente muy inteligente buscando dinero.

—Pero no tan inteligentes como mi niña.

Ella no puede con la fe de su padre en ella. No en una mañana como ésta, con el fracaso pendiendo sobre ella, sentada en un dormitorio pequeño y sucio en una casa de paredes blancas y sin decorar a la que no ha llevado a una sola persona en más de un año.

—¿Qué tal el clima? —dice, para cambiar de tema.

—Nevó anoche. La primera de la temporada.

—¿Mucho?

—Dos, tres centímetros. Pero las montañas están blancas.

Ella puede imaginarlas: las Rocallosas, las montañas de su niñez.

—¿Cómo está mamá?

Hay una pausa brevísima.

—Tu madre está bien.

—Papá.

—¿Qué?

—¿Cómo está mi mamá?

Ella lo escucha exhalar despacio.

—Hemos tenido días mejores.

—¿Está bien?

—Sí. Ahora mismo está arriba, durmiendo.

—¿Qué pasó?

—No es nada.

—Dime.

—Anoche, jugamos gin rummy después de la cena, como siempre. Y ella…, ella ya no sabía las reglas. Se quedó sentada a la mesa de la cocina, mirando sus cartas, llorando. Hemos jugado eso durante treinta años.

Ella escucha que su mano cubre el receptor.

Él está llorando, a mil quinientos kilómetros de distancia.

—Papá, voy a casa.

—No, Helena.

—Necesitas mi ayuda.

—Aquí tenemos suficiente contención. Vamos al doctor esta tarde. Si quieres ayudar a tu madre, consigue tus fondos y construye esa silla.

Ella no quiere decírselo, pero la silla está aún a años de distancia. *Años luz* de distancia. Es un sueño, un espejismo.

Sus ojos se llenan de lágrimas.

—Sabes que estoy haciendo esto por ella.

—Yo lo sé, mi amor.

Por un momento los dos callan, intentado llorar sin que el otro lo sepa y fracasando miserablemente. Ella quisiera poder decirle que sí va a suceder, pero sería una mentira.

—Te llamo cuando llegue a casa esta noche —dice ella.

—Okey.

—Por favor, dile a mi mamá que la quiero.

—Lo haré. Pero ella ya lo sabe.

Cuatro horas después, en lo profundo del edificio de Neurociencias en Palo Alto, Helena está examinando la imagen del recuerdo del miedo de un ratón —neuronas con iluminación fluorescente interconectadas por una red de sinapsis— cuando el desconocido aparece en el umbral de su oficina. Ella mira por encima de su monitor a un hombre de pantalones de algodón y una camiseta blanca. Su sonrisa es demasiado brillante.

—¿Helena Smith? —pregunta él.

—¿Sí?

—Soy Jee-woon Chercover. ¿Tendría un minuto para hablar conmigo?

—Éste es un laboratorio resguardado. Usted no puede estar aquí.

—Me disculpo por la intrusión, pero creo que usted querrá escuchar lo que tengo que decir.

Podría pedirle que se fuera, o llamar a seguridad. Pero no parece peligroso.

—Okey —dice, y de pronto se le ocurre que este hombre es ahora testigo del paraíso de la acumulación obsesiva que es su oficina: sin ventanas, atestada, muros de concreto pintado, y todo aún más claustrofóbico gracias a las cajas de archivo apiladas hasta un metro de alto y medio metro de profundidad alrededor de su escritorio, llenas con miles de *abstracts* y artículos científicos—. Disculpe el desorden. Déjeme traerle una silla.

—Ya tengo una.

Jee-woon arrastra una silla plegable y se sienta del otro lado de su escritorio. Sus ojos se deslizan sobre las paredes, que están casi totalmente cubiertas por imágenes de alta resolución de recuerdos de ratones y de disparos neuronales en pacientes de Alzheimer y demencia.

—¿Qué puedo hacer por usted? —pregunta ella.

—Mi empleador se interesó mucho en el artículo sobre retratos de la memoria que usted publicó en la revista *Neuron*.

—¿Su empleador tiene nombre?

—Depende.

—¿De...?

—De lo que suceda en esta conversación.

—¿Por qué tendría siquiera que tener una conversación con alguien cuando no sé en nombre de quién habla?

—Porque su financiamiento de Stanford se acaba en seis semanas.

Ella alza una ceja.

—Mi jefe —dice él— me paga muy bien para que sepa todo acerca de la gente que le parece interesante.

—Se da cuenta de que lo que acaba de decir es muy desagradable, ¿verdad?

Jee-woon mete una mano en su morral de cuero y saca un documento que está resguardado en una carpeta color gris.

Es la propuesta que redactó ella.

—¡Claro! —dice Helena—. Usted está con Mountainside Capital.

—No. Y ellos no van a financiarla.

—¿Entonces cómo consiguió eso?

—No importa. Nadie va a financiarla.

—¿Cómo lo sabe?

—Porque esto —él arroja su solicitud de financiamiento al caos que es su escritorio— es cobarde. Es solamente un poco más de lo que ha estado haciendo en Stanford los últimos tres años. No es una idea lo suficientemente relevante. Usted tiene treinta y ocho años, que es como noventa en la academia. Una mañana en el futuro cercano, usted se va a despertar y se dará cuenta de que sus mejores años ya pasaron. De que malgastó…

—Creo que debe irse.

—No pretendo insultarla. Si no le molesta que lo diga, su problema es que tiene miedo de pedir lo que realmente quiere —a ella se le ocurre que, por alguna razón, el desconocido la está troleando. Sabe que no debería seguir conversando, pero no lo puede evitar.

—¿Y por qué tengo miedo de pedir lo que realmente quiero?

—Porque lo que realmente quiere cuesta muchísimo. No necesita millones de dólares. Necesita cientos de millones. Tal vez miles. Necesita un equipo de programadores para ayudarla a diseñar un algoritmo para catalogación y proyección de recuerdos complejos. Necesita la infraestructura para pruebas con seres humanos.

Ella lo mira desde el otro lado del escritorio.

—Nunca mencioné pruebas con seres humanos en esa propuesta.

—¿Qué pasaría si le dijera que le daremos todo lo que pida? Financiamiento sin límites. ¿Le interesaría?

Su corazón late más y más rápido.

¿Así es como sucede?

21

Piensa en la silla de cincuenta millones de dólares que ha soñado construir desde que su madre empezó a olvidar. Extrañamente, no puede imaginarla bien representada: sólo como dibujos técnicos en la patente de aplicación utilitaria que un día registrará, titulada *Plataforma de inmersión para la proyección de recuerdos episódicos explícitos a largo plazo*.

—¿Helena?

—Si le digo que sí, ¿me dirá quién es su jefe?

—Sí.

—Sí.

Él le dice.

Mientras ella se queda boquiabierta, Jee-woon saca otro documento y se lo pasa por encima de las cajas de archivo.

—¿Qué es esto?

—Un acuerdo de empleo y confidencialidad. No negociable. Creo que los términos financieros le parecerán muy generosos.

BARRY

4 de noviembre de 2018

El café ocupa un local pintoresco en la ribera del Hudson, a la sombra de la West Side High. Barry llega cinco minutos temprano y se encuentra a Julia ya sentada a una mesa bajo una sombrilla. Los dos comparten un abrazo breve y frágil, como si estuvieran hechos de vidrio.

—Qué gusto verte —dice él.

—Me alegra que quisieras venir.

Se sientan. Un camarero se acerca para tomar su orden de bebidas.

—¿Cómo está Anthony? —pregunta Barry.

—Muy bien. Ocupado con el rediseño del vestíbulo del edificio Lewis. ¿Tu trabajo, bien?

Él no le cuenta acerca del suicidio que no logró detener hace dos noches. En cambio, conversan de naderías hasta que llega el café.

Es domingo y hay toda una multitud que viene por el brunch. Todas las mesas aledañas parecen un geiser de risas y conversaciones gregarias. Ellos, en cambio, beben sus cafés despacio y en la sombra.

Nada y todo que decir.

Una mariposa aletea alrededor de la cabeza de Barry hasta que éste la aparta con gentileza.

A veces, muy de noche, imagina conversaciones elaboradas con Julia. Intercambios donde le dice todo lo que lleva pudriéndose en su corazón durante estos años, el dolor, la ira, el amor, y luego escucha mientras ella hace lo mismo. Un intercambio por medio del cual él pueda entenderla y ella lo pueda entender a él.

Pero en persona, nunca se siente bien. Nunca puede transmitir lo que hay en su corazón, que siempre se siente apretado y encerrado, envuelto en tejido cicatricial. La incomodidad no le molesta como antes. Ha hecho las paces con la idea de que parte de la vida es enfrentar tus fracasos, y a veces esos fracasos son personas que alguna vez amaste.

—Me pregunto qué estaría haciendo hoy —dice Julia.

—Espero que esté sentada aquí con nosotros.

—Me refiero al trabajo.

—Ah. Leyes, por supuesto.

Julia se ríe. Es uno de los mejores sonidos que ha escuchado y no puede recordar la última vez que lo oyó. Hermoso, pero también aplastante. Es como una ventana secreta hacia la persona que solía conocer.

—Argumentaba contra cualquier cosa —dice Julia—. Y usualmente ganaba.

—Éramos unos pusilánimes.

—Al menos uno de los dos lo era.

—¿Yo? —dice con falsa indignación.

—A los cinco años ya te hacía como quería.

—¿Recuerdas la vez que nos convenció para que la dejáramos practicar echarse de reversa en la entrada…?

—Te convenció.

—Y estampó mi coche con la puerta del estacionamiento.

Julia se ríe a carcajadas.

—Estaba tan disgustada.

—No, avergonzada.

Durante medio segundo su mente conjura la memoria. O al menos una parte de ella. Meghan al volante de su viejo Camry, la mitad trasera atravesando la puerta del estacionamiento, la cara de ella roja y las lágrimas cayendo por sus mejillas mientras apretaba el volante con fuerza, los nudillos blancos.

—Era tenaz e inteligente y habría hecho algo interesante con su vida.

Termina su café y se sirve otra taza con la prensa francesa de acero inoxidable que están compartiendo.

—Es agradable hablar de ella —dice Julia.

—Me alegro de que finalmente hayamos podido hacerlo.

El camarero se acerca para tomarles la orden, y la mariposa regresa, bajando a la mesa junto a la servilleta aún doblada de Barry. Estira sus alas. Se acicala. Hace un esfuerzo por sacar de su mente la idea de que la mariposa es Meghan, que de alguna manera lo persigue hasta el día de hoy. Es una idea estúpida, por supuesto, pero es un pensamiento persistente. Como la vez que un petirrojo lo siguió por ocho calles en NoHo. O recientemente cuando paseaba con su perro en el parque Fort Washington y una mariquita se posó en su muñeca.

Cuando llega la comida, Barry se imagina a Meghan sentada a la mesa con ellos. Con la adolescencia ya lejana. Toda su vida por delante. No puede imaginarse su cara, no importa cuánto lo intente, sólo sus manos, en constante movimiento mientras habla, de la misma manera que su madre lo hace cuando está emocionada y se siente segura de algo.

No tiene hambre, pero se obliga a comer. Hay algo en la mente de Julia, pero ella sólo picotea los restos de su frittata. Él toma un trago de agua, da otro mordisco de su sándwich y mira fijamente al río lejano.

El Hudson proviene de un cuerpo de agua en las Adirondacks llamado lago Lágrima de las Nubes. Fueron allí durante un verano cuando Meghan tenía ocho o nueve años. Acamparon junto a los abetos. Vieron caer las estrellas. Trataron de entender cómo ese pequeño lago era la fuente del Hudson. Es un recuerdo al que regresa casi obsesivamente.

—Pareces pensativo —dice Julia.

—Estaba pensando en ese viaje que hicimos al lago Lágrima de las Nubes. ¿Recuerdas?

—Por supuesto. Nos llevó dos horas levantar la tienda en una tormenta.

—Pensé que había habido buen clima.

Ella niega con la cabeza.

—No, temblamos en la tienda toda la noche y nadie durmió.

—¿Estás segura de eso?

—Sí. Ese viaje fue la base de mi política de no-naturaleza.

—Cierto.

—¿Cómo has podido olvidar eso?

—No lo sé.

La verdad es que lo hace constantemente. Se la pasa mirando hacia atrás, viviendo más en los recuerdos que en el presente, a menudo alterándolos para hacerlos más bonitos. Para hacerlos perfectos. La nostalgia es tan analgésica para él como el alcohol. Finalmente dice:

—Tal vez es que ver estrellas fugaces con mis chicas sea un mejor recuerdo.

Ella arroja su servilleta en su plato y se inclina hacia atrás en su silla.

—Pasé por nuestra vieja casa recientemente. Vaya que ha cambiado. ¿Alguna vez has ido?

—De vez en cuando.

La verdad es que sigue pasando por delante de su antigua casa cada vez que va a Jersey. Él y Julia la perdieron en una ejecución hipotecaria el año después de la muerte de Meghan, y hoy apenas se parece al lugar en el que vivían. Los árboles son más altos, más llenos, más verdes. Hay una nueva construcción sobre el estacionamiento, y una joven familia vive allí ahora. Toda la fachada ha sido remodelada en piedra, le han añadido nuevas ventanas. El camino de entrada se ha ensanchado y lo han repavimentado. Hace años que quitaron el columpio de cuerda que solía colgar del roble, pero las iniciales que él y Meghan tallaron en la base del tronco siguen ahí. Él las tocó el verano pasado, cuando por alguna razón le pareció que un viaje en taxi a Jersey, después de una noche con Gwen y el resto de la División Central de Robos, era una buena idea. Un policía de Jersey llegó después de que los nuevos dueños llamaran al 911 para denunciar a un vagabundo en su patio. Aunque estaba borracho, no fue arrestado. El policía conocía a Barry, y sabía por lo que había pasado. Llamó a otro taxi y ayudó a Barry a subir al asiento trasero. Pagó la tarifa de vuelta a Manhattan y lo mandó a casa.

La brisa que llega del agua es una bocanada de aire fresco, y el sol se siente cálido sobre sus hombros, es un contraste agradable. Los barcos turísticos suben y bajan por el río. El ruido del tráfico es incesante en la autopista que pasa por encima. El cielo está cruzado por las descoloridas estelas de mil aviones. El final del otoño se acerca a la ciudad y éste es uno de los últimos días buenos del año.

Piensa en que pronto será invierno y llegará un año más con el otro ya en la guillotina. El tiempo fluye cada vez más rápido. La vida no es para nada como la esperaba cuando era joven y vivía bajo la ilusión de que las cosas se podían controlar. Nada puede ser controlado. Sólo se puede soportar.

Llega la cuenta y Julia trata de pagar, pero él se la quita y le devuelve la tarjeta.

—Gracias, Barry.

—Gracias por invitarme.

—No volvamos a pasar un año sin vernos.

Ella levanta su vaso de agua helada y hace un brindis.

—Por nuestra cumpleañera.

—Por nuestra chica del cumpleaños.

Puede sentir la nube de dolor acumulándose dentro de su pecho, pero toma un respiro, y cuando vuelve a hablar su voz es casi normal.

—Veintiséis años.

Después del brunch da un paseo por Central Park. El silencio de su departamento se sentiría como una amenaza para el cumpleaños de Meghan. Y los cinco anteriores la cosa no salió nada bien.

Ver a Julia siempre le trastoca. Por mucho tiempo después de que su matrimonio terminara, él pensó que extrañaba a su ex. Pensó que nunca la superaría. A menudo soñaba con ella y se despertaba con el dolor de su ausencia consumiéndole. Los sueños le hacían un daño muy profundo —mitad memoria, mitad fantasía— porque, en ellos, la sentía como la Julia de antaño. La sonrisa. La risa sin vacilar. La ligereza de su ser. Ella es la persona que le había robado el corazón. Durante toda la mañana siguiente, ella no abandonaría su mente, la realidad de esa pérdida lo miraba sin parpadear, hasta que la cruda emocional del sueño finalmente liberaba su control sobre él como una niebla que se disipaba lentamente. Vio a Julia una vez, tras un sueño de ésos; un encuentro inesperado en la fiesta de un viejo amigo. Para su sorpresa, no sintió nada mientras charlaban rígidamente en la terraza. Estar en su presencia cortó el dolor del sueño; él no la quería. Fue una revelación liberadora, aunque devastadora. Liberadora porque significaba que no amaba a esta Julia, sino a la persona que solía ser. Devastadora porque la mujer que atormentaba sus sueños se había ido de verdad. Tan inalcanzable como un muerto.

Los árboles del parque están alcanzando su máximo esplendor después de una dura helada hace varias noches, las hojas todas escarchadas se quemaron en un brillo otoñal tardío.

Encuentra un lugar en el camino, se quita los zapatos y los calcetines, y se apoya en un árbol perfectamente inclinado. Saca su teléfono e intenta leer la biografía que ha estado escribiendo durante casi un año, pero es difícil concentrarse.

Ann Voss Peters lo persigue. La forma en que cayó sin hacer ruido, su cuerpo rígido y erguido. Le tomó cinco segundos, y no miró hacia otro lado cuando ella chocó con el Lincoln Town Car que estaba estacionado en la acera.

Cuando no está repitiendo su conversación en su mente, está lidiando con el miedo. Presionando sus recuerdos. Probando su fidelidad. Preguntándose…

¿Cómo sabría si uno ha cambiado? ¿Qué se sentiría?

Las hojas rojas y naranjas bajan a través de la luz del sol, acumulándose a su alrededor en la sombra veteada. Desde su punto de apoyo en los árboles observa a la gente caminando por los senderos, paseando junto al lago. La mayoría está acompañada, pero algunos están tan solos como él.

En su teléfono aparece un mensaje de su amiga Gwendoline Archer, líder del Equipo Hércules, una unidad SWAT antiterrorista de la Unidad de Servicios de Emergencia de la Policía de Nueva York.

> Te pienso mucho hoy. ¿Estás bien?

Él contesta:

> Sí, acabo de verme con Julia.

> ¿Y cómo te fue?

> Bien. Difícil. ¿Tú qué haces?

> Acabo de terminar una ronda.
> Tomándome algo en el bar de
> Isaac ¿Quieres compañía?

> Por favor, sí. En camino

Es un trayecto de cuarenta minutos hasta el bar cercano al departamento de Gwen en Hell's Kitchen, cuya única virtud aparente es su longevidad de cuarenta y cinco años. Camareros irritables y aburridos sirven cerveza local de barril y ni un solo whisky cuya botella no se pueda comprar en una tienda por menos de treinta dólares. Los baños son asquerosos y todavía contienen máquinas expendedoras de condones. La rocola toca únicamente rock de los setenta y ochenta, y si nadie la alimenta con monedas, no hay música.

Gwen está sentada al final del bar, usando pantalones cortos de motociclista y una camiseta descolorida del maratón de Brooklyn, deslizando el dedo a la izquierda en una app de citas mientras Barry se acerca.

—Pensé que te habías dado por vencida con eso.

—Por un tiempo, me di por vencida con tu género, pero mi terapeuta está jode y jode con que debo intentarlo de nuevo.

Se levanta de su taburete y lo abraza. El débil olor a sudor de su paseo se combina con los restos de jabón corporal y desodorante; el resultado es algo parecido a un caramelo salado.

—Gracias por estar al tanto de mí.

—No deberías estar solo hoy.

Es quince años más joven, tiene treinta y tantos años y mide 1.80 m, la mujer más alta que conoce. Con pelo corto y rubio y rasgos escandinavos, no es precisamente hermosa, pero sí regia. A menudo, severa sin intentarlo. Una vez le dijo que tenía un rostro de monarca en reposo.

Se conocieron e intimaron durante un robo de banco que se convirtió en toma de rehenes hace unos años. La siguiente Navidad se encontraron en uno de los momentos más embarazosos de la existencia de Barry. Fue una de las muchas fiestas de la policía de Nueva York, y la noche se les había ido de las manos. Despertó en su departamento a las tres de la mañana con la habitación todavía dando vueltas. Su error fue tratar de escabullirse antes de estar consciente. Vomitó en el suelo junto a su cama, y estaba intentando limpiarlo cuando Gwen se despertó y le gritó:

—¡Limpiaré tu vómito por la mañana, vete!

No recuerda nada del sexo, si lo tuvieron o lo intentaron, y sólo puede esperar que ella tenga el mismo misericordioso vacío en su memoria.

Sin embargo, ninguno de ellos lo ha reconocido desde entonces.

El camarero llega para tomar la orden de Barry y trae otro Wild Turkey a Gwen. Beben y hablan de cualquier cosa por un rato, y mientras el mundo por fin comienza a tener sentido para Barry, Gwen dice:

—Escuché que te tocó un suicidio del SFR el viernes por la noche.

—Sí.

Le cuenta todos los detalles.

—Dime la verdad —dice ella—. ¿Qué tan asustado estás?

—Bueno, ayer me convertí en un experto en SFR en internet.

—¿Y?

—Hace ocho meses, los Centros de Control de Enfermedades identificaron sesenta y cuatro casos con similitudes en el noreste. En cada caso, un paciente se presentó con quejas de falsos recuerdos agudos. No sólo uno o dos. Con una historia alternativa completamente imaginada que cubría grandes franjas de su vida hasta ese momento. Normalmente se remonta a meses o años atrás. En algunos casos, décadas.

—Entonces, ¿pierden los recuerdos de su vida real?

—No, de repente tienen dos conjuntos de recuerdos. Uno verdadero, otro falso. En algunos casos, los pacientes sentían que sus recuerdos y su conciencia se habían trasladado de una vida a otra. En otros, los pacientes experimentaron un repentino flash de falsos recuerdos de una vida que nunca vivieron.

—¿Qué lo causa?

—Nadie lo sabe. No han identificado una sola anormalidad fisiológica o neurológica en los afectados. Los únicos síntomas son los recuerdos falsos en sí mismos. Ah, y alrededor del diez por ciento de las personas que lo padecen se suicida.

—Jesús.

—El número podría ser mayor. Mucho más alto. Ése es el resultado de los casos conocidos.

—Los suicidios han aumentado este año en los cinco distritos.

Barry llama al camarero, le pide a señas otra ronda.

Gwen pregunta:

—¿Contagioso?

—No pude encontrar una respuesta definitiva. El Centro para el Control y Prevención de Enfermedades no ha encontrado un patógeno, así que no parece ser de transmisión sanguínea o aérea. Con todo, este artículo en el *New England Journal of Medicine* especuló que actualmente se propaga a través de la red social de un portador.

—¿Como Facebook? ¿Cómo es que…?

—No, me refiero a que cuando una persona se infecta con SFR, algunas de las personas que conocen se infectan. Sus padres compartirán los mismos falsos recuerdos, pero en menor grado. Sus hermanos, hermanas, amigos cercanos. Había un caso de estudio de un tipo que se despertó un día y tenía recuerdos de una vida completamente distinta. Estar casado con una mujer diferente, viviendo en una casa diferente, con niños diferentes, en un trabajo diferente. Reconstruyeron de su memoria la lista de invitados a su boda, la que él recordaba, pero que nunca ocurrió. Localizaron trece de su lista, y todos ellos también tenían recuerdos de esta boda que nunca ocurrió. ¿Has oído hablar de algo llamado el "Efecto Mandela"?

—No lo sé. Tal vez.

Llega la siguiente ronda. Barry da un trago a su Old Grand-Dad y lo sigue con una Coors mientras la luz a través de las ventanas frontales se desvanece hacia el atardecer.

Dice:

—Al parecer, miles de personas recuerdan a Nelson Mandela muriendo en la cárcel en los años ochenta, aunque vivió hasta 2013.

—He oído hablar de esto. Es todo el asunto de los Osos Berenstain.

—No sé qué es eso.

—Eres demasiado viejo.

—Vete al carajo.

—Cuando era niña, había unos libros infantiles, y mucha gente recuerda que se llamaban Los Osos Berenstein, s-t-e-i-n, cuando en realidad se escribe Berenstain. s-t-a-i-n.

—Raro.

—Asusta en realidad, dado que yo recuerdo "Berenstein".

Gwen se toma su whisky de un solo trago.

—También, y nadie está seguro de si está relacionado con el SFR, los casos de *déjà vu* agudo están en aumento.

—¿Qué significa eso?

—La gente de pronto, a veces de manera muy intensa, tiene la sensación de que están viviendo secuencias enteras de sus vidas otra vez.

—A veces me pasa eso.

—A mí también.

Gwen dice:

—¿No dijo tu suicida que la primera esposa de su marido también se había lanzado del edificio Poe?

—Sí, ¿por qué?

—No lo sé. Sólo parece… improbable.

Barry la mira. El bar se está llenando y hay ruido.

—¿Adónde quieres llegar? —pregunta.

—Tal vez ella no tenía el síndrome del falso recuerdo. Tal vez esa tipa estaba loca. Tal vez no te deberías preocupar tanto.

Tres horas más tarde, está borracho en otro bar: un local que sería el sueño húmedo de cualquier amante de la cerveza y de las cabezas de búfalo y ciervo disecadas saliendo de las paredes con un millón de grifos en los estantes iluminados.

Gwen trata de llevarlo a cenar, pero la *hostess* lo ve tambaleándose frente a su podio y les niega una mesa. Una vez afuera, la ciudad parece flotar, y Barry está muy concentrado en hacer que los edificios no giren mientras Gwen lo sostiene por su brazo derecho, dirigiéndolo por la calle.

De repente se da cuenta de que están parados en una esquina de la calle Dios-sabe-dónde, hablando con un policía. Gwen le muestra al patrullero su estrella y le explica que está intentando llevar a Barry a casa, pero tiene miedo de que vomite en un taxi.

Así que de nuevo están caminando, tropezando, el brillo futurista y nocturno de Times Square gira como un pésimo carnaval. Él mira la hora, 11:22 p.m., y se pregunta en qué agujero negro cayeron las últimas seis horas.

—No quiero llegar a casa —dice hacia nadie en particular.

Luego mira un reloj digital que marca las 4:15. Siente como si alguien hubiera escarbado su cráneo mientras dormía, y su lengua está tan seca como un pedazo de cuero. Éste no es su departamento. Está tumbado en el sofá de la sala de estar de Gwen.

Intenta unir y pegar la noche con cinta adhesiva, pero los pedazos están destrozados. Recuerda a Julia y el parque. La primera hora del primer bar con Gwen. Pero todo lo que sigue está turbio y teñido de arrepentimiento.

Su corazón retumba en sus oídos. Su mente se acelera.

Es la hora más solitaria de la noche, una con la que está muy familiarizado, cuando la ciudad duerme, pero tú no, y todos los arrepentimientos de la propia vida rugen en la mente con una intensidad insoportable.

Piensa en su padre que murió cuando era joven, y la pregunta perdurable: *¿Sabía él que yo lo amaba?*

Y Meghan. Siempre Meghan.

Cuando su hija era una niña, estaba convencida de que un monstruo vivía en el cofre a los pies de su cama. Nunca pasaba por su mente a la luz del día, pero en el momento en que el sol se ponía y él la había arropado para pasar la noche, ella inevitablemente lo llamaba. Y él se apresuraba a su habitación y se arrodillaba al lado de su cama y le recordaba que todo parece más aterrador por la noche. Es sólo una ilusión. Un truco que la oscuridad nos juega.

Qué extraño entonces, décadas más tarde y su vida tan lejos del rumbo que trazó, encontrarse solo en un sofá en el departamento de una amiga, tratando de calmar sus miedos con la misma lógica que usó con su hija hace todos esos años.

Todo se verá mejor en la mañana.

Habrá esperanza de nuevo cuando vuelva la luz.

La desesperación es sólo una ilusión, un truco que juega la oscuridad.

Y él cierra sus ojos y se consuela con el recuerdo del viaje de campamento al lago Lágrima de las Nubes. Por ese momento perfecto. En él, las estrellas brillaban.

Se quedaría allí para siempre si pudiera.

HELENA
....

1 de noviembre de 2007

Día 1
Su estómago está hecho un nudo mientras ve cómo la costa del norte de California se desvanece. Está sentada detrás del piloto, bajo el rugido de los rotores, mirando la corriente oceánica que está debajo de ella, a doscientos de metros bajo los patines de aterrizaje del helicóptero.

No es un buen día en el mar. Las nubes están bajas; el agua es gris y está salpicada de espuma blanca. Y cuanto más se alejan de la tierra, más oscuro se vuelve el mundo.

A través del parabrisas del helicóptero, que está lleno de lluvia, ve algo que se materializa en la distancia, una estructura que sobresale del agua, todavía a dos o tres kilómetros de distancia.

Ella dice en su micrófono:

—¿Es eso?

—Sí, señora.

Inclinándose hacia delante, sujetada por el arnés, observa con intensa curiosidad mientras el helicóptero comienza su descenso, disminuyendo la velocidad y bajando hacia un coloso de hierro, acero y hormigón que se sostiene sobre tres patas en el océano como un trípode gigante. El piloto empuja la palanca y se inclinan a la izquierda en un lento círculo alrededor de la estructura, cuya plataforma principal se encuentra aproximadamente a veinte pisos sobre el mar. Unas pocas grúas todavía cuelgan de los laterales, debido a los días de perforación de petróleo y gas. Pero por lo demás, la plataforma ha sido despojada de sus elementos industriales para transformarla. En la plataforma primaria, ve una cancha de basquetbol completa. Piscina. Invernadero. Lo que parece ser una pista de carreras alrededor del perímetro.

Aterrizan en un helipuerto. El eje del turbo comienza a bajar, y a través de su ventana, Helena ve a un hombre con un chaleco amarillo que corre hacia el helicóptero. Mientras él abre la puerta de la cabina, ella lidia con una cerradura de tres refuerzos hasta que finalmente se desbloquean.

El hombre la ayuda a salir del helicóptero, bajar al patín y luego a la superficie de aterrizaje. Ella lo sigue hacia un conjunto de escaleras que desciende desde el helipuerto hasta la plataforma principal. El viento rasga su sudadera y camiseta, y cuando llega a los escalones, el sonido del helicóptero desaparece, dejando el enorme silencio del océano abierto.

Salen del último escalón hacia una superficie de concreto, y ahí está, moviéndose hacia ellos a través de la plataforma.

Su corazón da un vuelco.

Su barba está despeinada, su pelo oscuro y salvaje ondea con el viento. Lleva unos jeans azules y una sudadera descolorida, y es inconfundiblemente Marcus Slade: inventor, filántropo, magnate de los negocios, fundador de más empresas tecnológicas innovadoras de las que ella puede nombrar, abarcando sectores tan diversos como el de las nubes informáticas, el transporte, el espacio y la IA. Es uno de los ciudadanos más ricos e influyentes del mundo. Abandonó la escuela preparatoria. Y sólo tiene treinta y cuatro años.

Sonríe y dice:

—¡Vamos a hacer esto!

Su entusiasmo calma sus nervios, y al llegar a la plataforma no está segura de lo que se necesita. ¿Un apretón de manos? ¿Un abrazo cortés? Slade toma la decisión por ella con un cálido abrazo.

—Bienvenida a la estación de Fawkes.

—¿Fawkes?

—Es por Guy Fawkes: "Recuerda, recuerda el 5 de noviembre".

—Ah. Cierto. ¿Por lo de la memoria?

—Porque intervenir el *statu quo* es lo mío. Debes tener frío, vamos al interior.

Están caminando ahora, se dirigen hacia una superestructura de cinco pisos en el lado más alejado de la plataforma.

—No es exactamente lo que esperaba —dice Helena.

—Lo compré hace unos años a ExxonMobil cuando el campo de petróleo se secó. Al principio iba a hacer de esto un nuevo hogar para mí.

—¿Te refieres a una fortaleza de soledad?

—Totalmente. Pero entonces me di cuenta de que podía vivir aquí y también utilizarlo como una instalación de investigación perfecta.

—¿Por qué perfecta?

—Un millón de razones, pero las más críticas son la privacidad y la seguridad. Tengo mis manos en un número de campos en los que abunda el espionaje de la policía, y esto es lo más controlable que se puede lograr, ¿cierto?

Pasan la piscina, cubierta para la temporada, la lona aletea violentamente con el viento de noviembre.

—En primer lugar, gracias. Segundo, ¿por qué yo? —dice ella.

—Porque dentro de tu cabeza hay una tecnología que podría cambiar el rumbo de la humanidad.

—¿Cómo está eso?

—¿Qué es más valioso que nuestros recuerdos? —pregunta—. Ellos nos definen y crean nuestra identidad.

—Además, habrá un mercado de quince mil millones de dólares para los tratamientos de Alzheimer en la próxima década.

Marcus sólo sonríe.

—Para que lo sepas, mi objetivo principal es ayudar a la gente. Quiero encontrar una manera de guardar los recuerdos de cerebros deteriorados que ya no pueden recuperarlos. Una cápsula del tiempo para los recuerdos centrales —dice ella.

—Entiendo. ¿Se te ocurre alguna razón por la que esto no pueda ser un esfuerzo filantrópico y comercial a la vez?

Atraviesan la entrada de un gran invernadero, las paredes del interior están vaporizadas y gotean con la condensación.

—¿A qué distancia de la costa estamos? —pregunta, mirando a través de la plataforma hacia el mar, donde una densa nube se mueve hacia ellos.

—Trescientos kilómetros. ¿Cómo se tomaron la familia y los amigos la noticia de que desaparecerías de la faz de la Tierra para hacer una investigación súper secreta?

No está segura de cómo responder a eso. Su vida últimamente se ha desarrollado bajo las luces fluorescentes de los laboratorios y ha girado en torno al procesamiento de datos en bruto. Nunca ha logrado alcanzar la velocidad de escape de la irresistible gravedad del trabajo para su madre, pero si es honesta, también para ella misma. El trabajo es lo único que la hace sentir viva, y se ha preguntado, en más de una ocasión, si eso significa que está rota.

—Trabajo mucho —dice—. Así que sólo tenía seis personas a las que contárselo. Mi padre lloró, pero siempre llora. Nadie se sorprendió realmente. Dios, eso suena patético, ¿no?

Slade la mira y dice:

—Creo que el equilibrio es para la gente que no sabe por qué está aquí.

Ella considera lo que acaba de escuchar. En la escuela secundaria, en la universidad, fue animada una y otra vez a encontrar su pasión, una razón para salir de la cama y respirar. En su experiencia, pocas personas encontraron esa razón de ser.

Lo que los profesores nunca le dijeron fue sobre el lado oscuro de encontrar tu propósito. La parte en la que te consume. Cuando se convierte en un destructor de las relaciones y la felicidad. Y aun así, no lo cambiaría. Ésta es la única persona que sabe ser.

Se acercan a la entrada de la superestructura.

—Espera un segundo —dice Slade—. Observa.

Apunta hacia la pared de niebla que se extiende a través de la plataforma. El aire se vuelve frío y silencioso. Helena ni siquiera puede ver el helipuerto. Están atrapados en el corazón de una nube.

Slade la mira.

—¿Quieres cambiar el mundo conmigo?

—Por eso estoy aquí.

—Bien. Vamos a ver lo que he construido para ti.

BARRY

....

5 de noviembre de 2018

DEPARTAMENTO DE POLICÍA DE LA CIUDAD DE
NUEVA YORK
PRECINTO 24, 151 W 100 ST.
NUEVA YORK, NY 10025

* JEFE DE POLICÍA   * TELÉFONO
JOHN R. POOLE   (212) 555-1811

[X] INFORME PRELIMINAR DE LA POLICÍA
[ ] INFORME COMPLEMENTARIO

CSRR	FECHA	HORA	DÍA	UBICACIÓN
01457C	07/11/03	21:30	VIER	2000 WEST. 102ND
				PISO 41

NATURALEZA DEL REPORTE
NARRATIVA POLICIAL

YO, PO RIVELLI, MIENTRAS PATRULLABA,
RESPONDÍ A UN 10-56A EN EL EDIFICIO POE EN
LA TERRAZA DE LAS OFICINAS DE HULTQUIST LLC.
ENCONTRÉ A UNA MUJER DE PIE EN LA CORNISA.
ME IDENTIFIQUÉ COMO OFICIAL DE POLICÍA Y LE
PEDÍ QUE BAJARA. ELLA SE REHUSÓ A OBEDECER Y
ME ADVIRTIÓ QUE NO ME ACERCARA O SE TIRARÍA.
LE PREGUNTÉ SU NOMBRE Y RESPONDIÓ QUE ERA
FRANNY BEHRMAN [M/B FDN 12/06/63 OF 509 E
11TH ST]. NO PARECÍA ESTAR BAJO LA
INFLUENCIA NI DE DROGAS NI DE ALCOHOL. LE
PREGUNTÉ SI HABÍA ALGUIEN A QUIEN PUDIERA
LLAMAR POR ELLA. CONTESTÓ "NO". LE PREGUNTÉ
POR QUÉ QUERÍA TERMINAR CON SU VIDA.
RESPONDIÓ QUE NO HABÍA NADA QUE LA HICIERA
FELIZ, Y QUE SU ESPOSO Y FAMILIA ESTARÍAN
MEJOR SIN ELLA. LE ASEGURÉ QUE ESTO NO ERA
VERDAD.
EN ESTE PUNTO, ELLA DEJÓ DE RESPONDER MIS
PREGUNTAS Y PARECIÓ ESTAR REUNIENDO EL VALOR
PARA SALTAR. YO ESTABA A PUNTO DE AGARRARLA
PARA ALEJARLA DE LA CORNISA CUANDO RECIBÍ

UNA COMUNICACIÓN VÍA RADIO DE PO DECARLO. ME
INFORMABA QUE EL ESPOSO DE LA SEÑORA BEHRMAN
[JOE BEHRMAN, H/B FDN 3/12/62 DEL 509 E
110TH ST] VENÍA SUBIENDO LAS ESCALERAS PARA
VER A SU ESPOSA. INFORMÉ A LA SRA. BEHRMAN
DE ELLO.
  ESCOLTÉ AL SR. Y LA SRA. BEHRMAN ABAJO
HACIA LA CALLE, DONDE ELLA FUE RECOGIDA POR
UNA AMBULANCIA DE LAS HERMANAS DE LA CARIDAD
PARA UNA VALORACIÓN MENTAL.

REPORTE DE PO RIVELLI   · OFICIAL A CARGO
                                   SGT-DAWES

Con una resaca increíble y sentado ante su escritorio dentro
de un campo de cubículos, Barry lee el reporte del incidente por tercera vez. Le está provocando comezón a su cerebro
por todas las razones equivocadas, porque es exactamente lo
opuesto de lo que Ann Voss Peters dijo que había sucedido entre su esposo y su primera esposa. Ella pensaba que Franny había saltado.

Hace a un lado el informe, enciende su monitor y entra
en la base de datos del Departamento de Vehículos Motoriza-
dos del estado de Nueva York, con la cabeza palpitando detrás de los ojos. Su búsqueda de Joe y Franny Behrman arroja
como última dirección conocida la de 6 Pinewood Lane en
Montauk.

Debería olvidar todo esto. Olvidarse del SFR y de Ann Voss
Peters y seguir con las torres de papeleo y archivos de casos
abiertos que desordenan su escritorio. No hay ningún crimen
aquí que justifique su tiempo. Sólo… inconsistencias.

Pero la realidad es que ahora tiene una gran curiosidad.

Ha sido detective durante veintitrés años porque le encanta resolver rompecabezas, y este contradictorio conjunto de

eventos le sugiere una descompostura que siente la compulsión de corregir.

Podría recibir un reporte por conducir su Crown Vic hacia los límites de Long Island, algo que definitivamente no es una sanción como un asunto policial jurisdiccional, pero le duele demasiado la cabeza para conducir tan lejos de todos modos.

Así que saca la página web de la MTA (Autoridad de Transporte Metropolitano) y estudia los horarios.

Hay un tren que sale de la estación de Penn para Montauk en poco menos de una hora.

18 de enero de 2008 a 29 de octubre de 2008

Día 79

Vivir en la plataforma petrolífera desmantelada de Slade es como si te pagaran por quedarte en un centro turístico de cinco estrellas que también es tu oficina. Se despierta cada mañana en el nivel superior de la superestructura, donde están las habitaciones de toda la tripulación. El suyo es un espacioso departamento esquinado con ventanas de piso a techo de vidrio repelente a la lluvia. Atomizan las gotas de agua de modo que, incluso en el peor tiempo, su vista del mar interminable permanece sin obstáculos. Una vez a la semana, las personas de intendencia limpian su departamento y sacan su ropa sucia. Un chef con una estrella Michelin prepara la mayoría de las comidas, a menudo usando pescado fresco, y frutas y verduras cosechadas en el invernadero.

Marcus insiste en que haga ejercicio cinco días a la semana para mantener el ánimo y la mente en forma. Hay un gimnasio en el primer nivel, que utiliza cuando hace mal tiempo, y en los raros días tranquilos de invierno corre en la pista que rodea la plataforma. Le encantan esas carreras, porque siente como si estuviera dando vueltas en la cima del mundo.

Su laboratorio de investigación es de tres mil metros cuadrados —todo el tercer piso de la superestructura de la Estación Fawkes— y ha tenido más progresos en las últimas diez semanas que durante todo su periodo de cinco años en Stanford. Todo lo que necesita, lo consigue. No hay facturas que pagar, ni relaciones que mantener. No hay nada que hacer, excepto continuar con su investigación.

Hasta ahora, había estado manipulando recuerdos en ratones, trabajando con grupos celulares específicos que habían sido genéticamente modificados para ser sensibles a la luz. Una vez que un grupo de células había sido etiquetado y asociado con una memoria almacenada (por ejemplo, una descarga eléctrica), reactivaba la memoria del miedo del ratón apuntando a esos grupos de células sensibles a la luz con un láser óptico especial insertado mediante filamentos a través del cráneo del ratón.

Su trabajo en la plataforma petrolífera es totalmente distinto.

Helena lidera el grupo que aborda el problema principal, que también es su área de especialización: el etiquetado y el registro de los grupos de neuronas conectadas a un recuerdo particular, y luego la reconstrucción de un modelo digital del cerebro que les permite rastrear los recuerdos y cartografiarlos.

En principio, no es diferente de lo que hizo con los cerebros de los ratones, pero en órdenes de magnitud más complejos.

La tecnología que los otros tres equipos de trabajo están manejando es desafiante, pero no es verdaderamente vanguardista. Con el personal adecuado y la chequera gigante de Marcus, deberían ser capaces de recrearla sin serios obstáculos.

Tiene veinte personas trabajando bajo su mando en cuatro grupos. Está dirigiendo el equipo de mapeo. El equipo de imágenes tiene la tarea de encontrar una forma de filmar los disparos neuronales que no implique introducir un láser a través del cráneo de una persona y su cerebro. Han construido un dispositivo que utiliza una forma avanzada de magnetoencefalografía, o MEG para abreviar. Un dispositivo de interferencia cuántica superconductora (SQUID) que detectará campos magnéticos infinitesimales producidos por los neutrones individuales que se disparan en el cerebro humano, hasta el nivel de determinar la posición de cada neurona. Lo llaman el microscopio MEG.

El Equipo de Reactivación está construyendo un aparato que es esencialmente una vasta red de estimuladores electromagnéticos que forma un caparazón alrededor de la cabeza para una precisión tridimensional y un objetivo de precisión de los cientos de millones de neuronas que se requieren para reactivar una memoria.

Y, por último, Infraestructura está construyendo la silla para los ensayos con humanos.

Ha sido un buen día. Tal vez incluso uno grande. Se reunió con Slade, Jee-woon y los directores del proyecto para revisar el progreso, y todos están adelantados. Son las cuatro de una tarde de finales de enero, uno de esos fugaces días cálidos y azules de invierno. El sol se está sumergiendo en el océano, convirtiendo las nubes y el mar en tonos grises y rosas que nunca había visto, y está sentada en el borde de la plataforma, mirando hacia el oeste, con las piernas balanceándose sobre el agua.

Sesenta metros más abajo, las olas se hinchan y se estrellan contra los soportes inmensos de esta fortaleza en el mar.

No puede creer que esté aquí. No puede creer que ésta sea su vida.

Día 225

El microscopio MEG está casi terminado, y el aparato de reactivación ha progresado todo lo que se ha podido mientras todos esperan que el *mapping* resuelva el problema de la catalogación.

Helena está frustrada con el retraso. Durante la cena con Slade en su suite palaciega, ella se desahoga con él: el equipo está fallando porque su obstáculo es un problema de fuerza bruta. Como están pasando de cerebros de ratones a cerebros humanos, la potencia de computación con la que trabajan es insuficiente para mapear algo tan prodigiosamente complejo como la estructura de la memoria humana. A menos que pueda encontrar un atajo, simplemente no tienen los suficientes ciclos de la CPU para manejarlo.

—¿Has oído hablar de D-Wave? —Slade pregunta mientras Helena toma un sorbo de un blanco burdeos, el mejor vino que ha probado.

—Lo siento, no he escuchado sobre eso.

—Es una compañía de la Columbia Británica. Hace un año lanzaron al mercado un prototipo de computadora cuántica. Su aplicación es muy específica, pero ideal para el tipo de problema enorme de mapeo de datos con el que nos hemos encontrado.

—¿Cuánto cuesta?

—No es barata, pero me interesaba la tecnología, así que pedí algunos de sus avanzados prototipos para futuros proyectos el verano pasado.

Sonríe, y algo en la forma en que la estudia al otro lado de la mesa la deja con la desconcertante sensación de que sabe más de ella de lo que la haría sentirse cómoda. Su pasado. Su psicología. Lo que la hace funcionar. Pero ella no puede culparlo si de hecho él ha levantado algunas de sus capas. Está invirtiendo años y millones en su mente.

Detrás de Slade, a través de la ventana, ella ve un solo punto de luz, kilómetros y kilómetros mar adentro, y cae en cuenta, no por primera vez, de lo completamente solos que están aquí.

Día 270

Los días de verano son largos y soleados, y el proyecto se ha detenido mientras esperan la llegada de dos computadoras cuánticas. Helena extraña desesperadamente a sus padres, y sus charlas semanales se han convertido en el punto culminante de su existencia aquí. La distancia está teniendo un extraño efecto en su conexión con su padre. Se siente más cerca de él de lo que se ha sentido en años, desde antes del bachillerato. Los detalles más pequeños de sus vidas en Colorado tienen un significado especial. Ella se embelesa en las minucias, y cuanto más aburrido, mejor.

Sus excursiones de fin de semana en las colinas. Reportes de cuánta nieve aún persiste en el campo. Un concierto que vieron en Red Rocks. Los resultados de las citas con el neurólogo de su madre en Denver. Películas que han visto. Libros que han leído. Los chismes del vecindario.

La mayoría de las actualizaciones vienen de su padre.

A veces su madre está lúcida, su antiguo yo, y hablan como siempre lo han hecho.

Más a menudo, Dorothy batalla para mantener una conversación.

Helena siente una irracional nostalgia por todas las cosas de Colorado. Por la larga vista desde la casa de sus padres a través de la planicie hacia Flatirons, el comienzo de las Rocallosas. Por el color verde, ya que el único follaje que se ve en la plataforma es el pequeño jardín del invernadero. Pero sobre todo para su madre. Le duele no estar con ella durante lo que debe ser el momento más aterrador de su vida.

La parte más difícil es no poder compartir ningún detalle de su tremendo progreso en la silla, todo lo cual está cubierto bajo un acuerdo de confidencialidad acorazado. Sospecha que Slade escucha todas las conversaciones. Por supuesto, cuando ella le preguntó, él lo negó, pero ella sigue sospechando.

Por motivos de confidencialidad, no se permiten visitas a la plataforma y no se da permiso a la tripulación para bajar a tierra antes de que terminen sus contratos, excepto en caso de emergencias familiares o médicas.

Los miércoles por la noche se han convertido en noches de fiesta designadas en un intento de desarrollar algún nivel de camaradería en el lugar de trabajo. Es un desafío para Helena, una introvertida empedernida que, hasta hace poco, ha llevado la vida de una científica solitaria. Juegan al paintball, voleibol y basquetbol en la plataforma. Organizan asados en la piscina y beben litros de cerveza de barril. Ponen música y se emborrachan. A veces incluso bailan. Las canchas y el área de parrilla están cerradas por altos paneles de vidrio para cortar el casi constante aluvión de viento. Pero incluso con las barreras, a menudo tienen que gritar para ser escuchados.

Cuando hay mal tiempo, se reúnen en el ala común de la cafetería para jugar juegos de mesa, o se esconden en la superestructura. Como casi todos los jefes de la plataforma, menos Slade, duda en acercarse a la gente de su equipo. Pero está en un desierto de agua que nadie puede ver, varada a veinte pisos sobre el océano. Evitar la amistad y la intimidad se siente como si la condujera por el camino del aislamiento psicótico.

Es durante un juego de escondite, en un armario del último piso, que coge con Sergei, el genio ingeniero eléctrico y hombre hermoso que siempre la hace pedazos en el raquetbol. Están de pie demasiado cerca en la oscuridad mientras los buscadores pasan corriendo por su escondite, y de repente lo besa y lo jala hacia ella y él le baja los pantalones cortos y la pone contra la pared.

Marcus trajo a Sergei desde Moscú. Puede que sea el científico más puro del grupo, y definitivamente es el más competitivo.

Pero él no es su *"crush"*. Ése sería Rajesh, el ingeniero de software que Slade contrató recientemente antes de la llegada de la D-Wave. Hay una calidez y honestidad en sus ojos que la atraen. Es de voz suave y enormemente inteligente. Ayer en el desayuno, sugirió que crearan un club de lectura.

Día 302

Las computadoras cuánticas llegan en un gran buque portacontenedores. Es como si fuera Navidad, todo el mundo de pie en la cubierta, miran con una fascinación horrorizada mientras la grúa de la plataforma eleva 30 millones de dólares de potencia de computación a sesenta metros de altura en la plataforma principal.

Día 312

El mapeo ha vuelto, las nuevas computadoras están en funcionamiento, se está escribiendo el código que mapeará una memoria y cargará sus coordenadas neurales en el aparato de reactivación. La sensación de haberse estancado ha pasado. Hay impulso de nuevo, el humor de Helena cambiando de la soledad a la euforia, pero también una sensación de maravilla en la presciencia de Slade. No sólo a nivel macro en la predicción de la inmensidad de su visión, sino más impresionantemente en lo granular: el hecho de que conociera la herramienta perfecta para manejar la gran cantidad de datos en relación con el mapeo de la memoria humana. Y sabía que un procesador no sería suficiente. Compró dos.

En su cena semanal con Slade, le informa que, si la investigación continúa a este ritmo, estarán listos para su primera prueba con humanos en un mes.

Su rostro se ilumina.

—¿Es en serio?

—Es en serio. Y te lo informo desde ahora, seré la primera en probarlo.

—No, lo siento. Demasiado peligroso.

—¿Por qué crees que esa decisión te corresponde a ti?

—Por mil razones. Además, sin ti estaríamos perdidos.

—Marcus, insisto.

—Mira, podemos discutir esto más tarde, pero mientras tanto vamos a celebrar.

Va a su refrigerador de vinos y saca un Cheval Blanc del 47. Le toma un momento quitar el delicado corcho, y luego vacía la botella en una jarra de cristal.

—No quedan muchas de éstas en el mundo —dice.

En el momento en que Helena levanta la copa hasta su nariz e inhala el dulce y picante perfume de las antiguas uvas, su concepto de lo que puede ser el vino se ve irrevocablemente transformado.

—Por ti, y por este momento —dice Slade, chocando suavemente su vaso con el de ella.

El sabor representa todo lo que los vinos que ha tomado hasta ese momento han aspirado a ser, las escalas de lo que es bueno, grande y trascendente se están recalibrando en su cabeza.

Es de otro mundo.

Cálido, rico, opulento, asombrosamente fresco.

Frutas rojas en almíbar, flores, chocolate y…

—He querido preguntarte algo —dice Slade, interrumpiendo su ensueño.

Ella lo mira al otro lado de la mesa.

—¿Por qué la memoria? Obviamente, estabas en esto antes de que tu madre se enfermara.

Remueve el vino en su vaso, ve el reflejo de ellos sentados en la mesa de las ventanas de dos pisos que dan a la oscuridad oceánica.

—Porque la memoria… es todo. Físicamente hablando, un recuerdo no es más que una combinación específica de neuronas que se disparan juntas, una sinfonía de actividad neuronal. Pero en realidad, es el filtro entre nosotros y la realidad. Crees que estás probando este vino, escuchando las palabras que digo, *en el presente*, pero no existe tal cosa. Los impulsos neurales de tus papilas gustativas y tus oídos se transmiten al cerebro, que los procesa y los vuelca en la memoria de trabajo, así que cuando sabes que estás experimentando algo, ya está en el pasado. Ya es un recuerdo.

Helena se inclina hacia delante, chasquea los dedos.

—Lo que hace tu cerebro para interpretar un simple estímulo como ése es increíble. La información visual y auditiva llega a tus ojos y oídos a diferentes velocidades, y luego es procesada por tu cerebro a distintas velocidades. El cerebro espera a que el estímulo lento sea procesado, luego reordena las entradas neuronales correctamente, y le permite experimentarlas juntas, como un evento simultáneo, alrededor de medio segundo después de lo que realmente sucedió. Pensamos que estamos percibiendo el mundo directa e inmediatamente, pero todo lo que experimentamos es esta reconstrucción cuidadosamente editada y retrasada por la cinta.

Ella le permite reflexionar sobre eso por un momento mientras toma otro glorioso sorbo de vino.

Slade pregunta:

—¿Qué hay de la memoria flash? ¿Los que están súper imbuidos en un significado y una emoción personal extremos?

—Cierto. Eso crea otra ilusión. La paradoja del presente engañoso. Lo que pensamos que es el "presente" no es en realidad un momento. Es un tramo de tiempo reciente, uno arbitrario. Los últimos dos o tres segundos, por lo general. Pero si se libera una carga de adrenalina en el sistema, la amígdala se acelera, y se crea un recuerdo híper-vívido, donde el tiempo parece disminuir o detenerse por completo. Si cambias la forma en que tu cerebro procesa un evento, cambias la duración del "ahora". En realidad, cambias el punto en el que el presente se convierte en el pasado. Es otra forma en que el concepto del presente es sólo una ilusión, hecha de recuerdos y construida por nuestro cerebro.

Helena se sienta, avergonzada por su entusiasmo, sintiendo de repente que el vino se le sube a la cabeza.

—Por eso es que la memoria… —dice—. Por eso es que la neurociencia… —se golpea la sien—. Si quieres entender el mundo, tienes que empezar por entender realmente cómo lo experimentamos.

Slade asiente con la cabeza y dice:

—Es evidente que la mente no conoce las cosas de inmediato, sino sólo por la intervención de las ideas que tiene de ellas.

Helena se ríe con sorpresa.

—Así que has leído a John Locke.

—¿Qué? —Slade pregunta—. ¿Sólo porque soy un técnico, crees que nunca he tomado un libro? De lo que hablas es de usar la neurociencia para perforar el velo de la percepción, para ver la realidad como realmente es.

—Lo cual es, por definición, imposible. Por mucho que entendamos cómo funcionan nuestras percepciones, en última instancia nunca escaparemos de nuestras limitaciones.

Slade sólo sonríe.

Día 364

Helena atraviesa la entrada del tercer piso y avanza por un pasillo brillantemente iluminado hacia la bahía de pruebas principal. Está tan nerviosa como lo ha estado desde su primer día aquí, su estómago tan inquieto que sólo tomó café y picoteó unos pocos trozos de piña para el desayuno.

Durante la noche, Infraestructura movió la silla que han estado construyendo de su taller a la bahía principal de pruebas, donde Helena ahora se detiene en el umbral. John y Rachel están atornillando la base de la silla al suelo.

Sabía que sería un momento emotivo, pero la intensidad de ver su silla por primera vez la toma por sorpresa. Hasta ahora, su producto de trabajo ha consistido en imágenes de grupos de neuronas, sofisticados programas de software y una tonelada de incertidumbre. Pero la silla es una cosa. Algo que puede tocar. La manía física de la meta hacia la que ha estado conduciendo durante diez largos años, acelerada por la enfermedad de su madre.

—¿Qué piensas? —Rachel pregunta—. Slade nos hizo alterar los planos para sorprenderte.

Helena se enfurecería con Slade por este cambio de diseño unilateral si lo que hubieran construido no fuera tan perfecto. Está aturdida. En su mente, la silla siempre fue un dispositivo utilitario, un medio para un fin. Lo que han construido para ella es ingenioso y elegante, que recuerda a una silla de Eames, excepto que todo es de una sola pieza.

Los dos ingenieros la están mirando ahora, sin duda tratando de averiguar su reacción, para ver si su jefa está satisfecha con su trabajo.

—Se han superado a sí mismos —dice.

Para el almuerzo, la silla ha sido instalada completamente. El microscopio MEG, montado a la perfección en el reposacabezas, se parece a un casco que sobresale. El haz de cables que sale de él se ha enhebrado en el respaldo de la silla y en un puerto en el suelo, por lo que el aspecto general es el de un dispositivo elegante y de líneas limpias.

Helena ganó su pelea con Slade para ser la primera ocupante de la silla ocultando el número sináptico que se necesitaría para reactivar adecuadamente una memoria, una información que sólo ella conocía. Slade trató de oponerse, por supuesto, argumentando que su mente y su memoria eran demasiado valiosas como para arriesgarse, pero ésa no era una batalla que ni él ni nadie tenía oportunidad alguna de ganar.

Y así, a la 1:07 p.m., se sienta sobre el cuero blando y se recuesta. Lenore, una de las técnicas de imagen, baja cuidadosamente el microscopio sobre la cabeza de Helena, el acolchado forma un acoplamiento perfecto. Luego ajusta la correa de la barbilla. Slade observa desde un rincón de la habitación, grabando en una cámara de video de mano con una gran sonrisa, como si estuviera filmando el nacimiento de su primer hijo.

—¿Se siente bien? —Lenore pregunta.

—Sí.

—Voy a inmovilizarte ahora.

Lenore abre dos compartimentos incrustados en el reposacabezas y despliega una serie de barras telescópicas de titanio, que atornilla en las carcasas del exterior del microscopio para estabilizarlo.

—Intenta mover la cabeza ahora —dice Lenore.

—No puedo.

—¿Qué se siente estar sentada en tu silla? —Slade pregunta.

—Tengo ganas de vomitar.

Helena observa cómo todos salen de la bahía de pruebas y entran en una sala de control adyacente que está visualmente conectada por una pared de cristal. Después de un momento, la voz de Slade llega a través de un altavoz en el reposacabezas:

—¿Puedes oírme?

—Sí.

—Vamos a bajar las luces ahora.

Pronto todo lo que puede ver son los rostros de su equipo, brillando en un tenue azul a la luz de una docena de monitores.

—Intenta relajarte —dice Slade.

Respira profundamente por la nariz y deja salir el aire poco a poco mientras el conjunto geométrico de detectores comienza a zumbar suavemente sobre ella, un suave zumbido que se siente como miles de millones de nanomasajes contra su cuero cabelludo.

Han debatido sin cesar sobre qué tipo de memoria debería ser la primera que mapeen. ¿Algo simple? ¿Complejo? ¿Reciente? ¿Antiguo? ¿Feliz? ¿Trágico? Ayer, Helena decidió que lo estaban pensando demasiado. ¿Cómo se define un recuerdo "simple"? ¿Existe tal cosa cuando se trata de la condición humana? Considera el albatros que aterrizó en la plataforma durante su carrera esta mañana. Es un mero parpadeo de pensamiento en su mente que un día será arrojado a ese páramo del olvido donde mueren los recuerdos olvidados. Y sin embargo, contiene el olor del mar. Las blancas y húmedas plumas del pájaro que brillan al primer sol. El latido de su corazón por el esfuerzo de la carrera. El frío deslizamiento del sudor por sus costados y el ardor en sus ojos. Se preguntaba en ese momento qué era lo que el pájaro consideraba su hogar en la interminable similitud del mar.

Cuando cada recuerdo contiene un universo, ¿qué significa simple?

La voz de Slade:

—¿Helena? ¿Estás lista?

—Lo estoy soy.

—¿Y elegiste alguna memoria?

—Sí.

—Entonces voy a contar desde cinco, y cuando oigas el tono… recuerda.

BARRY

5 de noviembre de 2018

En verano, en el tren sólo habría lugar de pie, lleno de burgueses de Manhattan que se dirigen a los Hamptons. Pero es una fría tarde de noviembre, las nubes grises amenazan las primeras nieves de la temporada, y Barry tiene el vagón del ferrocarril de Long Island para él solo.

Mientras mira por la ventana, viendo las luces de Brooklyn encogerse a través del vidrio sucio, sus ojos se sienten pesados.

Cuando se despierta, la noche ha caído. La vista por la ventana es ahora oscuridad, puntos de luz, y su propio reflejo en el vidrio.

Montauk es la última parada de la línea, y se baja del tren un poco antes de las ocho de la noche para recibir una lluvia helada a través de la iluminación de las farolas. Se ajusta el cinturón de su gabardina de lana y se sube el cuello, su aliento humea en el frío. Camina a lo largo de las vías hasta la estación, que ha sido cerrada por la noche, y se sube al taxi que ha pedido desde el tren.

La mayor parte del centro de Montauk ha sido cerrada por la temporada. Estuvo aquí una vez, hace veinte años, con Julia y Meghan, en un atestado fin de semana de verano cuando las calles y playas estaban llenas de veraneantes.

Pinewood Lane es un camino aislado, polvoriento de arena, agrietado y torcido por las raíces de los árboles. A un kilómetro de distancia, los faros del taxi iluminan una entrada cerrada, donde una placa con el número romano "VI" está fijada a uno de los pilares de piedra.

—Deténgase en la entrada —le dice al conductor.

El auto se adelanta, la ventana de Barry zumba hacia la puerta.

Presiona el botón del timbre. Sabe que están en casa. Antes de irse de Nueva York, llamó, fingiendo ser FedEx tratando de programar una entrega tardía.

Una mujer contesta:

—Residencia de los Behrman.

—Soy el detective Sutton del Departamento de Policía de Nueva York. ¿Está su marido en casa, señora?

—¿Está todo bien?

—Sí. Necesito hablar con él.

Hay una pausa, seguida por el sonido de una conversación en voz baja. Luego se escucha la voz de un hombre a través del altavoz.

—Soy Joe. ¿De qué se trata esto?

—Prefiero decírselo en persona. Y en privado.

—Estábamos a punto de sentarnos a cenar.

—Le pido disculpas por la intrusión, pero acabo de tomar un tren desde la ciudad.

La vereda privada es un camino de un solo carril que serpentea a través de pastizales y bosques en un ascenso gradual hacia una residencia que se encuentra en la cima de un suave acantilado. Desde la distancia, la casa parece estar construida completamente de vidrio, el interior brilla como un oasis en la noche.

Barry le paga al conductor en efectivo, incluyendo 20 dólares extra por esperarlo. Luego sale a la lluvia y sube los escalones hacia la entrada. La puerta principal se abre cuando llega al umbral. Joe Behrman parece mayor que la foto de su licencia de conducir, su cabello ahora está salpicado de plata y lleva el peso suficiente en su cara dañada por el sol para que se le caiga la papada.

Franny ha envejecido con más gracia.

Durante tres largos segundos, no está seguro de si lo van a invitar a entrar, pero entonces Franny finalmente da un paso atrás, ofrece una sonrisa forzada y le hace entrar en su casa.

El concepto de espacio abierto es una maravilla por la perfecta distribución del diseño y la comodidad. A la luz del día, se imagina que la cortina de ventanas ofrece una vista espectacular del mar y el bosque circundante. El olor de algo horneado en la cocina impregna la casa y le recuerda a Barry lo que era tener alimentos preparados desde cero en lugar de recalentarlos en un microondas o que te los trajeran unos desconocidos en bolsas de plástico.

Franny aprieta la mano de su marido y dice:

—Guardaré todo en la estufa —luego se vuelve hacia Barry—: ¿Puedo tomar su abrigo?

Joe lleva a Barry a un estudio con una pared de vidrio y el resto cubierto de libros. Mientras se sientan uno frente al otro cerca de una chimenea de gas, Joe dice:

—Tengo que decirle que es un poco desconcertante recibir una visita no anunciada de un detective a la hora de la cena.

—Lo siento si la asusté. No está en problemas ni nada.

Joe sonríe.

—Podría haber empezado con eso.

—Seré directo. Hace quince años, su esposa subió al piso 41 del edificio Poe en el Upper West Side y...

—Ella está mucho mejor ahora. Una persona completamente diferente —un atisbo de molestia, o miedo, cruza la cara de Joe, que ha recobrado un poco de color—. ¿Por qué está usted aquí? ¿Por qué está en mi casa en lo que debería ser una noche tranquila con mi esposa, desenterrando nuestro pasado?

—Hace tres días, estaba conduciendo a casa, y me llamaron por radio por un 10-56A, que quiere decir intento de suicidio.

Respondí y encontré a una mujer sentada en la cornisa del piso 41 del edificio Poe. Dijo que estaba sufriendo de SFR. ¿Sabe lo que es eso?

—La cosa esa de la falsa memoria.

—Ella me describió toda esta vida que nunca sucedió. Tenía un marido y un hijo. Vivían en Vermont. Llevaban un negocio de jardinería juntos. Ella dijo que su nombre era Joe. Joe Behrman.

Joe se queda muy quieto.

—Se llamaba Ann Voss Peters. Pensaba que Franny había saltado desde el mismo lugar en el que ella estaba sentada. Me dijo que vino aquí y habló con usted, pero que usted no la conocía. La razón por la que había elegido esa cornisa era porque tenía la esperanza de que usted la rescatara, compensando su fracaso en salvar a Franny. Pero, obviamente, la memoria de Ann era defectuosa, porque usted salvó a Franny. Leí el informe policial esta tarde.

—¿Qué le pasó a Ann?

—No fui capaz de salvarla.

Joe cierra los ojos, los abre.

—¿Qué quiere de mí? —pregunta, su voz apenas un susurro.

—¿Conoció a Ann Voss Peters?

—No.

—Entonces, ¿cómo es que Ann lo conocía? ¿Cómo supo que su esposa había subido a esa misma cornisa con la intención de cometer suicidio? ¿Por qué creyó que había sido su esposa? ¿Que ustedes dos tenían un niño llamado Sam?

—No tengo ni idea, pero me gustaría que se fuera ahora.

—Sr. Behrman…

—Por favor. He respondido a sus preguntas. No he hecho nada malo. Váyase.

Aunque no puede adivinar por qué, está seguro de una cosa: Joe Behrman está mintiendo.

Barry se levanta de la silla. Mete la mano en su blazer y saca una tarjeta de visita, que coloca en la mesa entre las sillas.

—Si cambia de opinión, espero que me llame.

Joe no responde, no se levanta, ni siquiera mira a Barry. Tiene las manos en el regazo para que no tiemblen. Barry lo sabe, y mira fijamente al fuego.

Mientras Barry regresa hacia Montauk, comprueba los horarios en su aplicación de MTA. Debería tener tiempo suficiente para comer algo y volver a la ciudad a las 9:50 p.m.

La cafetería está casi vacía, y se desliza sobre un taburete en el condado, todavía con la adrenalina de su conversación con Joe.

Antes de que llegue la comida, un hombre con la cabeza rapada entra y reclama una de las cabinas. Pide café y se sienta a leer algo en su teléfono.

No.

Finge que lee algo en su teléfono.

Sus ojos están demasiado alertas, y el bulto debajo de su chamarra de cuero sugiere una pistolera. Tiene la intensidad oculta de un policía o de un soldado, ojos nunca quietos, siempre a toda velocidad, siempre procesando, aunque su cabeza nunca se mueva. Es un condicionamiento que no puedes desaprender.

Pero nunca mira a Barry.

Sólo estás siendo paranoico.

Barry está a la mitad de sus huevos rancheros y pensando en Joe y Franny Behrman cuando un destello de dolor surge detrás de sus ojos.

Su nariz comienza a sangrar, y mientras atrapa la sangre con una servilleta, un conjunto completamente diferente de recuerdos de los últimos tres días se agolpan en su mente. Estaba conduciendo a casa el viernes por la noche, pero ningún 10-56A llegó a la radio. Nunca subió al primer piso del edificio Poe. Nunca conoció a Ann Voss Peters. Nunca la vio caer. Nunca miró el informe policial sobre el intento de suicidio de

Franny Behrman. Nunca compró un boleto de tren a Montauk. Nunca entrevistó a Joe Behrman.

Considerado desde cierta perspectiva, en realidad estaba sentado en su sillón en su departamento de una habitación en Washington Heights, viendo un partido de los Knicks, y ahora de repente está en un restaurante de Montauk con la nariz sangrando.

Cuando trata de mirar estos recuerdos alternativos directamente a los ojos, descubre que tienen una sensación diferente a la de cualquier otro recuerdo que haya conocido. No tienen vida y están estáticos, cubiertos de tonos negros y grises, tal como lo describió Ann Voss Peters.

¿Me contagió ella de esto?

Su nariz ha dejado de sangrar, pero sus manos empiezan a temblar. Arroja algo de dinero sobre el mostrador y se dirige a la noche, tratando de mantenerse calmado, pero se tambalea.

Hay tan pocas cosas en nuestra existencia con las que podamos contar para tener una sensación de permanencia, de que el suelo está bajo nuestros pies. La gente nos falla. Nuestros cuerpos nos fallan. Nos fallamos a nosotros mismos. Él ha experimentado todo eso. Pero ¿a qué te aferras, instante a instante, si los recuerdos pueden simplemente cambiar? ¿Qué es, entonces, real? Y si la respuesta es nada, ¿dónde nos deja eso?

Se pregunta si se está volviendo loco, si esto es lo que se siente al perder la cabeza.

Son cuatro calles hasta la estación de tren. No hay autos, la ciudad está muerta, y como criatura de una ciudad que nunca duerme, encuentra desconcertante el silencio de esta aldea fuera de temporada.

Se apoya en una farola, esperando que se abran las puertas del tren. Es una de las únicas cuatro personas en el andén, incluido el hombre del restaurante.

La lluvia que golpea sus manos se convierte en aguanieve, sus dedos se congelan, pero él los prefiere así.

El frío es lo único que lo mantiene anclado a la realidad.

....

31 de octubre de 2008-14 de marzo de 2009

Día 366

Dos días después del primer uso de la silla, Helena se sienta en la sala de control, rodeada por el Equipo de Imágenes. Están mirando un enorme monitor que muestra una imagen estática y tridimensional de su cerebro, la actividad sináptica representada por diversos tonos de azul luminoso.

—La resolución espacial es impresionante, chicos. Más allá de lo que jamás soñé —dice ella.

—Sólo espera —dice Rajesh.

Él toca la barra espaciadora y la imagen cobra vida. Las neuronas brillan y se desvanecen como un billón de luciérnagas que iluminan una tarde de verano. Como el ardor de las estrellas.

Mientras la memoria juega, Rajesh amplía la imagen al nivel de las neuronas individuales. Hilos de electricidad se arquean de sinapsis en sinapsis. Lo reduce para mostrar la actividad en el lapso de un milisegundo, y aun así la complejidad sigue siendo insondable.

Cuando la memoria termina, dice:

—Prometiste que nos dirías lo que hemos estado mirando.

Helena sonríe.

—Tenía seis años. Mi padre me había llevado a pescar a un arroyo que le encantaba en el Parque Nacional de las Montañas Rocallosas.

Rajesh pregunta:

—¿Puedes ser específica en términos de lo que estabas recordando exactamente durante estos quince segundos? ¿Fue toda la tarde? ¿Ciertos momentos?

—Yo lo describiría como flashes que, en conjunto, comprenden el retorno emocional a la memoria.

—Por ejemplo...

—El sonido del agua borboteando sobre las rocas del arroyo. Hojas de álamo amarillo flotando en la corriente como monedas de oro. Las manos ásperas de mi padre atando una mosca. La anticipación de enganchar un pez. Estar recostada en la hierba de la orilla mirando fijamente al agua. El cielo azul brillante y el sol atravesando los árboles en fragmentos de luz. Un pez que mi padre atrapó temblando entre sus manos y él explicando que la coloración roja bajo su mandíbula inferior es la razón por la que la llaman trucha degollada. Más tarde, ese mismo día, un anzuelo se me clavó en el pulgar.

Helena levanta el dedo en cuestión para mostrarles la pequeña cicatriz blanca.

—No sobresalía la púa, así que mi padre abrió su navaja y cortó la piel. Recuerdo que lloré, me dijo que me quedara quieta, y cuando el gancho finalmente salió, sostuvo mi pulgar en el agua helada hasta que se entumeció. Observé la sangre que salía del corte hacia la corriente.

—¿Cuál es tu conexión emocional con ese recuerdo? —Rajesh pregunta—. La razón por la que lo elegiste.

Helena mira a sus grandes y oscuros ojos y dice:

—El dolor del anzuelo, pero sobre todo porque es mi recuerdo favorito de mi padre. El momento en el que él era más que nada *él*.

Día 370

Colocan a Helena de nuevo en la silla y la hacen recordar la memoria una y otra vez, dividiéndola en segmentos hasta que el equipo de Rajesh es capaz de asignar patrones sinápticos individuales a momentos específicos.

Día 420

El primer intento de reactivación ocurre durante la segunda Nochebuena de Helena en la plataforma. La ponen en la silla y le colocan una pieza en la cabeza con la red de estimuladores electromagnéticos.

Sergei ha programado el aparato con las coordenadas sinápticas de un solo segmento del recuerdo del día de pesca de Helena. Cuando las luces se apagan en la cámara principal de pruebas, Helena escucha la voz de Slade por el altavoz del reposacabezas.

—¿Estás lista?

—Sí.

Decidieron no advertirle a Helena cuándo se activaría el aparato de reactivación, o cuál segmento de la memoria seleccionaron; la principal preocupación consiste en que si anticipa ese recuerdo exacto, lo más probable sería que pudiera recuperarlo por su cuenta, sin querer.

Helena cierra los ojos y comienza el ejercicio de limpieza mental que ha estado practicando por una semana. Se ve a sí misma entrando en una habitación. Hay una banca en el medio, del tipo que se puede encontrar en un museo de arte. Se sienta y estudia la pared que tiene delante. Del suelo al techo, hay un tránsito imperceptible del blanco al negro, pasando por tonos de gris sutilmente más profundos. Comienza en la parte inferior, tomándose su tiempo para explorar la longitud de la pared, observando con detalle el color de una sección antes de pasar a la siguiente, cada región subsecuente ligeramente más oscura que la anterior...

El repentino pellizco de un anzuelo de púas que se clava en su pulgar, su voz es un chillido de dolor, una burbuja roja de sangre que crece alrededor del anzuelo mientras su padre viene corriendo.

—¿Lo hiciste? —pregunta Helena, su corazón golpea en el pecho.

—¿Experimentaste algo? —pregunta Slade.

—Sí, ahora mismo.

—Descríbelo.

—Tuve un recuerdo vívido del anzuelo que me perforó el pulgar. ¿Fueron ustedes?

Vítores salen de la sala de control. Helena comienza a llorar.

Día 422

Empiezan a registrar y catalogar las memorias autobiográficas de todos los que están en la plataforma, restringiéndose estrictamente a la memoria flash.

Día 424

Lenore les permite grabar su recuerdo de la mañana del 28 de enero de 1986.

Tenía ocho años y estaba en una visita al dentista. El gerente había traído un televisor de su casa y lo puso en la sala de espera. Lenore estaba sentada con su madre antes de su cita, viendo la cobertura del histórico lanzamiento del transbordador cuando la nave espacial se desintegró sobre el océano Atlántico.

La información que se había codificado con más fuerza para ella era el pequeño televisor posado en un soporte rodante. Las imágenes grabadas mostraban las nubes blancas en bucle momentos después de la explosión. Su madre decía: "Oh, Dios mío". La fuerte preocupación en los ojos de la doctora Hunter. Y una de las higienistas dentales salía del cuarto trasero para mirar la televisión mientras las lágrimas corrían por sus mejillas bajo la mascarilla quirúrgica que todavía usaba.

Día 448

Rajesh recuerda la última vez que vio a su padre antes de mudarse a Estados Unidos. Habían tomado un safari, sólo ellos dos, en el valle de Spiti, en lo alto del Himalaya.

Recuerda el olor de los yaks. La aguda intensidad de la luz del sol de la montaña. El helado mordisco del río. El mareo que lo atacaba por causa de los cuatro mil metros con un aire casi sin oxígeno. Todo marrón y estéril, excepto los lagos que eran como ojos azul pálido, los templos con sus banderas de colores vibrantes y la parte superior de los picos más altos que resplandecían con nieve brillante.

Pero en especial la noche en que el padre de Raj le dijo lo que realmente pensaba acerca de la vida, de Raj, de la madre de Raj, sobre todo. Un fugaz momento de vulnerabilidad mientras los dos estaban sentados ante una fogata moribunda.

Día 452

Sergei se sienta en la silla y recuerda el momento en que una motocicleta chocó con la parte trasera de su auto. El impacto repentino de metal contra metal. Ver cómo la moto daba un salto mortal por la autopista a través de la ventanilla. El miedo, el terror, el sabor a óxido en la garganta y la sensación de que el tiempo comenzaba a arrastrarse.

Luego, detener su auto en medio de la concurrida calle de Moscú y salir al olor del aceite y el gas que se escapaba de la motocicleta aplastada, y el motociclista sentado en medio de la carretera, con sus chaparreras destrozadas hasta la piel, mirando atónito sus manos, con la mayoría de los dedos arrancados, y gritando en cuanto vio a Sergei; el motociclista trataba de ponerse de pie y luchar, y luego gritó cuando su pierna, retorcida hasta lo imposible debajo de él, se negaba a moverse.

Día 500

Es uno de los primeros días templados del año. Todo el invierno, la plataforma ha sido golpeada por tormenta tras tormenta, probando hasta el límite el umbral de Helena para ambientes de trabajo claustrofóbicos. Pero hoy es cálido y azul, y el mar está lo suficientemente calmado como para que toda la superficie brille bajo la plataforma.

Ella y Slade corren sin prisa por la pista de carreras.

—¿Cómo te sientes con el progreso que hemos hecho? —pregunta.

—Muy bien. Ha sido mucho más rápido de lo que esperaba. Creo que deberíamos publicar algo.

—Cierto.

—Estoy lista para tomar lo que hemos aprendido y empezar a cambiar la vida de las personas.

Él la mira, está delgado y más firme que cuando se conocieron hace casi un año y medio. Por otra parte, ella también ha cambiado. Está en la mejor forma física de su vida, y su trabajo nunca ha sido más cautivador.

Nada de la participación de Slade en este proyecto era lo que esperaba. Desde que llegó a la plataforma, él sólo se ha ido una vez, y ha estado íntimamente involucrado en cada parte del proceso. Tanto él como Jee-woon han asistido a todas las reuniones del equipo. La ha consultado en cada decisión. Ella había asumido que un hombre tan ocupado como Slade sólo se asomaría ocasionalmente, pero su obsesión ha rivalizado con la de ella.

Ahora dice:

—Hablas de publicar, pero yo siento que nos hemos topado con un muro —giran en la esquina noreste de la pista y se dirigen al oeste—. La experiencia de reactivar un recuerdo es decepcionante.

—Me sorprende que digas eso. Todos los que han pasado por la reactivación han reportado una experiencia de memoria mucho más vívida e intensa que cualquier otra que hayan recordado por su cuenta. La reactivación eleva todos los signos vitales, a veces hasta el punto de un intenso estrés. Has visto sus historiales médicos. Sus memorias se han encendido. ¿No estás de acuerdo?

—No estoy en desacuerdo. Es una experiencia más intensa

que volver a integrar un recuerdo por nuestra cuenta, pero no está siendo tan dinámica como esperaba.

La ira provoca que su rostro se ruborice.

—Estamos haciendo progresos a un ritmo cegador, y los avances científicos en nuestra comprensión de la memoria y los engramas ilustrarían al mundo si me dejaras publicar. Quiero empezar a mapear los recuerdos de los sujetos que tengan Alzheimer en fase tres, y cuando lleguen a la fase cinco o seis, reactivar los recuerdos que hemos guardado para ellos. ¿Y si ése es el camino hacia la regeneración sináptica? ¿A la cura? O por lo menos, ¿podría ser el camino para preservar los recuerdos básicos para una persona cuyo cerebro le está fallando?

—¿Te refieres a tu madre, Helena?

—¡Por supuesto que sí! El próximo año ella va a llegar a un punto en el que no quedarán recuerdos que trazar. ¿Qué crees que estoy haciendo aquí? ¿Por qué crees que he dedicado mi vida a esto?

—Amo tu pasión, y yo también quiero destruir esta enfermedad. Pero primero, quiero: *Plataforma de inmersión para la proyección de recuerdos episódicos explícitos a largo plazo.*

Se trata del título exacto de la solicitud de patente de sus sueños que hizo ella hace años, la misma que aún no ha presentado.

—¿Cómo supiste de mi patente?

En lugar de responderle, él hace otra pregunta:

—¿Crees que lo que has construido hasta ahora está siquiera cerca de ser inmersivo?

—Le he dado a este proyecto todo lo que tengo.

—Por favor, deja de estar tan a la defensiva. La tecnología que has construido es perfecta. Sólo quiero ayudarte a hacer que sea todo lo que pueda ser.

Dan vuelta en la esquina noroeste, dirigiéndose ahora al sur. Los equipos de imágenes y mapas están compitiendo en la cancha de voleibol. Rajesh está pintando una acuarela en *plein air* junto a la alberca cubierta de lona. Sergei lanza tiros libres en la cancha de basquetbol.

Slade deja de caminar y mira a Helena.

—Gira instrucciones a Infraestructura para construir un tanque de privación. Necesitarán coordinarse con Sergei para encontrar una forma de impermeabilizar y estabilizar la reactivación de un sujeto de prueba que esté flotando dentro.

—¿Para qué?

—Porque creará una versión como de heroína pura de la reactivación de la memoria que estoy buscando.

—¿Cómo es posible que sepas…?

—Una vez que hayas logrado eso, diseña un método para detener el corazón de un sujeto de prueba una vez que esté dentro del tanque de privación.

Mira a Slade como si hubiera perdido la cabeza.

Él dice:

—Cuanto más estrés soporta el cuerpo humano durante la reactivación, más intensa es su experiencia de la memoria. Enterrada en lo profundo de nuestro cerebro hay una glándula del tamaño de un arroz llamada pineal, que juega un papel en la creación de una sustancia química llamada dimetiltriptamina, o DMT. ¿Has oído hablar de ella?

—Es uno de los psicodélicos más potentes conocidos.

—En pequeñas dosis, liberadas en nuestros cerebros por la noche, el DMT responde a nuestros sueños. Pero en el momento de la muerte, la glándula pineal libera un verdadero flujo de DMT. Una especie de ventas de oferta para deshacerse de saldos. Ésa es la razón por la que la gente ve cosas cuando muere, como correr a través de un túnel hacia una luz, o toda su vida pasando ante sus ojos. Para tener una memoria inmersiva y onírica, necesitamos sueños más grandes. O, si se quiere, mucho más DMT.

—Nadie sabe lo que nuestras mentes conscientes experimentan cuando morimos. No puedes estar seguro de que esto tenga algún efecto en la inmersión de la memoria. Podríamos matar a la gente.

—¿Cuándo te volviste pesimista?

—¿Quién crees que se va a prestar como voluntario para morir por este proyecto?

—Los traeremos de vuelta a la vida. Encuesta a tu equipo. Pagaré bien considerando el riesgo. Y si no tienes suficientes voluntarios para las pruebas, buscaré en otra parte.

—¿Te ofrecerás tú como voluntario para entrar en el tanque de privación y que se te detenga el corazón?

Slade sonríe, oscuro.

—¿Cuando el procedimiento se perfeccione? Sin duda. Entonces, y sólo entonces, podrás traer a tu madre a la plataforma, y usar todo mi equipo y todo tu conocimiento para trazar un mapa y salvar sus recuerdos.

—Marcus, por favor…

—Entonces, y sólo entonces.

—Se le está acabando el tiempo.

—Entonces ponte a trabajar.

Ella lo ve irse. Antes, siempre estaba lo suficientemente lejano de su conciencia para ignorarlo. Ahora, el hecho la está mirando a la cara. Ella no sabe cómo, pero Slade sabe cosas que no debería, que no podría… todos los detalles de su visión para la proyección de la memoria, hasta el nombre de la solicitud de patente que algún día había presentado. Las computadoras cuánticas que de alguna manera conocía resolverían el problema del mapeo. Y ahora esta enloquecida noción de detener el corazón como un medio para profundizar la experiencia de inmersión. Aún más alarmante, la forma en que Slade deja caer estas pequeñas indirectas, es como si quisiera que ella supiera que él sabe cosas que no debería. Como si quisiera que ella temiera el alcance de su poder y conocimiento. Se le ocurre que, si esta fricción continúa, puede llegar el día en que Slade revoque su acceso a la plataforma de memoria. Quizá pueda persuadir a Raj para que le construya una cuenta de usuario secundaria y clandestina por si acaso.

Por primera vez desde que puso el pie en esta plataforma, se pregunta si está a salvo en este lugar.

5 y 6 de noviembre de 2018

—¿Señor? ¿Disculpe, señor?

Barry se despierta del sueño, abre los ojos, todo está momentáneamente borroso y durante cinco desorientadores segundos no tiene idea de dónde está. Luego registra el movimiento de balanceo del tren. Los postes de luz pasan a través de la ventana al otro lado del pasillo. El rostro del anciano conductor.

—¿Podría ver su boleto? —pregunta el anciano de una manera cortés y refinada de otra época.

Barry hurga en su abrigo hasta que encuentra su teléfono en el fondo de un bolsillo interior. Abriendo la aplicación de la MTA, sostiene su boleto para que el revisor pueda escanear el código de barras.

—Gracias, señor Sutton. Siento haberlo despertado.

Cuando el conductor pasa al siguiente vagón, Barry nota cuatro notificaciones de llamadas perdidas en la pantalla de su teléfono, todas del mismo código de área 934.

Y un buzón de voz.

Presiona Play, se lleva el teléfono a la oreja.

—Hola, soy Joe… Joe Behrman. Um… ¿puede llamarme en cuanto oiga esto? Necesito hablar con usted.

Barry devuelve la llamada inmediatamente, y Joe responde antes del segundo timbre.

—¿Detective Sutton?

—Sí.

—¿Dónde está?

—En el tren de vuelta a Nueva York.

—Tiene que entender, nunca pensé que alguien lo descubriría. Me prometieron que nunca sucedería.

—¿De qué está hablando?

—Estaba asustado —Joe está llorando ahora—. ¿Puede volver?

—Joe, estoy en un tren. Pero puede hablar conmigo ahora mismo.

Por un momento, el hombre respira profundamente en el teléfono.

Barry cree que oye a una mujer que también llora en el fondo, pero no está seguro.

—No debería haberlo hecho —dice Joe—. Ahora lo sé. Tuve una gran vida con un hijo hermoso, pero no podía mirarme al espejo.

—¿Por qué?

—Porque no estuve ahí para ella, y ella saltó. No pude dar mi...

—¿Quién saltó?

—Franny.

—¿De qué está hablando? Franny no saltó. La acabo de ver en su casa.

A pesar de la conexión de la estática, Barry oye cómo Joe se está descomponiendo.

—Joe, ¿conociste a Ann Voss Peters?

—Sí.

—¿Cómo?

—Estuve casado con ella.

—¿Qué?

—Es mi culpa que Ann haya saltado. Encontré un anuncio en los clasificados. Decía: "¿Quiere una segunda oportunidad?". Había un número de teléfono y llamé. ¿Ann le dijo que tenía el síndrome del falso recuerdo?

—Lo dijo —*Y ahora lo tengo*—. Suena como si usted también lo tuviera. Dicen que se mueve en círculos sociales.

Joe se ríe, pero es una risa llena de arrepentimiento y odio hacia sí mismo.

—El SFR no es lo que la gente cree que es.

—¿Sabe lo que es el SFR?

69

—Por supuesto.

—Dígame.

La línea se queda en silencio, y por un momento, Barry piensa que ha perdido la señal.

—Joe, ¿está ahí? ¿Lo he perdido?

—Estoy aquí.

—¿Qué es el SFR?

—Es gente como yo, que ha hecho lo que yo hice. Y sólo va a empeorar.

—¿Por qué?

—Yo… —hay una larga pausa—. No puedo explicarlo. Es una locura. Tiene que verlo por usted mismo.

—¿Y cómo hago eso?

—Después de llamar a ese número, me entrevistaron por teléfono, y luego me llevaron a un hotel en Manhattan.

—Hay muchos hoteles en Manhattan, Joe.

—No como éste. No puedes ir allí. Te invitan. El único acceso es a través de un estacionamiento subterráneo.

—¿Sabe la dirección?

—Está en la calle Cincuenta Este, entre Lexington y la Tercera. Hay un restaurante que funciona toda la noche en la misma cuadra.

—Joe…

—Éstas son personas poderosas. Franny tuvo una crisis nerviosa cuando lo recordó, y ellos lo supieron. Aparecieron. Me amenazaron.

—¿Quiénes son?

No hay respuesta.

—¿Joe? ¿Joe?

Pero ha colgado.

Barry trata de llamarlo de nuevo, pero va directo al buzón de voz. Mira por la ventana, no hay nada que ver excepto la oscuridad ocasionalmente interrumpida por las luces de una casa o una estación. Trata de concentrarse en esos recuerdos alternativos que lo asaltaron en el restaurante. Todavía están ahí. Nunca ocurrieron, pero los sintió tan reales como el resto de sus recuerdos, y no puede cuadrar la paradoja en su mente.

Mira alrededor del vagón: es el único pasajero.

El único sonido es el constante latido del corazón del tren que va a toda velocidad.

Toca el asiento, pasa los dedos por la tela.

Abre su cartera y mira la licencia de conducir del estado de Nueva York y luego su placa de la policía de Nueva York.

Toma un respiro y se dice a sí mismo: *Eres Barry Sutton. Estás en un tren de Montauk a la ciudad de Nueva York. Tu pasado es tu pasado. No puede cambiar. Lo que es real es este momento. El tren. La frialdad del vidrio de la ventana. La lluvia que atraviesa el otro lado. Y tú. Hay una explicación lógica para tus falsos recuerdos, para lo que les pasó a Joe y Ann Voss Peters. Para todo ello. Es sólo un rompecabezas que hay que resolver. Y tú eres muy bueno resolviendo rompecabezas.*

Todo eso es una mierda.

Nunca ha tenido más miedo en su vida.

Cuando sale de Penn Station, es más de medianoche. La nieve cae de un cielo rosado, se ha acumulado dos centímetros en las calles.

Se alza el cuello, levanta el paraguas y se dirige al norte desde la Treinta y Cuatro.

Las calles y las aceras están vacías.

La nieve amortigua el ruido de Manhattan a un raro silencio. Quince minutos de caminata rápida lo llevan a la intersección de la Octava Avenida y la Cincuenta Oeste, donde corta hacia el este a través de las avenidas, se siente más frío ahora que camina hacia la tormenta, con el paraguas inclinado como un escudo contra el viento y la nieve.

Se detiene en Lexington para dejar pasar tres quitanieves y mira un letrero rojo de neón al otro lado de la calle:

McLachlan's
Desayuno
Almuerzo
Cena
Abierto 7 días a la semana
24 horas

Barry cruza la calle y se queda parado debajo del letrero, viendo la nieve caer a través de la iluminación roja y pensando que éste tiene que ser el restaurante 24 horas que Joe mencionó por teléfono.

Ha estado caminando durante casi cuarenta minutos y empieza a temblar, la nieve empapa sus zapatos. Más allá del restaurante, pasa por un rincón donde un vagabundo está sentado murmurando para sí mismo y meciéndose de un lado a otro, con los brazos rodeando sus piernas. Luego una bodega, una licorería, una lujosa tienda de ropa para mujer y un banco. Todo cerrado por la noche.

Cerca del final de la manzana, se detiene en la entrada de una oscura vereda, que se interna en el espacio subterráneo bajo un edificio neogótico encajado entre dos rascacielos construidos con acero y cristal.

Baja su paraguas y camina por el camino de entrada bajo el nivel de la calle, en la penumbra. Después de doce metros, termina en una puerta de estacionamiento construida con acero reforzado. Hay un teclado y encima de él, una cámara de vigilancia.

Bueno, mierda. Éste parece ser el final de la noche por fin. Volverá mañana, vigilará la entrada, verá si puede atrapar a alguien que venga o…

El sonido de los engranajes que comienzan a girar sacude su corazón. Mira hacia la puerta del estacionamiento, que se levanta lentamente del suelo, la luz del otro lado se extiende por el pavimento y llega hasta las puntas de los zapatos mojados de Barry.

¿Irse?

¿Quedarse?

Puede que ni siquiera sea el lugar correcto.

La puerta está a medio camino y sigue subiendo, no hay nadie del otro lado.

Duda, y luego cruza el umbral hasta una modesta estructura de estacionamiento, ocupada por una docena de vehículos.

Sus pasos reverberan en el hormigón mientras las luces halógenas se queman desde arriba.

Ve un elevador, y a su lado una puerta que presumiblemente conduce a una escalera.

La luz sobre el elevador se ilumina.

Una campana suena.

Barry se agacha detrás de un Lincoln MKX y mira a través del cristal tintado de la ventana del pasajero delantero las puertas del elevador.

Vacío.

¿Qué demonios es esto?

No debería estar aquí. Nada de esto tiene que ver con sus casos actuales, y ningún crimen, hasta donde él puede decir, ha sido cometido. Técnicamente, *él* es quien está entrando sin autorización.

A la mierda.

Las paredes interiores son de metal liso y sin detalles, el elevador está controlado desde una fuente externa.

Las puertas se cierran.

El elevador sube.

Su corazón late.

Barry traga dos veces para quitar la presión de sus oídos, y después de treinta segundos, el elevador se detiene con un temblor.

Lo primero que oye, al abrirse las puertas, es Miles Davis, una de las canciones lentas perfectas del álbum *Kind of Blue*, flotando en solitario eco a través de lo que parece ser el vestíbulo de un hotel.

Sale del elevador hacia un piso de mármol. Hay maderas oscuras y sombrías por todas partes. Sofás de cuero, sillas lacadas en negro. Un rastro de humo de cigarro en el aire.

Hay algo atemporal en este espacio.

Justo enfrente hay una recepción sin personal con un montón de buzones antiguos de los que se usaban en otra época, y las letras HM blasonadas en el ladrillo encima de todo.

Escucha el frágil tintineo de unos cubos de hielo golpeando vasos de cristal, y voces a la deriva desde un bar que está situado detrás de ventanas con cortinas. Dos hombres, sentados en taburetes acolchados con cuero, conversan y una camarera de camisa negra pule la cristalería.

Mientras Barry se mueve hacia la barra, el olor a puro se hace más fuerte, el aire se vuelve brumoso con el humo.

Barry se monta en uno de los taburetes y se apoya en la barra de caoba. A través de las ventanas cercanas, los edificios y las luces de la ciudad se cubren con una especie de capa de nieve.

La barman se acerca.

Es hermosa. Sus ojos son oscuros y su cabello gris prematuro está sostenido por unos palillos chinos. En su gafete se puede leer TONYA.

—¿Qué tomas? —pregunta Tonya.

—¿Podría tomar un whisky?

—¿Alguno en particular?

—Tú elige.

Ella se va para servirle su bebida, y Barry mira a los hombres, que están varios asientos más allá. Están bebiendo bourbon de una botella medio vacía que está entre ellos en la barra.

El que está más cerca de él parece tener unos setenta años, con el pelo gris y fino y una delgadez extrema que sugiere una enfermedad terminal. El humo sube en espiral desde el puro en su mano, que huele como la lluvia que cae en el desierto.

El otro hombre es más de la edad de Barry, con la cara afeitada y los ojos cansados. Le pregunta al hombre mayor:

—¿Cuánto tiempo llevas aquí, Amor?

—Alrededor de una semana.

—¿Ya te han dado una fecha?

—Mañana de hecho.

—No me digas. Felicitaciones.

Chocan los vasos.

—¿Nervioso? —pregunta el joven.

—Pues, me preocupa lo que viene. Pero son muy minuciosos al prepararte para todo lo que viene.

—¿Es cierto que no hay anestesia?

—Desafortunadamente, sí. ¿Cuándo llegaste?

—Ayer.

Amor le da una calada a su cigarro.

Tonya aparece con un whisky, que pone frente a Barry sobre una servilleta que tiene el emblema HOTEL MEMORY grabado en oro.

—¿Has decidido qué vas a hacer cuando vuelvas? —pregunta el joven.

Barry bebe a sorbos el whisky escocés: caramelo, frutos secos y alcohol.

—Tengo algunas ideas —Amor levanta la mano del cigarro.

—Ya no más de esto —señala el whisky—. Menos de eso. Solía ser un arquitecto, y hubo un edificio del que siempre me arrepentí de no haberme ocupado. Podría haber sido mi obra maestra. ¿Y tú?

—No estoy seguro. Me siento tan culpable.

—¿De qué?

—¿No es esto egoísta?

—Éstos son nuestros recuerdos. Nadie más tiene derecho a reclamarlos.

Amor termina su último whisky.

—Mejor me voy a la cama. Mañana será un gran día.

—Sí, yo también.

Levantándose de sus respectivos taburetes, los hombres se dan la mano y se desean suerte mutuamente. Barry los ve alejarse del bar hacia los elevadores.

Cuando se vuelve hacia el bar, la camarera está frente a él.

—¿Qué es este lugar, Tonya? —pregunta, pero su boca se siente extraña y sus palabras salen con una torpeza lenta.

—Señor, no se ve muy bien.

Siente que algo se afloja detrás de sus ojos.

Como si se desatara.

Mira su bebida. Mira a Tonya.

—Vince te ayudará a llegar a una habitación —dice ella.

Barry se baja del taburete, balanceándose ligeramente sobre sus pies y se gira para encontrarse con la mirada muerta del hombre de la cafetería. Alrededor de su cuello hay un tatuaje con las manos de una mujer estrangulándolo.

Barry busca su arma, pero es como moverse a través del jarabe, y las manos de Vince ya están dentro de su abrigo, desabrochando hábilmente la hombrera que resguarda su arma de servicio, y deslizando el arma por la parte trasera de sus jeans. Saca el teléfono de Barry de su bolsillo y se lo tira a Tonya.

—Soy la policía de Nueva York —Barry masculla.

—Yo también lo fui.

—¿Qué es este lugar?

—Estás a punto de averiguarlo.

El mareo está aumentando.

Vince toma a Barry por el brazo y lo lleva lejos del bar, hacia los elevadores más allá de la recepción. Llama al elevador y arrastra a Barry dentro.

Y entonces Barry tropieza por el pasillo del hotel mientras el mundo se derrite a su alrededor.

Zigzaguea sobre la suave alfombra roja, pasando los candelabros hechos con lámparas antiguas que proyectan una luz vetusta en el revestimiento entre las puertas.

1414 se proyecta en la puerta por una luz que proviene de la pared opuesta y que mueve el número lentamente en el patrón de una figura de ocho alrededor de la mirilla.

Vince abre y dirige a Barry a la cama de cuatro postes, empujándolo hacia ella, donde Barry se acurruca en posición fetal.

Todo desaparece rápido y él piensa, *Ahora sí que la cagaste, ¿no?* La puerta de la habitación se cierra de golpe.

Está solo, incapaz de moverse.

Las luces de la ciudad nevada se derraman a través de la cortina de las ventanas, y lo último que ve antes de perder el conocimiento son los galones ornamentados del edificio Chrysler, brillando como joyas en la tormenta.

Tiene la boca seca.

Le duele el brazo izquierdo.

Los alrededores se cristalizan en un foco.

Barry está reclinado en una silla de cuero, negra, elegante, ultramoderna a la que también ha sido atado. Sus tobillos y muñecas, una en la cintura y otra en el pecho. Hay una vía intravenosa en su antebrazo izquierdo —de ahí el dolor— y un carro de metal al lado de su silla, del cual sale el tubo de plástico que está conectado a su torrente sanguíneo.

La pared frente a él está revestida con una terminal de computadora y un equipo médico, incluyendo (para su considerable alarma) un desfibrilador. Escondido en un rincón en el lado más alejado de la habitación, ve un objeto blanco y liso con tubos y cables que se introducen en él, que parece un huevo gigante.

Un hombre al que Barry nunca había visto antes está sentado en un taburete a su lado. Tiene una barba larga y desprolija, ojos azules que irradian inteligencia y una intensidad incómoda.

Barry abre la boca, pero aún está demasiado somnoliento para formar palabras.

—¿Todavía se siente mareado?

Barry asiente con la cabeza.

El hombre toca un botón en el carrito junto a la silla. Barry observa cómo un líquido transparente fluye a través de la vía intravenosa hacia su brazo. La habitación se ilumina. Se siente instantáneamente alerta, como si acabara de tomar un espresso, y con la conciencia viene el miedo.

—¿Mejor? —pregunta el hombre.

Barry intenta mover la cabeza, pero está inmovilizada. No puede girar un milímetro en dirección alguna.

—Soy policía —dice Barry.

—Lo sé. Sé bastante sobre usted, detective Sutton, incluyendo el hecho de que es un hombre muy afortunado.

—¿Por qué dice eso?

—Porque debido a su pasado he decidido no matarlo.

¿Eso es algo bueno? ¿O este hombre sólo está jugando con él?

—¿Quién es usted? —pregunta Barry.

—No importa. Estoy a punto de darle el mayor regalo de su vida. El mayor regalo que una persona podría esperar recibir. Si no le importa —la cortesía resulta paradójicamente alarmante—. Tengo unas cuantas preguntas antes de empezar.

Barry está cada vez más alerta, la confusión se desvanece mientras su último recuerdo regresa: estar tropezando por el pasillo del hotel a la habitación 1414.

El hombre pregunta:

—¿Fue a la casa de Joe y Franny Behr en calidad de investigación oficial?

—¿Cómo supo que fui allí?

—Sólo responda la pregunta.

—No. Estaba satisfaciendo mi propia curiosidad.

—¿Alguno de sus colegas o superiores sabía de su viaje a Montauk?

—Nadie.

—¿Habló con alguien su interés en Ann Voss Peters y Joe Behrman?

Aunque habló con Gwen sobre el SFR el domingo, se siente confiado en su suposición de que nadie podría saber sobre su conversación.

Así que miente.

—No.

Barry tiene el software de rastreo activado en su teléfono. No tiene idea de cuánto tiempo ha estado inconsciente, pero asumiendo que todavía es martes temprano por la mañana, su ausencia del trabajo no se notará hasta la tarde. En teoría, dentro de unas horas. No tiene citas programadas. No tiene planes de beber o cenar. Podrían pasar varios días antes de que su ausencia sea detectada por alguien.

—La gente vendrá a buscarme, dice Barry.

—Nunca lo encontrarán.

Barry respira lentamente, armándose de valor contra el creciente pánico. Necesita convencer a este hombre de que lo libere, con nada más que palabras y lógica.

Barry dice:

—No sé quién sea usted. No sé de qué se trata todo esto. Pero si me libera ahora, nunca volverá a saber de mí. Lo juro.

El hombre se desliza del taburete y se mueve a través de la habitación hacia la terminal de la computadora. De pie ante un inmenso monitor, escribe en un teclado. Después de un momento, Barry oye que cualquier cosa que sea el aparato que está conectado a su cabeza comienza a hacer un zumbido apenas perceptible, como las alas de un mosquito.

—¿Qué es esto? —Barry pregunta de nuevo, su ritmo cardiaco aumenta, el miedo le impide pensar mejor.

—¿Qué quiere de mí?

—Quiero que me cuente sobre la última vez que vio a su hija con vida.

En una rabia pura y cegadora, Barry se tensa contra las correas de cuero, luchando con todas sus fuerzas para desenganchar su cabeza de lo que la sostiene en su lugar. El cuero cruje. Su cabeza no se mueve. El sudor se acumula en su cara y le llega hasta los ojos con una sensación salada que no puede borrar.

—Lo mataré —dice Barry.

El hombre se inclina hacia delante, a centímetros de distancia, hay una fría llama azul en sus ojos. Barry huele su costosa colonia, la acidez tostada del café en su aliento.

—No estoy tratando de burlarme de usted —dice el hombre—. Estoy tratando de ayudarle.

—Jódase.

—Usted vino a mi hotel.

—Sí, y estoy seguro de que le dijo a Joe Behrman exactamente qué decir para atraerme aquí.

—Le diré qué… Hagamos esta elección lo más sencilla posible. Responda honestamente cuando le haga una pregunta, o morirá aquí mismo.

Atrapado en esta silla, Barry no tiene más remedio que seguirle la corriente, mantenerse vivo hasta que vea una apertura, una oportunidad, por pequeña que sea, de liberarse.

—Bien.

El hombre levanta la cabeza al techo y dice:

—Computadora, inicia sesión.

Una voz femenina y automatizada responde. La nueva sesión comienza ahora.

El hombre mira a los ojos de Barry.

—Ahora, cuénteme sobre la última vez que vio a su hija con vida, y no deje de lado ni un solo detalle.

HELENA
....

29 de marzo de 2009-20 de junio de 2009

Día 515

De pie en el vestíbulo de la bahía de carga oeste de la superestructura, Helena se pone su equipo para el mal tiempo, pensando que el viento suena como un fantasma de voz profunda, rugiendo al otro lado de la puerta. Durante toda la mañana ha estado soplando a ochenta grados, lo suficientemente fuerte como para mandar volando a alguien de su tamaño fuera de la plataforma.

Arrastrando la puerta para abrirla, mira fijamente un mundo gris de lluvia que sopla de lado y conecta el mosquetón de su arnés al cable que ha sido ensartado a través de la plataforma. A pesar de anticipar el poder del viento, no está preparada para la fuerza pura que casi la arranca de sus pies. Se inclina hacia ella, se prepara y se mueve hacia fuera.

La plataforma está cubierta de gris, y lo único que puede oír es el viento enloquecido y las agujas de la lluvia golpeando la capucha de su chamarra como si fueran rodamientos de bolas.

Le lleva diez minutos cruzar la plataforma, una serie de pasos muy trabajosos contra una constante pérdida de equilibrio. Finalmente llega a su lugar favorito de la plataforma, la esquina noroeste, y se sienta con las piernas colgando a un lado, viendo cómo las olas de veinte metros se estrellan contra las patas de la plataforma.

Los dos últimos miembros de Infraestructura se fueron ayer, antes de la llegada de la tormenta. Su gente no sólo se opuso a la nueva directriz de Slade de "poner a la gente en un tanque de privación y detener su corazón". Con la excepción de ella y Sergei, renunciaron en masa y exigieron ser devueltos al continente inmediatamente. Cuando se siente culpable por quedarse, piensa en su madre y en otros como ella, pero es un pequeño consuelo.

Además, está segura de que Slade no la dejaría marchar a pesar de todo.

Jee-woon ha volado al interior para encontrar personal para el equipo médico y nuevos ingenieros para construir el tanque de privación, dejando a Helena sola en la plataforma con Slade y una tripulación esquelética.

Aquí en la plataforma, es como si el mundo estuviera gritando en su oído.

Levanta su cara hacia el cielo y grita de vuelta.

Día 598

Alguien está llamando a su puerta. Alarga la mano en la oscuridad, enciende la lámpara y se levanta de la cama con el pantalón de la pijama y una camiseta negra. El despertador de su escritorio muestra las 9:50 a.m.

Se mueve por la sala de estar en dirección a la puerta, pulsa el botón de la pared para levantar las cortinas de oscurecimiento.

Slade está de pie en el pasillo en jeans y con una sudadera con capucha, la primera vez que lo ve en semanas.

Le dice:

—Mierda, te he despertado.

Ella entrecierra los ojos bajo el resplandor de los paneles de luz en el techo.

—¿Te importa si entro? —le pregunta.

—¿Tengo elección?

—Helena, por favor.

Ella da un paso atrás y lo deja entrar, siguiéndolo por la pequeña entrada, pasando el tocador y hacia el salón principal.

—¿Qué quieres? —pregunta.

Él se sienta en la otomana de una silla de gran tamaño, junto a las ventanas que dan hacia un mundo de mar infinito.

—Dicen que no estás comiendo o haciendo ejercicio. Que no has hablado con nadie ni has salido en días.

—¿Por qué no me dejas hablar con mis padres? ¿Por qué no me dejas ir?

—No estás bien, Helena. No estás en condiciones de proteger el secreto de este lugar.

—Te dije que quería salir. Mi madre está internada. No sé cómo está. Mi padre no ha escuchado mi voz en un mes. Seguro que está preocupado…

—Sé que no puedes verlo ahora mismo, pero te estoy salvando de ti misma.

—Oh, vete al diablo.

—Te fuiste, porque no estabas de acuerdo con la dirección en la que estaba llevando este proyecto. Todo lo que he estado haciendo es darte tiempo para que reconsideres tirar todo por la borda.

—Era *mi* proyecto.

—Es mi dinero.

Sus manos tiemblan. Con miedo. Con rabia.

—No quiero hacer esto más. Has arruinado mi sueño. Me has bloqueado para que no intente ayudar a mi madre y a los demás. Quiero irme a casa. ¿Vas a seguir manteniéndome aquí contra mi voluntad?

—Por supuesto que no.

—¿Así que puedo irme?

—¿Recuerdas lo que te pregunté el primer día que llegaste?

Ella niega con la cabeza, se le salen las lágrimas.

—Te pregunté si querías cambiar el mundo conmigo. Estamos ahora sobre la cima de todo el brillante trabajo que has hecho, y he venido aquí esta mañana para decirte que ya casi hemos llegado. Olvida todo lo que ha sucedido en el pasado. Crucemos la línea de meta juntos.

Lo mira fijamente a través de la mesa de café, con lágrimas deslizándose por su cara.

—¿Qué sientes? —pregunta él—. Háblame.

—Como si me hubieras robado esta cosa.

—Nada más lejos de la realidad. Intervine cuando tu visión había desaparecido. Eso es lo que hacen los socios. Hoy es el día más grande de mi vida y de la tuya. Es todo por lo que hemos estado trabajando. Por eso vine aquí. El tanque de privación está listo. El aparato de reactivación fue adaptado para trabajar en el interior. Haremos una nueva prueba en diez minutos, y es la más importante.

—¿Quién es el sujeto de prueba?

—No importa.

—A mí sí.

—Sólo un tipo al que le pagan veinte mil dólares a la semana para hacer el gran sacrificio por la ciencia.

—¿Y le dijiste lo peligrosa que es esta investigación?

—Es plenamente consciente de los riesgos. Mira, si quieres ir a casa, haz las maletas y ve al helipuerto al mediodía.

—¿Qué pasa con mi contrato?

—Me prometiste tres años. Así que estarás en incumplimiento de contrato. Perderás tu compensación, la participación en los beneficios, todo. Sabías las reglas básicas. Pero si quieres terminar lo que empezamos, ven al laboratorio conmigo ahora mismo. Va a ser un día histórico.

BARRY

....

6 de noviembre de 2018

Atado a una silla en medio de una pesadilla de día, Barry dice:

—Era el 25 de octubre. Hace once años.

—¿Qué es lo primero que recuerda cuando piensa en ello? —pregunta el hombre—. ¿La imagen o el sentimiento más potente?

Barry está atrapado en la más extraña yuxtaposición de emociones. Quiere partir a este hombre en dos, pero el pensamiento de Meghan esa noche está a punto de partirlo a él.

Responde en tono monótono:

—Encontrar su cuerpo.

—Lo siento si no fui claro. No después de que ella se fue. Antes.

—La última vez que hablé con ella.

—De eso es de lo que quiero que hable.

Barry mira fijamente al otro lado de la habitación, apretando los dientes.

—Por favor, continúe, detective Sutton.

—Estoy sentado en mi sillón de la sala, viendo la Serie Mundial.

—¿Recuerda quién estaba jugando?

—Los Medias Rojas contra los Rockies. Juego dos. Los Sox habían ganado el primer partido. Terminarían llevándose la serie con cuatro seguidos.

—¿A quién le iba?

—No me importaba mucho. Supongo que quería ver a los Rockies empatar la serie para que se pusiera interesante. ¿Por qué me hace esto? ¿Qué propósito tiene…?

—Así que está sentado en su silla…

—Probablemente estoy tomando una cerveza.

—¿Habría estado Julia mirando con usted?

Jesús. Sabe su nombre.

—No. Creo que estaba viendo la televisión en nuestro dormitorio. Ya habíamos cenado.

—¿En familia?

—No me acuerdo. Probablemente.

Barry se da cuenta de repente de una presión en su pecho, cuya intensidad es casi aplastante.

—No he hablado de esa noche en años.

El hombre se sienta en su taburete, pasando los dedos por su barba y estudiándolo fríamente, esperando que Barry siga adelante.

—Veo a Meghan saliendo del pasillo. No recuerdo con seguridad lo que llevaba puesto, pero por alguna razón, la veo con estos jeans y un suéter turquesa que siempre usaba.

—¿Cuántos años tiene su hija?

—En diez días iba a cumplir dieciséis. Y se detiene frente a la mesa de café, sé que esto sucedió con seguridad: está parada entre el televisor y yo con sus manos en las caderas y su mirada casi severa en su rostro.

Las lágrimas llenan los bordes de sus ojos.

—Sigue siendo increíblemente emocional para usted —dice el hombre—. Eso es bueno.

—Por favor —dice Barry—. No me obligue a hacer esto.

—Continúe.

Barry toma un respiro, buscando a tientas un poco de equilibrio emocional.

Finalmente dice:

—Fue la última vez que miré a los ojos a mi hija. Y no lo sabía. Seguí tratando de mirar a su alrededor para ver la televisión.

No quiere llorar delante de este hombre. Jesús, cualquier cosa menos eso.

—Continúe.

—Ella preguntó si podía ir a DQ. Normalmente iba allí un par de noches a la semana para hacer su tarea, pasar el rato con sus amigas. Apliqué el interrogatorio de siempre. ¿Tu madre dijo que estaba bien? No, ella había venido a mí en su lugar. ¿Terminaste tu tarea? No, pero parte de la razón por la que quería ir era para reunirse con Mindy, su compañera de laboratorio de biología, para discutir un proyecto en el que estaban trabajando. ¿Quién más iba a estar allí? Una lista de nombres, la mayoría de los cuales yo conocía. Recuerdo que vi mi reloj, eran las ocho y media y todavía estaba en las primeras entradas del juego, y le dije que podía ir, pero que la quería en casa a más tardar a las diez. Ella me dijo que a las once. Le contesté: "No, es noche de escuela, ya sabes el toque de queda", y entonces desistió y se dirigió a la puerta. Recuerdo haberla llamado justo antes de que se fuera, diciéndole que la amaba.

Las lágrimas se liberan, su cuerpo tiembla de emoción, pero las correas lo sostienen firmemente contra la silla.

Barry dice:

—La verdad es que no sé si la llamé. Creo que probablemente no lo hice, que simplemente volví a ver el partido y no volví a pensar en ella hasta que las diez de la noche habían llegado y se habían ido, y me preguntaba por qué no estaba en casa todavía.

El hombre dice:

—Computadora, detén la sesión —y luego—: Gracias, Barry.

Se inclina hacia delante y limpia las lágrimas de la cara de Barry con el dorso de su mano.

—¿Cuál era el sentido de todo eso? —Barry pregunta, roto—. Eso fue peor que cualquier tortura física.

—Se lo mostraré.

El hombre toca un botón en el carrito médico.

Barry mira el tubo en su brazo mientras un chorro de líquido transparente se precipita en su vena.

HELENA

Día 598

El hombre es alto y enjuto, sus delgados brazos están llenos de marcas de agujas. En su hombro izquierdo hay un tatuaje con el nombre de Miranda, que se ve fresco, aún rojo e inflamado. Lleva un casco plateado que le queda tan bien como un casquete, sólo que ligeramente más grueso, y un segundo dispositivo del tamaño del borrador de una pizarra ha sido colocado en su antebrazo izquierdo. Por lo demás, está de pie desnudo ante una estructura blanca, como una cáscara, que recuerda a un huevo. Un hombre y una mujer esperan entre bastidores junto a un desfibrilador.

Helena ve todo a través de un cristal unidireccional desde un asiento en la consola principal de la sala de control adyacente, entre Marcus Slade y el doctor Paul Wilson, director de proyectos del equipo médico. A la izquierda de Slade se sienta Sergei, el único miembro de la tripulación original que se quedó.

Alguien le toca el hombro. Voltea a ver a Jee-woon, que acaba de entrar en la sala de control para sentarse detrás de ella. Inclinándose hacia delante, le susurra al oído:

—Me alegro mucho de que te hayas decidido a unirte a nosotros para esto. El laboratorio no ha sido el mismo sin ti.

Slade mira a Sergei, que está estudiando una pantalla que muestra una imagen de alta resolución del cráneo del sujeto de prueba.

—¿Cómo se ven las coordenadas de reactivación? —Slade pregunta—. Cerradas y cargadas.

Slade se vuelve hacia el doctor.

—¿Paul?

—Listo cuando tú lo estés.

Slade aprieta un botón en el auricular que lleva puesto y dice:

—Reed, estamos listos de este lado. ¿Por qué no te adelantas y te metes?

Por un momento, el hombre enjuto no se mueve. Sólo se queda ahí parado temblando, mirando fijamente al tanque a través de la escotilla abierta. Las luces le dan a su piel un tono azulado, excepto por las cicatrices de las agujas, que brillan de color rojo contra su palidez enfermiza.

—¿Reed? ¿Puedes oírme?

—Sí —la voz del hombre viene a través de cuatro altavoces colocados en los rincones de la sala de control.

—¿Listo para hacer esto?

—Es sólo que… ¿Y si siento dolor? No estoy totalmente seguro de qué esperar.

Mira fijamente el cristal unidireccional, demacrado y macilento, sus costillas se pueden ver a través de la piel amarilla.

—Puedes esperar todo lo que hablamos —dice Slade—. El doctor Wilson está sentado aquí a mi lado. ¿Quieres decir algo, Paul?

El hombre de pelo plateado ondulado se pone los auriculares.

—Reed, tengo todos tus signos vitales frente a mí, que estaré monitoreando en tiempo real, y un plan de contingencia completo si veo que estás en peligro.

Slade dice:

—No olvides el bono que te pagaré si la prueba del día tiene éxito.

Reed enfoca su mirada vacía en el tanque.

—Bien —dice, mentalizándose a sí mismo—. Bien, hagamos esto.

Se aferra de las asas a los lados del tanque de privación y trepa sin parar al interior, el chorro de agua se escucha a través de los altavoces.

Slade dice:

—Reed, avísanos cuando estés cómodamente instalado.

Después de un momento, el hombre dice:

—Estoy flotando.

—Si te parece bien, voy a seguir adelante y cerrar la escotilla ahora.

Transcurren diez tensos segundos.

—¿Te parece bien, Reed?

—Sí, está bien.

Slade teclea una clave. La escotilla baja lentamente hasta su lugar, cerrando sin problemas.

—Reed, estamos listos para apagar las luces y empezar. ¿Cómo te sientes?

—Creo que estoy listo.

—¿Recuerdas todo lo que discutimos esta mañana?

—Creo que sí.

—Necesito que estés seguro.

—Estoy seguro.

—Bien. Todo va a estar bien. Cuando me veas la próxima vez, dime que mi madre se llama Susan. Así lo sabré.

Slade atenúa la luz. Un monitor previamente inactivo brilla con vida, mostrando una imagen en vivo de una cámara de visión nocturna orientada directamente hacia Reed desde el techo del tanque. Lo muestra flotando de espaldas en el agua fuertemente salinizada. Slade pone un temporizador en el monitor primario, lo fija en cinco minutos.

—Reed, ésta es la última vez que me oirás. Te daremos unos

minutos para que te relajes y te centres. Luego nos pondremos en marcha.

—Está bien.

—Buen viaje. Vas a hacer historia hoy.

Slade comienza la cuenta atrás y se quita los auriculares.

Helena pregunta:

—¿Qué tipo de memoria está reactivando?

—¿Viste el tatuaje en su hombro izquierdo?

—Sí.

—Tatuamos eso ayer por la mañana. Anoche, hicimos un mapa de la memoria del evento.

—¿Por qué un tatuaje?

—Debido al dolor. Quería una fuerte y reciente experiencia de codificación.

—¿Y un adicto a la heroína es lo mejor que se te ocurre para una prueba sujeto?

Slade no responde. Su transformación es asombrosa.

Está llevando este proyecto más lejos de lo que ella estaba dispuesta a ir. Nunca imaginó que se encontraría con alguien más decidido y resuelto que ella misma.

—¿Sabe siquiera en qué se ha metido? —pregunta.

—Sí.

Helena ve cómo el tiempo se acaba. Los segundos y los minutos se deslizan y se alejan.

Ella mira a Slade y dice:

—Esto está más allá de los límites de las pruebas científicas responsables.

—Estoy de acuerdo.

—¿Y simplemente no te importa?

—El tipo de avance científico que busco no ocurre en el extremo poco profundo de la piscina.

Helena estudia la pantalla que muestra a Reed flotando inmóvil en el tanque.

—Sí. Pero él también. Él entiende el estado en el que se encuentra. Creo que es heroico. Además, cuando terminemos, irá a rehabilitación en una clínica de lujo. Y si esto funciona, tú y yo estaremos bebiendo champaña en tu departamento...

Echa un vistazo a su Rolex.

—En diez minutos.

—¿De qué hablas?

—Ya lo verás.

Todos esperan en un silencio tenso durante los dos últimos minutos, y cuando el temporizador suena, Slade dice:

—¿Paul?

—En espera.

Slade mira fijamente a lo largo de la consola al hombre que controla los estimuladores.

—¿Sergei?

—Listo cuando tú lo estés.

—¿Resucitación?

—Paletas cargadas, en espera.

Slade mira a Paul y asiente con la cabeza.

El doctor libera un respiro, presiona una tecla, dice:

—Va un miligramo de rocuronio.

—¿Qué es eso? —pregunta Helena.

—Un agente bloqueador neuromuscular —dice el doctor Wilson.

Slade dice:

—Pase lo que pase, no podemos dejar que se golpee por ahí, destruyendo ese casco.

—¿Sabe que está temporalmente paralizado?

—Por supuesto.

—¿Cómo se administran estas drogas?

—A través de un puerto IV inalámbrico incrustado en su antebrazo izquierdo. Es básicamente una versión del coctel de inyección letal, menos el sedante.

El médico dice:

—Van dos puntos y dos miligramos de tiopentato de sodio.

Helena divide su atención entre la visión nocturna del interior del tanque y la pantalla que el médico está estudiando, que muestra el pulso de Reed, la presión sanguínea, el electro-cardiograma y una docena de otras medidas.

—¿Así que estás dispuesto a arriesgar la vida de este hombre? —pregunta.

—La presión sanguínea está cayendo —dice el doctor Wilson—. El ritmo cardiaco se reduce a cincuenta latidos por minuto.

—¿Está sufriendo —pregunta Helena.

—No —dice Slade.

—¿Cómo puedes estar seguro?

—Veinticinco latidos por minuto.

Helena se inclina cerca del monitor, mirando la cara de Reed en los tonos verdes de visión nocturna. Sus ojos están cerrados y no muestra signos visibles de dolor. En realidad, parece tranquilo.

—Diez latidos por minuto. Presión sanguínea treinta sobre cinco.

De pronto la sala de control se llena con el tono sostenido de un paro cardiaco.

El doctor lo apaga:

—Hora de la muerte: 10:13 a.m.

Reed no se ve diferente en el tanque, todavía flota en el agua salada.

—¿Cuándo lo revivirás? —pregunta Helena.

Slade no responde.

—En espera —dice Sergei.

Una nueva ventana ha aparecido en el monitor principal del doctor.

Tiempo desde la muerte del corazón: 15 segundos.

Cuando el reloj pasa un minuto, el doctor dice:

—Se ha detectado una liberación del DMT.

Slade dice:

—Sergei.

—Inicia programa de reactivación de la memoria. Se disparan los estimuladores.

El médico sigue revisando los niveles de varios signos vitales, ahora principalmente los asociados con los niveles de oxígeno cerebral y la actividad. Sergei también ofrece una actualización cada diez segundos más o menos, pero para Helena el estruendo de sus voces se desvanece. No puede apartar la vista del hombre del tanque, preguntándose qué es lo que ve y siente. Se pregunta si estaría dispuesta a morir para experimentar todo el poder de su invento.

A los dos minutos y treinta segundos, Sergei interrumpe:

—Programa de memoria completo.

—Ejecútalo de nuevo —dice Slade.

Sergei lo mira.

—Marcus, a los cinco minutos, las posibilidades de traerlo de vuelta son prácticamente nulas. Las células de su cerebro están muriendo rápidamente —dice el médico.

—Reed y yo hablamos de ello esta mañana. Está listo para enfrentarlo.

—Sácalo —dice Helena.

—Tampoco me siento cómodo con esto —dice Sergei.

—Por favor, confía en mí. Ejecuta el programa una vez más.

Sergei suspira y rápidamente escribe algo.

—Inicia programa de reactivación de la memoria. Se disparan los estimuladores.

Mientras Helena mira a Slade, él dice:

—Jee-woon sacó a ese hombre de una casa de drogas en uno de los peores barrios de San Francisco. Estaba inconsciente, la aguja aún colgaba de su brazo. Probablemente estaría muerto ahora mismo si no fuera...

—Eso no es una justificación para esto —dice ella.

—Entiendo por qué te sientes así. Les pediría de nuevo, *a todos ustedes*, que por favor confíen en mí por un poco más de tiempo. Reed estará perfectamente bien.

El doctor Wilson dice:

—Marcus, si tienes alguna intención de revivir al señor King, te sugiero que le digas a mis médicos que lo saquen de la cámara inmediatamente. Incluso si logramos que su corazón vuelva a latir, si su funcionamiento cognitivo se ha ido, no le será de utilidad.

—No vamos a sacarlo del tanque.

Sergei se levanta y se dirige a la salida.

Helena deja su silla, siguiéndolo justo detrás de él.

—La puerta está cerrada desde fuera —dice Slade—. Y aunque pudieras entrar, mi equipo de seguridad está esperando en el vestíbulo. Lo siento. Tenía el presentimiento de que perderías los nervios cuando llegáramos a este momento.

El doctor dice en su micrófono:

—Dana, Aaron, saquen al señor King del tanque y comiencen la resucitación inmediatamente.

Helena mira fijamente a través de la pared de cristal. Los médicos que están junto al desfibrilador no se mueven.

—¡Aarón! ¡Dana!

—No pueden escucharte —dice Slade—. Silencié los comunicadores de la sala de pruebas justo después de que empezaras la secuencia de la droga.

Sergei empuja la puerta, golpeando su hombro contra el metal.

—¿Quieres cambiar el mundo? —pregunta Slade—. Esto es lo que se necesita. Esto es lo que se siente. Momentos de acero, resolución inquebrantable.

En la visión nocturna del tanque, Reed no mueve ni un músculo.

El agua está perfectamente en calma.

Helena mira el monitor del doctor. *Tiempo desde la muerte cardiaca: 304 segundos.*

—Hemos pasado la marca de los cinco minutos —le dice al doctor Wilson—. ¿Hay esperanza?

—No lo sé.

Helena se abalanza sobre una silla vacía y la levanta del suelo, Jee-woon y Slade se dan cuenta de lo que hace medio segundo tarde, ambos hombres se lanzan de sus asientos para detenerla.

Ella alza la silla sobre su hombro y la lanza contra la ventana. Pero nunca llega al cristal.

6 de noviembre de 2018

Sus ojos están abiertos, pero no ve nada. Su sentido del tiempo se ha ido. Podrían haber pasado años. O segundos. Parpadea, pero nada cambia. Se pregunta: *¿Estoy muerto?* Respira, su pecho se expande, y luego deja salir el aire. Cuando levanta el brazo, oye el movimiento del agua y siente que algo se desliza por la superficie de su piel.

Se da cuenta de que está flotando de espaldas, sin esfuerzo, en un charco de agua que está a la temperatura exacta de su piel. Cuando se queda quieto no puede sentirlo, incluso le da la sensación de que su cuerpo no tiene final ni principio.

No… sí hay una sensación. Algo ha sido fijado en su antebrazo izquierdo.

Con su mano derecha toca lo que parece una caja de plástico duro. Tres centímetros de ancho, tal vez diez de largo. Intenta sacarlo, pero está pegado, incrustado en su piel.

—Barry.

Es la voz del hombre de antes. El que estaba sentado en el taburete haciéndole hablar de Meghan mientras Barry estaba atado a esa silla.

—¿Dónde estoy? ¿Qué está pasando?

—Necesito que se calme. Sólo respire.

—¿Estoy muerto?

—¿Le diría que respirara si lo estuviera? No está muerto, y donde esté es irrelevante en este momento.

Barry saca una mano directamente del agua, sus dedos tocan

95

una superficie a sesenta centímetros sobre su cara. Busca una palanca, un botón, algo para abrir lo que sea donde le hayan puesto dentro, pero las paredes son lisas y continuas.

Siente una ligera vibración en el dispositivo de su antebrazo, se acerca para tocarlo de nuevo, pero no pasa nada. Su brazo derecho ya no se moverá.

Trata de levantar su brazo izquierdo, nada.

Luego sus piernas, su cabeza, sus dedos.

Ni siquiera puede parpadear, y cuando intenta hablar, sus labios se niegan a separarse.

—Lo que está experimentando es un agente paralizante —dice el hombre desde algún lugar en la oscuridad de arriba—. Ésa fue la vibración que acaba de sentir, el dispositivo que inyecta la droga. Desafortunadamente, necesitamos mantenerlo consciente. No le mentiré, Barry. Los siguientes momentos van a ser muy incómodos.

El terror se lo traga, el miedo más profundo que ha conocido. Sus ojos están cerrados, y sigue intentando mover brazos, piernas, dedos, cualquier cosa, pero nada responde. Bien podría estar tratando de controlar un solo cabello. Y eso es todo antes de que el verdadero horror golpee: es incapaz de contraer su diafragma.

Lo que significa que no puede respirar.

Una vorágine de pánico lo invade, y finalmente el dolor, todo se reduce a una escalada segundo a segundo de la necesidad de inhalar oxígeno. Pero está bloqueado fuera de los controles de su propio cuerpo. No puede gritar o agitarse o rogar por su vida, lo que estaría más que dispuesto a hacer si sólo pudiera hablar.

—Probablemente ya se ha dado cuenta de que ya no tiene la capacidad de respirar. Esto no es sadismo, Barry. Se lo prometo. Todo terminará pronto.

Sólo puede yacer en la oscuridad total, escuchando los gritos de su mente y el torrente de pensamientos acelerados, mientras que el único sonido es el estruendo de su corazón que late cada vez más rápido.

El dispositivo en su antebrazo vibra de nuevo.

Ahora un dolor al rojo vivo recorre sus venas, y ese martilleo de su corazón responde instantáneamente a lo que sea que haya sido lanzado al torrente sanguíneo.

Desacelerando.

Desacelerando.

Desacelerando.

Y entonces ya no lo oye ni lo siente latir.

El silencio de dondequiera que esté se vuelve completo.

En este momento, sabe que la sangre ya no circula por su cuerpo.

No puedo respirar y mi corazón ha dejado de latir. Estoy muerto. Clínicamente muerto. Entonces, ¿cómo es que sigo pensando? ¿Cómo estoy consciente? ¿Cuánto tiempo durará esto? ¿Qué tan malo será el dolor? ¿Esto es realmente mi fin?

—Acabo de detener su corazón, Barry. Por favor, escuche. Tiene que mantenerse concentrado durante los próximos momentos, o lo perderemos. Si llega al otro lado, recuerde lo que hice por usted. No deje que ocurra esta vez. Puede cambiarlo.

Explosiones de color detonan en el cerebro privado de oxígeno y sangre de Barry: un espectáculo de luz para un hombre muerto, cada destello es más cercano y brillante que el anterior.

Hasta que todo lo que ve es una blancura cegadora que comienza a desvanecerse a través de sombras de gris hacia el negro, y sabe lo que hay al final de ese espectro: el no ser. Pero tal vez un fin para el dolor. El fin a esta sed brutal de aire. Está listo para ello. Listo para cualquier cosa que haga que esto se detenga.

Y entonces huele algo. Es extraño, porque conjura una respuesta emocional que no puede nombrar, pero que conlleva el dolor de la nostalgia. Tarda un momento, pero se da cuenta de que es el olor de su casa después de que él, Julia y Meghan terminaban de comer. En particular, el pastel de carne de Julia y las zanahorias y papas asadas. Luego capta el aroma de la levadura, la malta y la cebada. Cerveza, pero no cualquier cerveza.

Las Rolling Rocks que solía beber directamente de esas botellas verdes.

Otros olores emergen y se fusionan en un aroma más complejo que cualquier vino. Es uno que reconocería en cualquier lugar, la casa en la ciudad de Jersey en la que vivió con su exesposa y su hija muerta.

El olor del hogar.

De repente, prueba la cerveza y la constante presencia en su boca de los cigarros que solía fumar.

Su cerebro dispara una imagen que atraviesa la blancura cegadora, borrosa y difusa en los bordes, pero que se enfoca rápidamente. Un televisor. Y en la pantalla, un juego de beisbol. La imagen en el ojo de su mente es tan clara como la vista, escala de grises al principio, pero luego el color se derrama en todo lo que ve.

El parque Fenway.

El césped verde bajo el fuego de las luces del estadio.

La multitud.

Los jugadores.

La arcilla roja del montículo del pitcher y a Curt Schilling de pie sobre él con la mano en el guante, mirando fijamente a Todd Helton en el *home*.

Es como si un recuerdo se construyera ante él. Primero los cimientos de olor y sabor. Luego el andamiaje de las imágenes. Luego viene una superposición de tacto mientras siente, realmente siente, la fría suavidad de la silla de cuero en la que está sentado, sus pies apoyados en el reposapiés extendido, su cabeza girando, y una mano —*su mano*— buscando la botella de Rolling Rock que descansa en un posavasos en la mesa junto a la silla.

Al tocar la botella, puede sentir la fría humedad condensada en el vidrio verde, y al llevársela a los labios e inclinarla hacia atrás, el sabor y el olor lo abruman con el poder de la realidad. No de un mero recuerdo, sino de un evento que está sucediendo ahora.

Y es muy consciente, no sólo de la memoria en sí, sino de su perspectiva de la memoria. Es diferente a cualquier recuerdo que haya experimentado, porque está *en* él, mirando a través de los ojos de su yo más joven y viendo la película de su antigua vida desplegada ante él como un observador totalmente inmerso.

El dolor de la muerte se ha convertido en una estrella tenue y distante, y ahora comienza a oír sonidos, únicamente pinceladas al principio, apagadas e indistintas, pero ganando lentamente en volumen y claridad, como si alguien estuviera ralentizando el giro de los diales.

Los locutores de la televisión.

Un teléfono sonando en su casa.

Pasos que se mueven por el suelo de madera del pasillo. Y entonces Meghan de pie frente a él. Está mirando fijamente su cara, y su boca se mueve, y él oye su voz, demasiado débil, demasiado distante para distinguir cualquier palabra específica, sólo para oír ese tono familiar que ha estado desapareciendo silenciosamente en su memoria durante once años.

Ella es hermosa. Es vital. De pie frente al televisor, bloqueando la pantalla, con su mochila colgada sobre un hombro, jeans, un suéter turquesa, su cabello recogido en una cola de caballo.

Esto es demasiado intenso. Peor que la tortura de ser asfixiado e igualmente fuera de su control, porque éste no es un recuerdo que está recuperando por su propia voluntad. Está siendo proyectado de alguna manera para él, en contra de su consentimiento, y piensa que quizás hay una razón por la que nuestras memorias se mantienen borrosas y fuera de foco. Tal vez su abstracción sirve como un anestésico, un amortiguador que nos protege de la agonía del tiempo y todo lo que roba y borra.

Quiere salir de ese recuerdo, pero no puede irse. Todos los sentidos están totalmente comprometidos. Todo tan claro y vívido como la existencia. Excepto que no tiene control. No puede hacer nada más que mirar a través de los ojos de su yo once años más joven y escuchar la última conversación que tuvo con su hija, sintiendo la vibración de su laringe, y luego el movimiento de su boca y sus labios formando palabras.

—¿Le preguntaste a tu madre? —su voz no suena nada extraña. Se siente y suena exactamente como cuando habla.

—No, te estoy preguntando a ti.

—¿Terminaste tu tarea?

—Todavía no, por eso quiero ir.

Barry siente que su joven yo se inclina para ver alrededor de Meghan cómo Todd Helton conecta con el siguiente lanzamiento. El corredor de la tercera base anota, pero es un out de primera base para Helton.

—Papá, ni siquiera me estás escuchando.

—Te estoy escuchando.

Ahora la está mirando de nuevo.

—Mindy es mi compañera de laboratorio, y tenemos esta cosa para el próximo miércoles.

—¿Para?

—Biología.

—¿Quién más va a estar allí?

—Ay, por Dios. Yo, Mindy, tal vez Jacob, definitivamente Kevin y Sarah.

Ahora se ve a sí mismo levantar su brazo izquierdo para mirar su reloj, uno que perderá cuando se mude de esta casa dentro de diez meses tras la muerte de Meghan y la descompresión explosiva de su matrimonio.

Es un poco después de las 8:30 p.m.

—¿Entonces puedo irme?

Di que no.

El joven Barry ve al siguiente jugador de los Rockies caminando hacia el *home plate*.

¡Di que no!

—¿Volverás a más tardar a las diez?

—Once.

—Las once son para los fines de semana, ya lo sabes.

—Diez y media.

—Okey, entonces olvídalo.

—Bien, diez y cuarto.

—¿En serio?

—Me tardo diez minutos en llegar caminando. A menos que quieras llevarme.

Vaya. Había reprimido este momento porque era demasiado doloroso. Ella le había sugerido que la llevara, y él se había negado. Si lo hubiera hecho, ella aún estaría viva.

¡Sí! ¡Llévala! ¡Llévala, idiota!

—Cariño, estoy viendo el partido.

—¿Entonces a las diez y media?

Siente que sus labios se curvan en una sonrisa, recuerda con agudeza la sensación de perder una negociación con su hija. El orgullo de haber criado a una mujer con agallas, que conocía su propia mente y luchaba por las cosas que quería. Se reincorporó con la esperanza de que llevara ese fuego a su vida adulta.

—Bien —Meghan va hacia la puerta—. Pero ni un minuto después. ¿Me lo prometes?

Detenla.

¡Detenla!

—Sí, papá —sus últimas palabras. Ahora recuerda. *Sí, papá.* El joven Barry está mirando la televisión otra vez, viendo cómo Brad Hawpe dispara una rápida justo al centro. Puede escuchar los pasos de Meghan alejándose de él, y está gritando a su lado, pero no pasa nada. Es como si estuviera habitando un cuerpo sobre el que no ejerce ningún control.

Su yo más joven ni siquiera está mirando a Meghan mientras se dirige hacia la puerta. Sólo le importa el juego, y no sabe que acaba de mirar a su hija a los ojos por última vez, que podría evitar que esto ocurriera con una palabra.

Él escucha la puerta delantera abrirse y cerrarse de golpe.

Entonces ella se ha ido, alejándose de su casa, de él, a su muerte. Y está sentado en un sillón reclinable viendo un partido de beisbol.

El dolor de no poder respirar lo ha abandonado. No tiene sentido de flotar en esa agua caliente o de su corazón latente alojado en su pecho. Nada importa excepto este recuerdo atroz que se ve forzado a soportar por razones más allá de su comprensión y el hecho de que su hija acaba de salir de su casa por última vez...

Su meñique izquierdo se mueve.

O más bien, es consciente de haberlo movido. De que la acción es el resultado de su intención.

Lo intenta de nuevo. Toda la mano se mueve.

Extiende un brazo, y luego el otro.

Parpadea. Toma un respiro.

Abre la boca y hace un sonido como un gruñido gutural y sin sentido, pero lo logró.

¿Qué significa esto? Antes estaba experimentando el recuerdo como un observador que se desplaza a través de un archivo de sólo lectura. Como si estuviera viendo una película. Ahora puede moverse y hacer sonidos e interactuar con su entorno, y cada segundo se siente más en control de ese cuerpo.

Con la mano baja el reposapiés del sillón. Luego está de pie, mirando alrededor de esta casa en la que vivió hace más de una década y maravillándose de lo exquisitamente real que es.

Se mueve a través de la sala de estar, se detiene frente al espejo junto a la puerta principal y estudia su reflejo en el cristal. Su cabello es más grueso y vuelve al color de la arena, desprovisto de la plata, que, en los últimos años, ha estado reclamando más y más realismo en su adelgazada cabellera.

Su mandíbula es afilada. No tiene la papada caída. No hay bolsas debajo de sus ojos o patas de gallo a los lados de su nariz, y se da cuenta de que dejó que su cuerpo se fuera a la mierda desde la muerte de Meghan.

Mira a la puerta. La puerta de la que su hija acaba de salir.

¿Qué demonios está pasando? Estaba en un hotel en Manhattan, siendo asesinado en una especie de tanque de privación.

¿Esto es real?

¿Esto está sucediendo?

No puede serlo, y sin embargo se siente exactamente como si estuviera vivo.

Abre la puerta y sale a una tarde de otoño.

Si esto no es real, es una tortura de la peor clase posible. Pero ¿qué tal que fuera cierto lo que el hombre le dijo? *Estoy a punto de darte el mejor regalo de tu vida. El mayor regalo que una persona podría esperar recibir.*

Barry regresa al momento. Ésas son preguntas para después. Ahora mismo, está de pie en el porche de su casa, escuchando las hojas del roble de su patio delantero silbando con una suave brisa que también mueve la cuerda. Por todas las apariencias, es —imposible— el 25 de octubre de 2007, la noche en que su hija fue asesinada, atropellada por alguien que huyó. Nunca llegó al Dairy Queen para reunirse con sus amigos, lo que significa que esta tragedia ocurrirá en los próximos diez minutos.

Y ya le lleva dos minutos de ventaja.

No lleva zapatos, pero ya ha perdido suficiente tiempo. Cierra la puerta principal de la casa, se baja al césped, las hojas crujen bajo sus pies descalzos y se dirige hacia la noche.

HELENA
....

20 de junio de 2009

Día 598

Alguien está llamando a su puerta. Alarga la mano en la oscuridad, enciende la lámpara y se levanta de la cama con el pantalón de la pijama y una camiseta negra sin mangas. El despertador de su escritorio indica que son las 9:50 a.m.

Mientras navega a través de la sala de estar en dirección a la puerta, pulsa el botón de la pared para levantar las cortinas de oscuridad y se ve atrapada por una poderosa sensación de *déjà vu*.

Slade está de pie en el pasillo en jeans y con una sudadera con capucha, sosteniendo una botella de champaña, dos vasos y un DVD. Es la primera vez que lo ve en semanas.

—Mierda, te he despertado.

Ella entrecierra los ojos bajo el resplandor de los paneles de luz en el techo.

—¿Te importa si entro? —le pregunta.

—¿Tengo elección?

—Helena, por favor.

Ella da un paso atrás y lo deja entrar, siguiéndolo por la pequeña entrada, pasando el tocador y hacia el salón principal.

—¿Qué quieres? —pregunta.

Él se sienta en la otomana de una silla de gran tamaño, junto a las ventanas que dan hacia un mundo de mar infinito.

—Dicen que no estás comiendo o haciendo ejercicio. Que no has hablado con nadie ni has salido en días.

—¿Por qué no me dejas hablar con mis padres? ¿Por qué no me dejas ir?

—No estás bien, Helena. No estás en condiciones de proteger el secreto de este lugar.

—Te dije que quería salir. Mi madre está internada. No sé cómo está. Mi padre no ha escuchado mi voz en un mes. Seguro que está preocupado…

—Sé que no puedes verlo ahora mismo, pero te estoy salvando de ti misma.

—Oh, vete al diablo.

—Te fuiste, porque no estabas de acuerdo con la dirección en la que estaba llevando este proyecto. Todo lo que he estado haciendo es darte tiempo para que reconsideres tirar todo por la borda.

—Era *mi* proyecto.

—Es mi dinero.

Sus manos tiemblan. Con miedo. Con rabia.

—No quiero hacer esto más. Has arruinado mi sueño. Me has bloqueado para que no intente ayudar a mi madre y a los demás. Quiero irme a casa. ¿Vas a seguir manteniéndome aquí contra mi voluntad?

—Por supuesto que no.

—¿Así que puedo irme?

—¿Recuerdas lo que te pregunté el primer día que llegaste? Ella niega con la cabeza, se le salen las lágrimas.

—Te pregunté si querías cambiar el mundo conmigo. Estamos parados sobre la cima de todo el brillante trabajo que has hecho, y vine aquí esta mañana para decirte que lo logramos.

Lo mira fijamente a través de la mesa de café, con lágrimas deslizándose por su cara.

—¿De qué estás hablando?

—Hoy es el día más grande de mi vida y de la tuya. Es todo por lo que hemos estado trabajando. Así que vine aquí para celebrarlo contigo.

Slade comienza a desenredar el alambre que sujeta el morrión de la botella de Dom Perignon. Cuando se lo quita, lo arroja sobre la mesa de café. Luego, agarrando la botella entre sus piernas, y con cuidado saca el corcho por completo. Helena lo ve verter la champaña en las copas, llenando cuidadosamente cada flauta hasta el borde.

—Has perdido la cabeza —dice.

—No podemos beber esto todavía. Tenemos que esperar hasta… —revisa su reloj—. Diez y cuarto, más o menos. Mientras esperamos, quiero mostrarte algo que sucedió ayer.

Slade lleva el DVD de la mesa de café al centro de entretenimiento. Lo carga en el reproductor y sube el volumen.

En pantalla: un hombre alto y demacrado que nunca ha visto antes se reclina en la silla de la memoria. Jee-woon Chercover se inclina sobre él, entintando un tatuaje de letras M-i-r-a-n en su hombro izquierdo. El hombre demacrado levanta un brazo y dice:

—*Detente.*

Slade aparece en la pantalla.

—*¿Qué pasa, Reed?*

—*He vuelto. Estoy aquí. Oh, Dios mío.*

—*¿De qué estás hablando?*

—*El experimento funcionó.*

—*Demuéstramelo.*

—*El nombre de tu madre es Susan. Me dijiste que te lo dijera antes de entrar en el huevo.*

En la pantalla, una enorme sonrisa se extiende por la cara de Slade. Pregunta:

—*¿A qué hora hicimos el experimento mañana?*

—*Diez de la mañana.*

Slade apaga el televisor y mira a Helena.

—¿Se supone que eso tiene algún sentido para mí? —dice ella.

—Supongo que lo sabremos en un minuto.

Se sientan en un silencio incómodo, Helena viendo las burbujas de champaña en efervescencia.

—Quiero ir a casa —dice.

—Puedes irte hoy si quieres.

Ella mira el reloj de la pared a las 10:10 a.m. Está tan silencioso su departamento que puede escuchar el silbido del gas que escapa de las copas. Ella mira fijamente al mar, pensando que de lo que sea que se trate, lo ha superado. Dejará la plataforma, su investigación, todo. Perderá su dinero, su participación en los beneficios, porque ningún sueño, ninguna ambición, vale lo que Slade le ha hecho. Volverá a su casa en Colorado y ayudará a cuidar de su madre. No pudo preservar sus recuerdos que se desvanecen o detener la enfermedad, pero al menos puede estar con ella por el tiempo que le queda.

Diez y cuarto va y viene.

Slade sigue mirando su reloj, un poco de preocupación se le advierte en los ojos.

Helena dice:

—Mira, sea lo que sea que se supone que es esto, estoy lista para dejarte. ¿A qué hora puede el helicóptero llevarme de vuelta a California?

Un hilo de sangre se desliza por la nariz de Slade.

Ahora sabe a óxido, se da cuenta de que la sangre también sale de la suya. Intenta detenerla con las manos, pero se le escapa entre los dedos y en la camisa. Se apresura a entrar en el tocador, agarra un par de toallitas del cajón y se los pone en la nariz mientras se los lleva a Slade.

En cuanto se los entrega, siente una agonía punzante detrás de sus ojos, como el peor dolor de cabeza provocado por la sensación helada de su vida, y puede ver por la mirada en su rostro que Slade está experimentando la misma sensación.

Ahora está sonriendo, con sangre entre los dientes. Levantándose de la otomana, se limpia la nariz y tira la toalla.

—¿Ya lo sientes venir? —pregunta.

Al principio, ella piensa que él está hablando del dolor, pero no es eso. De repente se da cuenta de un nuevo recuerdo de la última media hora. Un recuerdo gris y embrujado. En él, Slade no vino aquí con una botella de champaña. La invitó a bajar a la bahía de pruebas con él. Recuerda estar sentada en la sala de control y ver a un adicto a la heroína entrar en el tanque de privación. Dispararon un recuerdo de él haciéndose un tatuaje, y luego lo mataron. Estaba tratando de tirar una silla por la ventana entre la sala de control y la bahía de pruebas cuando, de repente, está aquí en su departamento con una hemorragia nasal y un dolor de cabeza mortal.

—No lo entiendo —dice—. ¿Qué acaba de pasar?

Slade levanta su copa de champaña, la choca con la de ella y toma un largo sorbo.

—Helena, no sólo construiste una silla que ayuda a la gente a revivir sus recuerdos. Hiciste algo que puede devolverlos al pasado.

25 de octubre de 2007

Las ventanas de las casas vecinas parecen parpadear por la iluminación de las pantallas de televisión en su interior, y no hay nadie afuera excepto Barry, que corre por en medio de una calle vacía y llena de hojas caídas de los robles que bordean la manzana. Se siente más fuerte que nunca. No hay dolor en su rodilla izquierda por la desafortunada barrida a *home* durante un juego de softball en Central Park que no ocurrirá hasta dentro de cinco años. Y es mucho más ligero, por lo menos por quince kilogramos.

A un kilómetro de distancia, ve el resplandor de los restaurantes y moteles, entre ellos el Dairy Queen. Detecta algo en el bolsillo delantero izquierdo de sus jeans. Desacelera la velocidad hasta lograr una caminata rápida, alcanza y saca un iPhone de primera generación cuyo salvapantallas es una foto de Meghan cruzando la línea de meta en un encuentro a campo traviesa.

Necesita cuatro intentos para desbloquearlo, y luego desliza los contactos hasta que encuentra a Meghan, llamándola mientras comienza a correr de nuevo.

Suena una vez.

Buzón de voz.

Llama de nuevo.

Buzón de voz otra vez.

Y corre por la acera rota pasando por una colección de edificios antiguos que se aburguesarán en lofts, una cafetería y una destilería en la próxima década. Pero por ahora, se ven oscuros y abandonados.

A varios cientos de metros de distancia, ve una figura que emerge de la oscuridad de esta área sin urbanizar y en el borde exterior iluminado del distrito comercial.

Un suéter turquesa. Cola de caballo.

Grita el nombre de su hija. Ella no mira atrás, y él está corriendo ahora, corriendo tan fuerte como nunca en su vida, gritando su nombre entre tragos de aire, incluso cuando se pregunta...

¿Algo de esto es real? ¿Cuántas veces ha fantaseado con este momento? Se le ha dado la oportunidad de evitar su muerte...

—¡Meghan!

Ahora ella está cincuenta metros por delante de él, y él está lo suficientemente cerca como para ver que ella está hablando por teléfono, sin darse cuenta.

Los neumáticos rechinan en algún lugar detrás de él. Mira hacia atrás a los faros que se acercan rápidamente y registra el gruñido de un motor en marcha. El restaurante al que Meghan nunca llegó está a la distancia, en el lado opuesto de la calle, y ahora da un paso en la carretera para cruzarla.

—¡Meghan! ¡Meghan! *¡Meghan!*

A un metro de la calle, ella se detiene y mira hacia atrás en dirección a Barry, el teléfono aún está en su oreja. Él está lo suficientemente cerca como para ver la confusión en su rostro, el ruido del auto que se aproxima justo a sus talones.

Un Mustang negro pasa a noventa kilómetros por hora, el coche se desliza por el medio de la calle y cruza la línea central.

Y luego se ha ido.

Meghan sigue en la acera.

Barry la alcanza, sin aliento, con las piernas ardiendo por el sprint de un kilómetro.

Ella baja su teléfono.

—¿Papá? ¿Qué estás haciendo?

Mira arriba y abajo del camino. Son sólo ellos dos parados en la luz amarilla de una farola colgante, sin autos que vengan, y lo suficientemente silencioso como para escuchar las hojas muertas raspando el pavimento. ¿Era ese Mustang el auto que la atropelló hace once años, que también es imposible, esta noche? ¿Acaba de impedir que ocurra?

Meghan dice:

—No llevas zapatos.

La abraza ferozmente, todavía jadeando por aire, pero hay sollozos que se mezclan ahora, y no puede contenerlos. Es demasiado. Su olor. Su voz. La mera presencia de ella.

—¿Qué pasó? —pregunta Meghan—. ¿Por qué estás aquí? ¿Por qué estás llorando?

—Ese auto… habría…

—Jesús, papá, estoy bien.

Si esto no es real, es la cosa más cruel que una persona podría hacerle, porque esto no se siente como una experiencia de realidad virtual o lo que sea a que lo haya sometido aquel hombre. Esto se siente real. Esto es vivir. No regresas de esto.

La mira, toca su cara, vital y perfecta en la luz de la calle.

—¿Eres real? —pregunta.

—¿Estás borracho? —pregunta ella.

—No, estaba…

—¿Qué?

—Estaba preocupado por ti.

—¿Por qué?

—Porque, porque eso es lo que hacen los padres. Se preocupan por sus hijas.

—Bueno, aquí estoy —ella sonríe incómoda, clara y correctamente cuestionando su cordura en este momento—. Sana y salva.

Piensa en la noche en que la encontró, no muy lejos de donde están parados. La había estado llamando durante una hora, y su teléfono no paraba de sonar antes de ir al buzón de voz. Fue mientras caminaba por esta calle que vio la pantalla rota de su teléfono iluminarse donde lo había dejado caer. Y luego encontró su cuerpo, roto y desparramado en las sombras más allá de la acera, el trauma indica que fue arrojada a una distancia considerable después de haber sido golpeada a gran velocidad.

Es un recuerdo que nunca lo abandonará, pero que ahora posee una cualidad gris y descolorida, como el falso recuerdo que lo atormentaba en aquel restaurante de Montauk. ¿Ha cambiado de alguna manera lo que pasó? No puede ser.

Meghan lo mira por un largo momento. Ya no está molesta. Es amable. Preocupada. Él sigue limpiándose los ojos, tratando de no llorar, y ella parece simultáneamente asustada y conmovida.

Ella dice:

—Está bien si lloras. El padre de Sarah se emociona con todo.

—Estoy muy orgulloso de ti.

—Lo sé —y luego—: Papá, mis amigos me están esperando.

—Okey.

—¿Pero te veré más tarde? —pregunta.

—Definitivamente.

—¿Vamos al cine este fin de semana? ¿Para nuestra cita?

—Sí, por supuesto —no quiere que se vaya. Podría tenerla en sus brazos durante una semana y no sería suficiente. Pero dice—: Por favor, ten cuidado esta noche.

Se da la vuelta y sigue caminando por la calle. Él la llama por su nombre. Ella mira hacia atrás.

—Te amo, Meghan.

—Yo también te quiero, papá.

Y se queda allí temblando y tratando de entender lo que acaba de pasar, viendo cómo se aleja de él y luego cruza la calle, y luego entra en el Dairy Queen, donde se reúne con sus amigos en una mesa junto a la ventana.

Los pasos se acercan por detrás.

Barry se da la vuelta y ve a un hombre vestido de negro que se aproxima a él. Incluso desde la distancia, le parece vagamente familiar, y al acercarse, el reconocimiento total lo golpea. Es el hombre del restaurante, Vince, que lo acompañó a la habitación después de haber sido drogado en el bar del hotel. El del tatuaje en el cuello, excepto que ya no lo tiene. O todavía. Ahora, tiene toda la cabeza cubierta de pelo y una complexión más delgada. *Parece diez años más joven.*

Barry se aparta instintivamente, pero Vince levanta las manos en señal de paz.

Se enfrentan en la acera vacía bajo la farola.

—¿Qué me está pasando? —pregunta Barry.

—Sé que estás confundido y desorientado, pero eso no durará. Estoy aquí para cumplir con la última parte de mi contrato de trabajo. ¿Ya lo estás logrando?

—¿Logrando qué?

—Lo que mi jefe hizo por ti.

—¿Esto es real?

—Esto es real.

—¿Cómo?

—Estás con tu hija de nuevo, y ella está viva. ¿Importa eso? No me verás después de esta noche, pero tengo que decirte una cosa: hay reglas básicas y son sencillas. No intentes jugar con el sistema a partir de tus conocimientos de lo que está por venir. Sólo vive tu vida de nuevo. Vívela un poco mejor. Y no se lo digas a nadie. Ni a tu esposa. Ni a tu hija. A nadie.

—¿Y si quiero volver?

—La tecnología que te trajo aquí ni siquiera ha sido inventada todavía.

Vince se da la vuelta para irse.

—¿Cómo le agradezco esto? —pregunta Barry, sus ojos se llenan de lágrimas otra vez.

—En este momento, en 2018, te está mirando a ti y a tu familia. Con suerte, está viendo que has aprovechado al máximo esta oportunidad. Que eres feliz. Que tu hija está bien. Y lo más importante, que mantuviste la boca cerrada y jugaste con las reglas que te acabo de explicar. Así es como puedes agradecérselo.

—¿Qué quieres decir con "ahora mismo, en 2018"?

Se encoge de hombros.

—El tiempo es una ilusión, una construcción hecha de la memoria humana. No hay tal cosa como el pasado, el presente o el futuro. Todo está sucediendo ahora.

Barry trata de asimilarlo, pero es demasiado para poder procesarlo.

—Tú también regresaste, ¿no?

—Un poco más lejos que tú. Ya llevo tres años reviviendo mi vida.

—¿Por qué?

—Lo estropeé cuando era policía. Hice negocios con la gente equivocada. Ahora soy dueño de una tienda de pesca con mosca, y la vida es hermosa. Buena suerte con tu segunda oportunidad.

Vince se da la vuelta y se va hacia la noche.

LIBRO DOS

Lo que más añoramos son los lugares que nunca hemos conocido.

CARSON MCCULLERS

20 de junio de 2009

Día 598

Helena está sentada en el sofá de su departamento, tratando de comprender la magnitud de los últimos treinta minutos de su vida. Su reacción instintiva es que no puede ser verdad, que es un truco o una ilusión. Pero sigue viendo el tatuaje terminado de *Miranda* en el hombro del adicto a la heroína; el tatuaje sin terminar del video que Slade acaba de mostrarle. Y ella sabe que, de alguna manera, aunque tiene un rico y detallado recuerdo del experimento de esta mañana, hasta el punto de tirar una silla a una ventana, nada de eso sucedió. Es como una rama muerta de la memoria en la estructura neuronal de su cerebro. La única cosa con la que puede compararlo es el recuerdo de un sueño minucioso.

—Dime qué está pasando por tu mente en este momento —dice Slade.

Ella fija su mirada en él.

—¿Puede este procedimiento —morir en el tanque de privación mientras se reactiva la memoria— alterar realmente el pasado?

—No hay pasado.

—Eso es una locura.

—¿Por qué? ¿Tú puedes tener tus teorías, pero yo no puedo tener las mías?

—Explícate.

—Lo dijiste tú misma. "Ahora" es sólo una ilusión, un accidente de cómo nuestros cerebros procesan la realidad.

—Eso es sólo… una mierda de filosofía de primer año.

—Nuestros antepasados vivieron en los océanos. Debido a la forma en que la luz viaja a través del agua en comparación con el aire, su volumen sensorial —la región en la que podían buscar presas— se limitaba a su volumen motor, la región a la que podían llegar e interactuar. ¿Cuál crees que podría ser el resultado de eso?

Ella considera la pregunta.

—Sólo podían reaccionar a estímulos inmediatos.

—Bien. ¿Qué crees que pasó cuando esos peces finalmente se arrastraron fuera del océano hace cuatrocientos millones de años?

—Su volumen sensorial aumentó, ya que la luz viaja más lejos en el aire que en el agua de mar.

—Algunos biólogos evolucionistas creen que esta disparidad terrestre entre el volumen motor y el sensorial creó las bases para la evolución de la conciencia. Si podemos ver hacia delante, entonces podemos pensar hacia delante, podemos planear. Y entonces podemos prever el futuro, incluso si no existe.

—Entonces, ¿cuál es tu punto?

—Esa conciencia es un resultado del medio ambiente. Nuestras cogniciones, nuestra idea de la realidad, están formadas por lo que podemos percibir, por las limitaciones de nuestros sentidos. Creemos que estamos viendo el mundo como realmente es, pero tú, más que nadie, sabes… que son sólo sombras en la pared de una cueva. Somos tan ciegos como nuestros antepasados que vivían en el agua, los límites de nuestros cerebros son un accidente de la evolución. Y como ellos, por definición, no podemos ver lo que nos estamos perdiendo. O… no podíamos, hasta ahora.

Helena recuerda la misteriosa sonrisa de Slade esa noche en el restaurante, hace tantos meses.

—Perforando el velo de la percepción —dice.

—Exactamente. Para un ser bidimensional, viajar por una tercera dimensión no sólo sería imposible, sería algo que no podrían concebir. Así como nuestro cerebro nos falla aquí. Imagina si pudieras ver el mundo a través de los ojos de seres más avanzados en cuatro dimensiones. Podrías experimentar eventos en tu vida en cualquier orden. Revivir cualquier recuerdo que quieras.

—Pero eso es… es… ridículo. Y rompe la causa y el efecto.

Slade sonríe de nuevo con esa sonrisa superior. Todavía un paso adelante.

—Me temo que la física cuántica está de mi lado aquí. Ya sabemos que en el nivel de las partículas, la flecha del tiempo no es tan simple como los humanos creen.

—¿Realmente crees que el tiempo es una ilusión?

—Más bien nuestra percepción de ella es tan defectuosa que bien podría ser una ilusión. Cada momento es igualmente real y está sucediendo ahora, pero la naturaleza de nuestra conciencia sólo nos da acceso a un fragmento a la vez. Piensa en nuestra vida como un libro. Cada página es un momento distinto. Pero de la misma manera que leemos un libro, sólo podemos percibir un instante, una página, a la vez. Nuestra percepción defectuosa cierra el acceso a todos los demás. Hasta ahora.

—Pero ¿cómo?

—Una vez me dijiste que la memoria es nuestro único acceso verdadero a la realidad. Creo que tenías razón. Algún otro momento, un viejo recuerdo, es tan *ahora* como esta frase que estoy diciendo, tan accesible como entrar en la habitación de al lado. Sólo necesitábamos una forma de convencer a nuestros cerebros de eso. Para hacer cortocircuito a nuestras limitaciones evolutivas y expandir nuestra conciencia más allá de nuestro volumen sensorial.

Su cabeza está dando vueltas.

—¿Lo sabías? —pregunta.

—¿Sabía yo qué?

—Lo que en realidad estábamos trabajando desde el principio. Que era mucho más que la inmersión en la memoria.

Slade mira al suelo, y luego a ella otra vez.

—Te respeto demasiado como para mentirte.

—Así que… sí.

—Antes de llegar a lo que he hecho, ¿podemos tomarnos un momento para diSFRutar lo que has logrado? Eres es ahora el más grande científico e inventor que jamás haya existido. Eres responsable del avance más importante de nuestro tiempo. De todos los tiempos.

—Y el más peligroso.

—En las manos equivocadas, ciertamente.

—Dios mío, eres arrogante. En cualquier mano. ¿Cómo supiste lo que la silla podía hacer?

Slade pone su champaña en la mesa de centro, se levanta y se dirige a la ventana. A varios kilómetros mar adentro, las nubes de tormenta se dirigen hacia la plataforma.

—La primera vez que nos conocimos —dice— dirigías un grupo de I+D para una empresa en San Francisco llamada Ion.

—¿Qué quieres decir con "la primera vez"? Nunca he trabajado…

—Sólo déjame terminar. Me contrataste como asistente de investigación. Escribía informes basados en tu dictado, rastreaba los artículos que querías leer. Manejar tu calendario y tus viajes. Mantenía tu café caliente y tu oficina limpia. O por lo menos navegable.

Sonríe con algo que se aproxima a la nostalgia.

—Creo que mi título oficial era "perro de laboratorio". Pero fuiste buena conmigo. Me hiciste sentir incluido en la investigación, como si en verdad perteneciera a tu equipo. Antes de conocernos, yo estaba muy metido en las drogas. Tal vez me salvaste la vida —Slade continúa—: Construiste un gran microscopio MEG y una red decente de estimulación electromagnética. Tenías computadoras cuánticas muy superiores a las que usamos aquí, ya que la tecnología de Qbit estaba mucho más avanzada. Habías descifrado ya el tanque de privación y también cómo hacer funcionar el aparato de reactivación en su interior. Pero no estabas satisfecha. Tu teoría siempre fue que el tanque pondría al sujeto de prueba en un estado tan intenso de privación sensorial que cuando estimulamos las coordenadas neurales de un recuerdo la experiencia escalaría a este evento completamente inmersivo y trascendental.

—Espera, ¿entonces cuándo pasó todo esto?

—En la línea de tiempo original.

Helena necesita un momento para que la magnitud de lo que él dice la golpee.

—¿Estaba investigando la aplicación de la cápsula del tiempo para el Alzheimer? —pregunta.

—No lo creo. Ion estaba muy interesado en usar la silla para entretenimiento y eso es en lo que estábamos trabajando. Pero al igual que lo que hemos descubierto aquí, todo lo que podrías hacer es darle a alguien una experiencia un poco más vívida de un recuerdo, sin que tenga que recuperarlo él mismo. Se habían gastado decenas de millones, y esta tecnología en la que te habías jugado tu carrera no se estaba materializando.

Slade se aparta del cristal y la mira.

—Hasta el 2 de noviembre de 2018.

—El *año* 2018.

—Sí.

—Como en nueve años en el futuro.

—Correcto. Esa mañana, algo trágico, accidental y asombroso sucedió. Estabas ejecutando una reactivación de memoria en un nuevo sujeto de prueba llamado Jon Jordan. El evento de recuperación fue un accidente de auto en el que había perdido a su esposa. Todo estaba marchando en orden, y luego él se metió en el tanque de privación. Fue un paro cardíaco masivo. Mientras el equipo médico se apresuraba a sacarlo, ocurrió algo sorprendente. Antes de que pudieran abrir el tanque, todos en el laboratorio estaban de repente en una posición ligeramente diferente. Nos sangraba la nariz, a algunos nos dolía la cabeza, y en vez de Jon Jordan en el tanque, hacían un experimento con un tipo llamado Michael Dillman. Todo sucedió en un abrir y cerrar de ojos, como si alguien hubiera pulsado un interruptor.

Slade hace una pausa.

—Nadie entendió lo que había pasado. No teníamos registros de que Jordan hubiera puesto un pie en nuestro laboratorio. Tratamos de encontrarle sentido a todo. Llámalo curiosidad insana, pero no podía dejarlo pasar. Intenté localizar a Jordan, ver qué le había pasado, adónde había ido, y fue lo más extraño… Ese accidente de auto que estábamos reactivando, resulta que en realidad él había muerto en ese accidente junto a su esposa, quince años antes.

La lluvia comienza a golpear el vidrio con un sonido de tic-tac apenas perceptible desde el interior del departamento de Helena.

Slade regresa a la otomana.

—Creo que fui el primero en darme cuenta de lo que había sucedido, para entender que de alguna manera habías enviado la conciencia de Jon Jordan de vuelta a un recuerdo. Por supuesto, nunca lo sabremos, pero supongo que la desorientación de volver a su yo más joven alteró el resultado del accidente que lo mató a él y a su esposa.

Helena levanta la vista del trozo de alfombra que ha estado mirando mientras se preparaba para el horror de esta revelación.

—¿Qué hiciste, Marcus?

—Tenía cuarenta y seis años. Un adicto. Había desperdiciado mi tiempo. Temía que destruyeras la silla si descubrías de lo que era capaz.

—¿Qué hiciste?

—Tres días después, la noche del 5 de noviembre de 2018, fui al laboratorio y recargué uno de mis recuerdos en los estimuladores. Luego me subí al tanque y disparé una dosis letal de cloruro de potasio a mi corriente sanguínea. Dios, me quemó como fuego en las venas. El peor dolor que he experimentado. Mi corazón se detuvo, y cuando el DMT se liberó, mi conciencia se disparó a un recuerdo que había hecho cuando tenía veinte años. Y ése fue el comienzo de una nueva línea de tiempo que se separó de la original en 1992.

—¿Para todo el mundo?

—Aparentemente.

—¿Y ése es el que estamos viviendo?

—Sí.

—¿Qué pasó con el original?

—No lo sé. Cuando pienso en ello, esos recuerdos son grises y están embrujados. Es como si toda la vida hubiera sido succionada por ello.

—¿Así que todavía recuerdas la línea de tiempo original, donde eras mi asistente de laboratorio de cuarenta y seis años?

—Sí. Esos recuerdos viajaron conmigo.

—¿Por qué no los tengo?

—Piensa en nuestro experimento ahora mismo. Tú y yo no lo recordamos hasta que volvimos al momento preciso en que Reed murió en el huevo y viajó de vuelta a su memoria del tatuaje. Sólo entonces tus recuerdos y la conciencia de la línea de tiempo anterior, donde intentaste tirar una silla a través del cristal, se deslizaron en ésta.

—Así que en nueve años, en la noche del 5 de noviembre de 2018, voy a recordar toda esta otra vida?

—Creo que sí. Tu conciencia y los recuerdos de esa línea de tiempo original se fusionarán en ésta. Tendrás dos conjuntos de recuerdos, uno vivo y otro muerto.

La lluvia está cubriendo el vidrio, desdibujando el mundo más allá. Helena dice:

—Me necesitabas para hacer la silla por segunda vez.

—Eso es verdad.

—Y con tu conocimiento del futuro, construiste un imperio

en esta línea de tiempo y me atrajiste con la promesa de fondos ilimitados una vez que hiciera mis primeros avances en Stanford.

Asiente con la cabeza.

—Para que pudieras controlar completamente la creación de la silla y cómo se usó.

No dice nada.

—Básicamente me has estado acosando desde que empezaste esta segunda línea temporal.

—Creo que "acecho" es un poco hiperbólico.

—Lo siento, ¿estamos en una plataforma petrolífera desmantelada en medio del Pacífico que construiste sólo para mí, o me he perdido algo?

Slade levanta su copa de champaña y se bebe el resto.

—Me robaste esa otra vida.

—Helena.

—¿Estaba casada? ¿Tenía hijos?

—¿Realmente quieres saber? No importa ahora. Nunca sucedió.

—Eres un monstruo.

Se levanta, va a la ventana y mira a través del vidrio mil tonos de gris, el océano cercano y el lejano, capas estratificadas de nubes, la proximidad de una borrasca. Durante el último año, este departamento se ha sentido más y más como una prisión, pero nunca más que ahora. Y se le ocurre, mientras las lágrimas, cálidas y furiosas corren por su cara, que fue su propia ambición autodestructiva la que la llevó a este momento, y probablemente al de 2018.

La retrospectiva también está teniendo un efecto clarificador en el comportamiento de Slade, especialmente con respecto a su ultimátum de hace varios meses de empezar a matar a los sujetos de prueba para aumentar la experiencia de reactivación de la memoria. En ese momento ella pensó que era imprudente de su parte. Había resultado en el éxodo masivo de casi todos los que estaban en la plataforma. Ahora ella lo ve como algo que se calculó meticulosamente. Sabía que estaban en la recta final y no quería nada más que una tripulación reducida para presenciar la verdadera función de la silla. Ahora que lo piensa, ni siquiera está segura de que el resto de sus colegas hayan vuelto a la orilla.

Hasta ahora había sospechado que su vida podría estar en peligro. Ahora está segura de ello.

—Háblame, Helena. No vuelvas a encerrarte en ti misma.

Su respuesta a la revelación de Slade probablemente será determinante para los planes que tenga con ella.

—Estoy enfadada —dice.

—Es justo. Yo también lo estaría.

Antes de este momento, había asumido que Slade poseía un inmenso intelecto, que era un maestro manipulador de personas, como suelen ser todos los líderes de la industria. Tal vez eso siga siendo cierto, pero la mayor parte de su éxito y fortuna es simplemente atribuible a su conocimiento de los eventos futuros. Y al intelecto de *ella*.

La invención de la silla no fue sólo por dinero para él. Ya tiene más dinero, fama y poder que Dios.

—Ahora que tienes tu silla —dice—, ¿qué vas a hacer con ella?

—No lo sé todavía. Estaba pensando que podríamos averiguarlo juntos.

Mentira. Tú ya lo sabes. Has tenido veintiséis años antes de este momento para decidirlo.

—Ayúdame a optimizar la silla —dice—. Ayúdame a probarla con seguridad. No podía decírtelo la primera vez, ni siquiera la segunda, cuando te hice esta pregunta, pero ahora sabes la verdad; así que ahora te pregunto por tercera vez, y espero que la respuesta sea afirmativa.

—¿Qué pregunta?

Se acerca y le toma las manos, lo suficientemente cerca como para que ella pueda oler la champaña en su aliento.

—Helena, ¿quieres cambiar el mundo conmigo?

Entra en su casa y cierra la puerta principal, deteniéndose de nuevo en el espejo del perchero para mirar el reflejo de su joven yo.

Esto no es real.

Esto no puede ser real.

Julia lo llama por su nombre desde el dormitorio. Pasa por delante del televisor, donde la Serie Mundial sigue en marcha, y gira por el pasillo, el suelo cruje bajo sus pies descalzos en todos los lugares conocidos. Pasa por la recámara de Meghan, y luego por una habitación de invitados que sirve también como oficina en casa, hasta que está en la puerta de su habitación y la de Julia.

Su ex está sentada en la cama con un libro abierto en su regazo y una taza de té humeante en su mesita de noche.

—¿Te he oído salir? —pregunta. Se ve tan diferente.

—Sí.

—¿Dónde está Meghan?

—Fue a Dairy Queen.

—Es una noche de escuela.

—Volverá a las diez y media.

—Sabía a quién preguntarle, ¿no?

Julia sonríe y acaricia la colcha a su lado, y Barry entra en su habitación, sus ojos se deslizan sobre las fotos de la boda, una en blanco y negro de Julia sosteniendo a Meghan la noche en que nació, y finalmente el cartel que está arriba de la cabecera de *La noche estrellada* de Van Gogh, que compraron en el MoMA hace diez años después de ver el original. Se sube a la cama y se sienta junto a Julia. De cerca, ella parece aerografiada, su piel demasiado lisa, sólo se comienzan a insinuar las arrugas que vio en el brunch hace dos días.

—¿Por qué no estás viendo tu juego? —pregunta.

La última vez que se sentaron juntos en esta cama fue la noche en que ella lo dejó. Lo miró fijamente a los ojos y le dijo: *Lo siento, pero no puedo separarte a ti de todo este dolor.*

—Cariño, ¿qué es lo que pasa? Parece que alguien ha muerto.

Hace años que no la oye llamarlo *cariño*, y no siente que nadie haya muerto. Siente… una intensa sensación de desorientación y desconexión. Como si su propio cuerpo fuera un avatar que aún siente su funcionamiento.

—Estoy bien.

—Caray, ¿quieres intentarlo de nuevo, pero esta vez más convincente?

¿Es posible que la pérdida que ha cargado desde la muerte de Meghan esté sangrando desde su alma a través de sus ojos en este momento imposible? ¿Que en alguna frecuencia Julia perciba ese cambio en él? Porque la ausencia de tragedia tiene un efecto inverso y proporcional en lo que ve cuando la mira a los ojos. Ellos lo encuentran. Brillante y presente y claro. Los ojos de la mujer de la que se enamoró. Y le pega todo de nuevo, el ruinoso poder de la pena.

Julia le pasa los dedos por la nuca, lo que le provoca un escalofrío en la columna y se le eriza la piel. No ha sido tocado por su esposa en una década.

—¿Qué sucede? ¿Pasó algo en el trabajo?

Técnicamente, su último día de trabajo consistió en ser asesinado en un tanque de privación, y enviado de vuelta a lo que sea, así que…

—Sí, en realidad.

La experiencia sensorial de ello es lo que lo está matando. El olor de su habitación. La suavidad de las manos de Julia. Todas las cosas que había olvidado… Todo lo que perdió.

—¿Quieres hablar de ello? —pregunta.

—¿Te importaría si me quedo aquí acostado mientras lees?

—Por supuesto que no.

Y entonces él apoya su cabeza en su regazo. Se ha imaginado

esto mil veces, normalmente a las tres de la mañana, acostado en su departamento de Washington Heights, atrapado en ese cansado paso entre la intoxicación y la resaca, preguntándose...

¿Y si su hija hubiera vivido? ¿Y si su matrimonio hubiera sobrevivido? ¿Y si todo no se hubiera descarrilado? ¿Y si...?

Esto no es real.

Esto no puede ser real.

El único sonido en la habitación es el suave roce de Julia pasando la página cada minuto o así. Sus ojos están cerrados, ahora respira, y mientras ella le pasa los dedos por el pelo como solía hacerlo, él se pone de lado para ocultar las lágrimas en sus ojos.

En su interior, él no es más que un tembloroso montón de protoplasma, y se necesita un esfuerzo titánico para mantener la compostura. La emoción pura es asombrosa, pero Julia no parece darse cuenta de la gran cantidad de veces que su espalda le pesa con un sollozo apenas reprimido.

Acaba de reunirse *con su hija muerta.*

La vio, escuchó su voz, la abrazó.

Ahora está de alguna manera de vuelta en su antigua recámara con Julia, y es demasiado para soportarlo.

Un pensamiento aterrador se arrastra hacia él... *¿Y si esto es sólo un brote psicótico?*

¿Y si todo desaparece? ¿Y si pierdo a Meghan otra vez?

Se hiperventila...

¿Y si...?

—Barry, ¿estás bien?

Deja de pensar.

Respira.

—Sí.

Sólo respira.

—¿Estás seguro?

—Sí.

Duerme.

No sueñes.
Y mira si todo esto todavía existe por la mañana.

Se despierta temprano por la luz que atraviesa las persianas. Se mira acostado junto a Julia, todavía con la ropa de la noche anterior. Se levanta de la cama sin molestarla y baja por el pasillo a la habitación de Meghan. La puerta está cerrada. La abre de par en par, mira hacia dentro. Su hija duerme bajo un montón de mantas, y la casa está suficientemente tranquila a esta hora para escuchar su respiración.

Ella está viva. Está a salvo. Está ahí.

Él y Julia deberían estar en un estado de dolor y shock, apenas de regreso a su casa después de pasar toda la noche en la morgue. La imagen del cuerpo de Meghan en la losa, su torso aplastado cubierto de moretones negros, nunca lo ha abandonado, aunque su recuerdo tiene el mismo aspecto embrujado que los otros falsos recuerdos.

Pero ahí está ella, y aquí está él, sintiéndose más a gusto en este cuerpo con cada segundo que pasa. Esos fragmentos de recuerdos de su otra vida están retrocediendo, como si acabara de despertar de la más larga y horrible pesadilla. Una pesadilla de once años de duración.

Eso es exactamente lo que es, piensa, *una pesadilla.* Porque esto se siente más y más como su realidad ahora.

Se desliza a la recámara de Meghan y se queda de pie junto a la cama, observando su sueño. Ser testigo de la formación del universo no podría llenarlo de un sentido más profundo de asombro y alegría y de una gratitud abrumadora por cualquier fuerza que haya reconstruido el mundo para Meghan y para él.

Pero un frío terror también le está respirando en el cuello al pensar que esto podría ser una ilusión.

Un pedazo de inexplicable perfección esperando ser arrebatado.

Vaga por la casa como un fantasma a través de una vida pasada, redescubriendo espacios y objetos casi perdidos en su memoria. La sala de estar donde cada Navidad ponen el árbol. La pequeña mesa junto a la puerta principal donde guardaba sus efectos personales. Una taza de café que le gustaba. El escritorio de la habitación de invitados donde pagaba las facturas. La silla de la sala donde cada domingo leía el *Washington Post* y *The New York Times* de principio a fin.

Es un museo de recuerdos.

Su corazón late más rápido de lo normal, al compás de un leve dolor de cabeza detrás de sus ojos. Quiere un cigarro. No psicológicamente, lo dejó hace cinco años después de numerosos intentos fallidos, pero al parecer su cuerpo de treinta y nueve años necesita físicamente un golpe de nicotina.

Va a la cocina y llena un vaso con agua de la llave. Se queda de pie en el fregadero, viendo cómo la luz temprana da forma al patio trasero.

Abre el armario a la derecha del fregadero, saca el café que solía beber. Prepara una jarra y carga lo que puede de los platos del día anterior en el lavavajillas, y luego se pone a trabajar completando la tarea que le tocaba durante su matrimonio, lavando los platos restantes a mano en el fregadero.

Cuando termina, los cigarros siguen en su cabeza. Va a la mesa de la puerta principal, toma la cajetilla de Camel y la tira en el cubo de basura de afuera. Luego se sienta en el porche bebiendo su café en el frío, esperando que su cabeza se aclare y preguntándose si el hombre responsable de enviarlo aquí lo está observando en este momento. ¿Tal vez desde algún plano superior de la existencia? ¿Desde más allá del tiempo? El miedo regresa. ¿Será arrancado de este momento y devuelto a su antigua vida? ¿O esto es permanente?

Él domina el pánico creciente. Se dice a sí mismo que no imaginó el SFR y el futuro. Esto es demasiado elaborado para haberlo soñado, incluso para su mente de detective.

Esto es real.

Esto es ahora.

Esto *es*.

Meghan está viva, y nada la alejará de él de nuevo.

Dice en voz alta, lo más cercano a una oración que ha hecho:

—Si puedes oírme ahora mismo, por favor no me alejes de esto. Haré cualquier cosa.

No hay respuesta en el silencio del amanecer.

Toma otro sorbo de café y observa la luz del sol que fluye por las ramas del roble, golpeando la hierba escarchada, que comienza a vaporizarse.

HELENA

....

5 de julio de 2009

Día 613

Mientras baja por la escalera hacia el tercer nivel de la superestructura, sus padres, especialmente su madre, están en su mente.

Anoche, soñó con la voz de su madre.

El sutil sonido del oeste.

La suavidad de la lamentación.

Estaban sentados en un campo adyacente a la vieja granja donde ella creció. Un día de otoño. El aire es fresco y todo teñido con la luz dorada del atardecer mientras el sol se deslizaba detrás de las montañas. Dorothy era joven, su pelo aún era caoba y ondulaba al viento. Aunque sus labios no se movían, su voz era clara y fuerte. Helena no puede recordar una palabra de lo que dijo, sólo el sentimiento que la voz de su madre evocaba dentro de su amor puro e incondicional junto con la mordedura de una intensa nostalgia que le hacía doler el corazón.

Está desesperada por hablar con ellos, pero desde la revelación de hace dos semanas de que ella y Slade construyeron

131

algo mucho más poderoso que un dispositivo de inmersión en la memoria, no se ha sentido cómoda abordando el tema de la comunicación con su madre y su padre de nuevo. Lo hará cuando llegue el momento, pero todo está todavía demasiado fresco y crudo.

Le está costando mucho entender lo que piensa sobre su invento accidental, cómo la manipuló Slade y lo que le espera.

Pero está trabajando en el laboratorio otra vez. Haciendo ejercicio.

Poniendo buena cara.

Tratando de ser útil.

Al salir de la escalera hacia el laboratorio, un golpe de adrenalina atraviesa su sistema. Hoy le están haciendo la prueba número nueve a Reed King. Ella va a experimentar un cambio de realidad otra vez, y no se puede negar la emoción.

Al acercarse a la bahía de pruebas, Slade gira a la vuelta de la esquina.

—Buenos días —dice.

—Ven conmigo.

—¿Qué pasa?

—Cambio de plan.

Con aspecto tenso y perturbado, la lleva a una sala de conferencias y cierra la puerta. Reed ya está sentado a la mesa, llevando jeans rotos y un jersey de punto, sus manos agarran una humeante taza de café. Su estancia en la plataforma parece estar poniendo algo de carne en sus huesos y borrando la mirada hueca de drogadicto.

—Se acabó el experimento —dice Slade, sentándose a la cabeza de la mesa.

Reed dice:

—Vale cincuenta mil para mí.

—Tendrás tu dinero. El asunto es que ya hemos hecho el experimento.

—¿De qué estás hablando? —Helena pregunta.

Slade revisa su reloj.

—Hicimos el experimento hace cinco minutos —mira a Reed—. Te moriste.

—¿No es eso lo que se suponía que iba a pasar? —pregunta Reed.

—Moriste en el tanque, pero no hubo un cambio de realidad —dice Slade—. De hecho acabas de morir.

—¿Cómo sabes todo esto? —pregunta Helena.

—Después de la muerte de Reed, me senté en la silla y grabé una nota antes de cortarme mientras me afeitaba esta mañana.

Slade levanta su cabeza, toca un feo corte a lo largo de su cuello.

—Sacamos a Reed del tanque. Luego me subí a él, morí y volví al momento de afeitarme para poder bajar y evitar que el experimento siguiera adelante.

—¿Por qué no funcionó? —pregunta ella—. ¿El número sináptico no era alto?

—El número sináptico estaba bien en el verde.

—¿Cuál era el recuerdo?

—Hace quince días. Veinte de junio. La primera vez que Reed subió al tanque, con el tatuaje completo de Miranda en su brazo.

Es como si algo hubiera detonado dentro del cerebro de Helena.

—No me digas que murió —dice ella—. Ése no es un recuerdo real.

—¿Qué quieres decir?

—Esa versión de los hechos nunca ocurrió. Reed nunca se hizo un tatuaje. Cambió ese recuerdo cuando murió en el tanque —ahora mira a Reed, empezando a unir las piezas—. Lo que significa que no había nada a lo que volver.

—Pero lo recuerdo —dice Reed.

—¿Cómo se ve en tu imaginación? —pregunta ella—. ¿Oscuro? ¿Estático? ¿Tonos de gris?

—Como si el tiempo se hubiera congelado. Entonces no es un recuerdo real. Es… No sé cómo llamarlo. Falso. Falso.

—Muerto —dice Slade, mirando su reloj otra vez.

—Así que esto no fue un accidente —ella mira a Slade al otro lado de la mesa—. Tú lo sabías.

—Los recuerdos muertos me fascinan.

—¿Por qué?

—Ellos representan… otra dimensión de movimiento.

—No sé qué diablos significa eso, pero acordamos ayer que no intentarías hacer un mapa de…

—Cada vez que Reed muere en el tanque, deja huérfana una serie de memorias que se mueren en nuestras mentes después de cambiar. Pero ¿qué pasa realmente con esas líneas temporales? ¿Han sido realmente destruidas, o todavía están ahí fuera en algún lugar, más allá de nuestro alcance? —Slade mira su reloj otra vez—. Recuerdo todo lo del experimento que hicimos esta mañana, y ustedes dos tendrán esos recuerdos muertos en cualquier momento.

Se sientan en silencio a la mesa, una frialdad envuelve a Helena.

Estamos jodiendo con cosas que no deberían ser jodidas.

Ella siente el dolor que viene detrás de sus ojos. Alarga la mano y toma unos pañuelos de una caja para detener la hemorragia nasal.

El recuerdo muerto de su prueba fallida se derrumba.

Reed entra al tanque. Cinco minutos muerto.

Diez minutos.

Quince.

Ella le grita a Slade que haga algo.

Corren a la bahía de pruebas, abren la escotilla del tanque de privación.

Reed flota pacíficamente en el interior. La muerte se mantiene.

Junto con Slade lo sacan y lo dejan goteando en el suelo.

Realizan RCP como dice el doctor Wilson por el intercomunicador:

—No tiene sentido, Helena. Ha estado fuera demasiado tiempo.

Continúa de todos modos, el sudor se le mete en los ojos mientras Slade se desvanece en el pasillo, hacia la habitación con la silla.

Se ha dado por vencida en salvar a Reed para cuando Slade entra. Se sienta en la esquina y trata de aceptar el hecho de que realmente mataron a un hombre. No sólo a un hombre. Él era su responsabilidad. Aquí, por algo que ella construyó.

Slade comienza a desnudarse.

—*¿Qué estás haciendo?* —*pregunta.*

—*Arreglando esto* —*luego mira hacia el cristal unidireccional entre la bahía de pruebas y en la sala de control.*

—*¿Alguien puede sacarla de aquí, por favor?*

Los hombres de Slade irrumpen mientras él se mete desnudo en el tanque.

—*Por favor, venga con nosotros, doctora Smith.*

Se levanta lentamente, caminando por su propia voluntad hacia la sala de control, donde se sienta detrás de Sergei y el doctor Wilson mientras reactivan la memoria de Slade.

Todo el tiempo pensando: "Esto está mal, esto está mal, esto está mal", hasta que…

De repente está sentada aquí, en esta sala de conferencias, limpiándose la sangre con el pañuelo.

Helena mira a Slade.

Está mirando a Reed, que está mirando con una especie de sonrisa de fascinación a la nada.

—¿Reed? —pregunta Slade.

El hombre no responde.

—Reed, ¿puedes oírme?

Reed gira la cabeza lentamente hasta que mira a Slade, la sangre corre sobre sus labios y gotea sobre la mesa.

—Morí —dice Reed.

—Lo sé. Volví a un recuerdo para salvar…

—Y fue la cosa más hermosa que he visto.

—¿Qué viste? —pregunta Slade.

—Vi… —se esfuerza por ponerlo en palabras—. Todo.

—No sé qué significa eso, Reed.

—Cada momento de mi vida. Estaba corriendo a través de este túnel que estaba lleno de ellos, y era tan encantador.

Encontré uno que había olvidado. Un recuerdo exquisito. Creo que fue el primero.

—¿De qué? —Helena pregunta.

—Tenía dos, tal vez tres años. Estaba sentado en el regazo de alguien en una playa, y no podía voltearme para ver su rostro, pero sabía que era mi padre. Estábamos en Cape May en la costa de Jersey, donde solíamos ir de vacaciones. No podía verla, pero sabía que mi madre también estaba detrás de mí, y mi hermano Will estaba de pie a lo lejos, dejando que las olas lo golpearan. Olía como a océano y protector solar y los pastelillos que alguien vendía detrás de nosotros en el paseo marítimo —las lágrimas corren por su rostro ahora—. Nunca he sentido tanto amor en toda mi vida. Todo lo bueno. Seguro. Fue un momento perfecto antes de…

—¿Qué? —pregunta Slade.

—Antes de convertirme en mí —se limpia los ojos, mira a Slade—. No deberías haberme salvado. No deberías haberme traído de vuelta.

—¿De qué estás hablando?

—Podría haberme quedado en ese momento para siempre.

BARRY

Noviembre de 2007

Cada día es una revelación, cada momento un regalo. El simple hecho de sentarse a la mesa del comedor frente a su hija y escucharla hablar de su día se siente como una absolución. ¿Cómo podría haber dado por sentado siquiera un segundo de eso?

Absorbe cada momento, cómo los ojos de Meghan se ponen en blanco cuando le pregunta por los chicos, cómo se iluminan cuando hablan de las universidades que quiere visitar. Llora espontáneamente en su presencia, pero es fácil echarle la culpa a que dejó de fumar, a ver cómo su niña se convierte en mujer.

Las antenas de Julia están ligeramente levantadas. En estos momentos, él se da cuenta de que ella lo observa como si examinara un cuadro que no está bien colgado.

Cada mañana, cuando vuelve la conciencia, se queda acostado en la cama con miedo a abrir los ojos, temiendo encontrarse de nuevo en su departamento de un dormitorio en Washington Heights mientras esta segunda oportunidad que se desvanece en el olvido.

Pero siempre está al lado de Julia, siempre mirando la luz que entra por las persianas, y su única conexión con esa otra vida existe en los falsos recuerdos, que le encantaría olvidar.

HELENA

5 de julio de 2009

Día 613
Después de la cena, mientras Helena se lava la cara y se prepara para ir a la cama, oye que llaman a su puerta, encuentra a Slade de pie en el pasillo, con los ojos oscuros y preocupados.

—¿Qué ha pasado? —pregunta.

—Reed se ahorcó en su habitación.

—Oh Dios. ¿Por la memoria muerta?

—No hagamos ninguna suposición. El cerebro de un adicto está cableado de forma diferente al nuestro. Quién sabe lo que realmente vio cuando murió. De todos modos, pensé que deberías saberlo. Pero no te preocupes. Lo traeré de vuelta mañana.

—¿Recuperarlo?

—Con la silla. Seré sincero, no tengo ganas de volver a morir. Como puedes imaginar, es profundamente desagradable.

—Tomó la decisión de terminar con su vida —dice Helena, tratando de mantener su emoción bajo control—. Creo que debemos respetar eso.

—No mientras esté a mi servicio.

Acostada sobre la cama, horas más tarde, se da la vuelta.

Los pensamientos se desgarran a través de su mente, y no puede apagarlos. Slade le ha mentido.

La ha manipulado.

Evitó que se comunicara con sus padres.

Le ha robado una vida.

Aunque nada la ha intrigado más intelectualmente que el misterioso poder de la silla, no se lo confía a Slade. Han alterado los recuerdos. Cambiaron la realidad. Trajeron a un hombre de vuelta de la muerte. Y aun así, sigue empujando los límites con una determinación obsesiva que la hace preguntarse cuál será el verdadero desenlace de Slade con todo esto.

Se levanta de la cama, camina hacia la ventana y descorre las cortinas de oscuridad.

La luna está alta y llena y brilla en el mar, cuya superficie es una laca brillante y negra, tan quieta como un momento congelado. Nunca habrá un día en el que haga volar a su madre hasta aquí y la ponga en la silla para trazar un mapa de lo que queda de su mente.

Eso nunca iba a suceder. Es hora de dejar que el sueño muera y salir de aquí.

Pero ella no puede. Incluso si lograra salir en una de las naves de suministros, en el momento en que Slade se diera cuenta de que se había ido, simplemente volvería a un recuerdo antes de que ella escapara y la detendría.

Podría detenerla incluso antes de que intentara escapar. Antes de que se le ocurriera la idea. Antes de este momento.

Lo que significa que ahora sólo hay una forma de salir de la plataforma.

BARRY

Es mejor en su trabajo, en parte porque recuerda algunos casos y sospechosos, pero sobre todo porque le importa una mierda. Sus superiores tratan de promoverlo a un trabajo de escritorio mejor pagado y supervisado, pero él se rehúsa. Quiere ser un gran detective, nada más.

No fuma, sólo bebe los fines de semana, corre tres veces a la semana y sale con Julia todos los viernes por la noche. La cosa no es perfecta entre ellos. Ella no carga con el trauma de la muerte de Meghan y la destrucción de su matrimonio, pero para él no hay escapatoria de esos eventos que corroyeron su vínculo. En su vida anterior, le llevó mucho tiempo dejar de estar enamorado de Julia, y aunque ha vuelto a antes de que todo colapsara, no se trata de un interruptor de luz que pueda encenderse.

Ve las noticias todas las mañanas, lee los periódicos todos los días de sol, y mientras recuerda los grandes momentos —el candidato que será presidente, las primeras señales de una recesión— la mayoría de ellos son granulosos e insignificantes y no le impiden sentirse completamente nuevo.

Ahora ve a su madre todas las semanas. Ella tiene sesenta y seis años y en cinco años mostrará los primeros síntomas del glioblastoma cerebral que la matará. En seis, no lo reconocerá ni será capaz de mantener una conversación, y morirá en un hospital para ancianos poco después, como una cáscara desperdiciada de sí misma. Él sostendrá su mano huesuda en sus últimos momentos, preguntándose si es capaz de registrar la sensación del toque humano en el aniquilado paisaje de su cerebro.

Extrañamente, no encuentra tristeza o desesperación sabiendo cómo y cuándo terminará la vida de su madre. Esos últimos días se sienten remotos cuando se sienta en el departamento de ella en Queens la semana previa a la Navidad. De hecho, considera la presciencia como un regalo. Su padre murió cuando Barry tenía quince años por un aneurisma aórtico, repentino e inesperado. Con su madre, tiene años para despedirse, para asegurarse de que ella sepa que la ama, para decir todas las cosas que están en su corazón, y hay un consuelo invaluable en eso. Últimamente se ha preguntado si eso es todo lo que realmente es vivir, un largo adiós a los que amamos.

Hoy ha traído a Meghan con él, y su hija y su madre están jugando al ajedrez mientras él está sentado junto a la ventana, su madre canta en ese delicado falsete que siempre mueve algo en su interior, su atención está dividida entre el juego y los transeúntes de la calle de abajo.

A pesar de la vieja tecnología que lo rodea y los titulares de las noticias que a veces le son familiares, no siente que esté viviendo en el pasado. Este momento se siente muy parecido al actual. La experiencia está teniendo un impacto filosófico en su percepción del tiempo. Tal vez Vince tenía razón. Tal vez todo está sucediendo a la vez.

—¿Barry?

—¿Sí, mamá?

—¿Cuándo te volviste tan introspectivo?

Él sonríe.

—No lo sé. Tal vez fue al cumplir cuarenta años.

Ella lo observa por un momento, volviendo su atención al tablero de ajedrez sólo cuando Meghan hace su siguiente movimiento.

Vive sus días y duerme sus noches.

Va a fiestas en las que ya ha estado, mira juegos que ya ha visto, resuelve casos que ya ha resuelto.

Le hace preguntarse sobre el *déjà vu* que atormentaba su vida anterior, la perpetua sensación de que estaba haciendo o viendo algo que ya había visto antes.

Y se pregunta si el *déjà vu* es en realidad el espectro de las falsas líneas de tiempo que nunca ocurrieron pero que sí lo hicieron, proyectando sus sombras en la realidad.

HELENA

22 de octubre de 2007

Está sentada de nuevo en su viejo escritorio en las húmedas profundidades del edificio de neurociencia en Palo Alto, atrapada en una transición entre la memoria y la realidad.

El dolor de haber muerto en el tanque aún está fresco: la sensación de quemadura en sus pulmones privados de oxígeno, el insoportable peso de su corazón paralizado, el pánico y el miedo, preguntándose si su plan funcionaría. Y entonces, cuando el programa de reactivación de la memoria finalmente se puso en funcionamiento y los estimuladores se dispararon, todo es regocijo y liberación. Slade tenía razón. En ausencia de DMT, la experiencia de reactivar un recuerdo no era más que ver una película que ya hemos visto miles de veces. Esto es como vivirlo.

Jee-woon está sentado frente a ella, su cara se enfoca con fuerza, y ella se pregunta si él nota algo raro en ella, ya que ella no tiene control de su cuerpo todavía. Pero ella está captando palabras aquí y allá, piezas de una conversación familiar.

—... cautivada con el artículo de recuerdos y retratos que publicó en *Neuron*.

Su control muscular comienza en la punta de los dedos de las manos y de los pies, luego trabaja hacia el interior, sube por los brazos y las piernas hasta que puede controlar su capacidad para parpadear y tragar. De repente, siente que su cuerpo le pertenece y toma el control, con la emoción de la plena posesión, completamente de nuevo dentro de su joven ser.

Mira alrededor de su oficina, las paredes cubiertas de imágenes de alta resolución de recuerdos de ratones. Hace un momento, estaba a 280 kilómetros de la costa norte de California, casi dos años en el futuro, muriendo en el tanque de privación en el tercer piso de la plataforma petrolera de Slade.

—¿Todo bien? —pregunta Jee-woon.

Funcionó. Dios mío, funcionó.

—Sí. Lo siento. ¿Decía?

—Mi empleador está muy impresionado con su trabajo.

—¿Su empleador tiene un nombre? —pregunta.

—Bueno, eso depende.

—¿De…?

—Cómo vaya esta conversación.

Tener esta conversación por segunda vez se siente perfectamente normal y alucinantemente surrealista a la vez. Es, sin duda, el momento más extraño de toda su existencia, y tiene que obligarse a sí misma a concentrarse. Mira a Jee-woon y dice:

—¿Por qué tendría una conversación con alguien cuando no sé por quién está hablando?

—Porque su dinero de Stanford se acaba en seis semanas —mete la mano en su bolso de cuero y saca un documento de una carpeta de la marina, su propuesta de subvención.

Mientras Jee-woon le dice que venga a trabajar para su jefe con un financiamiento sin límite, ella mira esa propuesta de subvención, pensando: *Lo hice. Construí mi silla, y es mucho más poderosa de lo que nunca imaginé que podría ser.*

—Necesita un equipo de codificadores que la ayuden a diseñar un algoritmo para la catalogación y proyección de memoria compleja. La infraestructura para los ensayos humanos.

Plataforma de inmersión para la proyección de recuerdos episódicos explícitos a largo plazo.

Ella lo construyó. Y funcionó.

—¿Helena? —ahora Jee-woon la mira fijamente a través de la zona de desastre que es su escritorio.

—¿Sí?

—¿Quiere venir a trabajar con Marcus Slade?

La noche en que Reed se suicidó, ella se arrastró hasta el laboratorio y usando un subterfugio para acceder al sistema —tras haber convencido a Raj de que lo incrustara antes de que se fuera— trazó un mapa de este momento… Jee-woon aparece en su laboratorio de Stanford. Había dejado una huella neuronal lo suficientemente fuerte como para ser viable el regreso. Luego programó la secuencia de reactivación de la memoria, el coctel de droga y se subió al tanque a las tres y media de la mañana.

Jee-woon dice:

—¿Helena? ¿Qué dice?

—Me encantaría trabajar con el señor Slade.

Saca otro documento de su mochila y se lo pasa.

—¿Qué es esto? —pregunta ella, aunque ya lo sabe. Ella lo firmó en lo que ahora es un recuerdo muerto.

—Un acuerdo de empleo y confidencialidad. No negociable. Creo que encontrará que los términos financieros son muy generosos.

BARRY
....
Enero de 2008 a mayo de 2010

Y entonces la vida se siente como la vida de nuevo, los días transcurren con una sensación de semejanza y aceleración,

143

más y más de ellos pasan sin que él piense en el hecho de que está viviendo su vida otra vez.

HELENA

22 de octubre de 2007 a agosto de 2010

El olor de la loción de Jee-woon aún persiste en el elevador mientras Helena sube al primer piso del edificio de Neurociencia. Han pasado casi dos años desde que puso un pie en el campus de Stanford. Desde que pisó esta tierra. El verde de los árboles y la hierba casi la conmueve hasta las lágrimas. La forma en que la luz del sol pasa a través de las hojas temblorosas. El olor de las flores. El sonido de los pájaros que no viven en el mar.

El día de otoño es brillante y cálido, y ella sigue viendo la pantalla de su teléfono, mirando fijamente la fecha porque una parte de ella todavía no cree que sea el 22 de octubre de 2007.

Su jeep la espera en el estacionamiento de la facultad. Se sube al asiento caliente por el sol y saca la llave de su mochila.

Pronto, está cruzando la interestatal, el viento aúlla sobre las barras antivuelco. La plataforma petrolífera se siente como un sueño gris que se desvanece, y más aún la silla, el tanque, Slade y los últimos dos años que, por algo que ella construyó, ni siquiera han pasado todavía.

En su casa de San José, lleva una maleta con ropa, una fotografía enmarcada de sus padres y seis libros que significan todo para ella: *Sobre la estructura del cuerpo humano* de Andreas Vesalius, *Física* de Aristóteles, *Principios matemáticos de la filosofía natural* de Isaac Newton, *El origen de las especies* de Darwin, y dos novelas, *El extranjero* de Camus y *Cien años de soledad* de Gabriel García Márquez.

En el banco, cierra sus cuentas de ahorros y de cheques, un poco menos de 50,000 dólares. Toma 10,000 dólares en efectivo, destina los 40,000 restantes a una cuenta de inversión, y luego sale al sol del mediodía con un sobre blanco que se siente lamentablemente delgado.

Cerca de la autopista 1, se detiene en una tienda para cargar gasolina en su jeep. Cuando la transacción se completa, tira su tarjeta de crédito a la basura, baja la capota y se sube al volante. No sabe adónde va. Esto es lo más lejos que planeó anoche en la plataforma, y su mente está corriendo con alegría y terror.

Hay una moneda de diez centavos en uno de los portavasos. La lanza al aire y la atrapa con la parte superior de su mano izquierda.

Cara, se va al sur. Cruz, va al norte.

El camino serpentea a lo largo de la escarpada costa, el mar bosteza en una niebla gris a varios cientos de metros de profundidad.

Ella se apresura a través de los bosques de cedros.

Pasa por los cabos de la costa.

A través de planicies azotadas por el viento.

A través de pueblos que apenas merecen un nombre, puestos de avanzada en el borde del mundo.

Su primera noche, se detiene un par de horas en un motel renovado al lado de la carretera llamado Timber Cove, al norte de San Francisco, que está encaramado en un acantilado con vista al mar.

Se sienta sola junto a una fogata con un vaso de vino de una botella producida a sólo 32 kilómetros tierra adentro, viendo caer el sol y considerando en qué se ha convertido su vida.

Saca su teléfono para llamar a sus padres pero duda.

En este momento, Marcus Slade espera su inminente llegada a la plataforma petrolífera desmantelada para empezar a trabajar en la silla, sin duda creyendo que el conocimiento de su verdadero y alucinante potencial reside únicamente en él. Cuando ella no aparezca, no sólo sospechará lo que ha hecho, sino que pondrá el mundo al revés buscándola, porque sin ella no tiene oportunidad para construir —o, en cierto sentido, reconstruir— la silla.

Incluso podría usar a sus padres para llegar a ella.

Pone el teléfono en el suelo y lo aplasta bajo el tacón de su bota.

Se dirige hacia el norte por la autopista 1, tomando un pequeño desvío a un lugar que siempre quiso ver en Lost Coast y Black Sands Beach en Shelter Cove.

Luego a través de bosques de secoyas y tranquilas comunidades costeras y hacia el noroeste del Pacífico.

Un par de días después, está en Vancouver, subiendo por la costa de la Columbia Británica, de ciudad en ciudad y de pueblo en pueblo, por algunos de los paisajes más hermosos y desolados que ha visto.

Tres semanas más tarde, mientras serpentea por los bosques del norte de Canadá, una tormenta la alcanza al tiempo que cae la noche.

Se detiene en una taberna al lado de la carretera en las afueras de un pueblo que es una reliquia de los días de la Fiebre del Oro; se instala en un taburete frente a una barra de madera, bebe cerveza y habla naderías con los lugareños mientras el fuego arde en una enorme chimenea de piedra y la primera nieve de la temporada se estrella contra el cristal de las ventanas.

En cierto modo, la aldea de Haines Junction, Yukón, se siente tan remota como la plataforma petrolífera de Slade, situada en los confines más lejanos de Canadá, escondida en un bosque siempre verde al pie de una cadena montañosa con glaciares. Para todos los habitantes de la aldea, su nombre es Marie Iden, que está inspirado en la primera mujer que ganó un Premio Nobel y cuyo trabajo condujo al descubrimiento de la radiactividad y el apellido es de uno de sus escritores de thrillers favoritos.

Vive en una habitación en la parte superior de la taberna y le pagan por atender el bar los fines de semana. No necesita el dinero. Su conocimiento de los mercados futuros convertirá sus inversiones en millones durante los próximos años. Pero es bueno mantenerse ocupada, y podría generar preguntas no tener una fuente de ingresos aparente.

Su habitación no es muy grande, una cama, un vestidor y una ventana que da a la autopista más desolada que haya visto. Pero al menos, por ahora, es todo lo que necesita. Tiene conocidos, no amigos, y suficientes viajeros pasan por el bar y el pueblo para permitirse un *affaire* ocasional.

Y está sola, pero esa emoción parece ser la norma aquí. No le llevó mucho tiempo encontrar Haines Junction como refugio para una clase distinta de gente.

Personas que buscan la paz.

Personas que buscan esconderse.

Y, por supuesto, personas que anhelan ambas cosas a la vez.

Echa de menos la estimulación mental de su trabajo. Echa de menos estar en un laboratorio, tener un objetivo. La carcome por dentro preguntarse qué estarán haciendo sus padres con su desaparición. Se siente culpable cada hora de cada día de no estar construyendo la silla de la memoria que podría preservar los recuerdos básicos de gente como su madre.

Se le ha pasado por la cabeza que una solución a todo esto sería matar a Slade. Sería bastante fácil acercarse a él, podría llamar a Jee-woon, decir que ha reconsiderado la oferta. Pero no sería capaz. Para bien o para mal, ella simplemente no es esa persona.

Así que se consuela a sí misma con la certeza de que cada día que permanece en este apartado rincón del mundo, sin ser descubierta por Slade, es un día que mantiene al mundo a salvo de lo que ella tiene el potencial de crear.

Después de dos años, obtiene credenciales y documentos de identificación falsos de la Dark Web y se traslada a Anchorage, Alaska, donde se ofrece como asistente de investigación para un neurocientífico de la universidad. Pasa sus días entrevistando a pacientes con Alzheimer y registrando sus recuerdos deteriorados durante semanas y meses mientras la enfermedad progresa a lo largo de sus crueles y deshumanizadoras etapas. El trabajo no es muy innovador, pero al menos presta su intelecto a un campo de estudio que le apasiona. El aburrimiento y la falta de propósito de su tiempo en Yukón la llevaron al borde de la depresión.

Hay días en los que quisiera desesperadamente empezar a construir el microscopio MEG y el aparato de reactivación para capturar y preservar los recuerdos de las personas a las que entrevista, que se están perdiendo lentamente y los recuerdos que las definen. Pero el riesgo es demasiado grande. Podría alertar a Slade sobre su trabajo, o alguien podría, como ella al parecer hizo, provocar accidentalmente el salto de la reactivación de la memoria al viaje de la memoria. No se puede confiar en los humanos con una tecnología tan poderosa. Con la división del átomo llegó la bomba atómica. La capacidad de cambiar la memoria, y por lo tanto la realidad, sería tan peligrosa por decir lo menos, en parte porque es muy seductora. ¿No estaba ella cambiando el pasado ahora, y en la primera oportunidad?

Pero la silla ha sido deshecha, ella se ha desvanecido, y no hay amenaza para la memoria y el tiempo sino el conocimiento en su propia mente, que se llevará a la tumba.

La idea de suicidarse se le ha ocurrido en más de una ocasión. Sería la última póliza de seguro para que Slade no la encuentre y la obligue a cooperar. Ha llegado a hacer pastillas de cloruro de potasio para el caso de que ese día llegue.

Las lleva consigo en todo momento, en un medallón de plata alrededor de su cuello.

Helena se estaciona en un espacio para visitantes cerca de la entrada y sale al sofocante calor de agosto. El terreno está bien cuidado. Hay miradores, fuentes y áreas de picnic. Se pregunta cómo es que su padre está costeando este lugar.

Se registra en el escritorio principal y tiene que escribir su nombre en un formulario de registro de visitantes. Mientras el administrador hace una copia de su licencia de conducir, Helena mira a su alrededor, nerviosa.

Ha estado tres años en esta nueva línea de tiempo. Las falsas memorias de Slade sobre el tiempo que pasaron juntos en su plataforma petrolífera lo habrán encontrado temprano en la mañana del 6 de julio de 2009, el mismo momento (en la línea de tiempo anterior) en el que ella murió en el tanque de privación y regresó al recuerdo de Jee-woon cuando llegó a su laboratorio en Stanford.

Si Slade no la estaba buscando antes de eso, lo hará ahora. Lo más probable es que haya pagado a alguien de aquí para que le avise si Helena aparece.

Lo cual acaba de hacer.

Pero no vino aquí ignorando el riesgo.

Si Slade o uno de sus hombres la encuentra, está preparada para manejarlo.

Levanta la mano y agarra el relicario que cuelga de su cuello.

—Aquí tienes, cariño.

El administrador le da a Helena una placa de visitante.

—Dorothy está en la habitación 117, al final del pasillo. Te haré pasar.

Helena espera mientras las puertas del ala de Cuidado de la Memoria se abren lentamente. Los olores de los productos de limpieza y la orina y la comida de la cafetería conjuran el recuerdo de la última vez que puso un pie en un centro de atención para adultos hace veinte años, durante los últimos meses de la vida de su abuelo.

Pasa por un área común, donde los residentes en un estupor medicado se sientan alrededor de un televisor que muestra un programa sobre la naturaleza.

La puerta de la 117 está entreabierta, y ella la abre con facilidad.

Según las matemáticas de Helena, han pasado cinco años desde la última vez que vio a su madre.

Dorothy está sentada en una silla de ruedas con una manta sobre sus piernas, mirando por la ventana hacia las estribaciones de las Montañas Rocallosas. Debe haber visto a Helena en su visión periférica, porque gira la cabeza lentamente hacia la puerta.

Helena sonríe.

—Hola.

Su madre la mira fijamente, sin pestañear. No hay signos de reconocimiento.

—¿Está bien si entro?

Su madre baja la cabeza en un gesto que Helena toma por asentimiento. Al entrar, cierra la puerta tras ella.

—Me gusta mucho tu habitación —dice Helena.

Hay una televisión silenciada que muestra un canal de noticias. Fotografías por *todas partes*. De sus padres más jóvenes en tiempos mejores. De ella cuando era bebé, cuando era niña, cuando acababa de cumplir dieciséis años y estaba sentada al volante del Chevy Silverado de su familia, el día que obtuvo su licencia de conducir.

Según la página de CaringBridge que hizo su padre, trasladaron a Dorothy al cuidado de la memoria después de la Navidad pasada, cuando dejó la estufa encendida y casi incendió la cocina.

Helena se sienta junto a su madre en la pequeña mesa circular al lado de la ventana. Hay un ramo de flores lo suficientemente viejo como para haber dejado una alfombra de hojas y pétalos alrededor del jarrón.

La fragilidad de su madre es como la de un pájaro, y la luz de la mañana que ilumina su cara la hace parecer tan delgada como el papel. Aunque sólo tiene sesenta y cinco años, parece mucho más vieja. Su cabello plateado se está adelgazando. Las manchas del hígado cubren sus manos, que aún se ven notablemente femeninas y elegantes.

—Soy Helena. Tu hija.

Su madre la mira, escéptica.

—Tienes una vista muy bonita de las montañas.

—¿Has visto a Nance? —pregunta su madre.

No suena como ella misma, sus palabras llegan lentamente y con gran esfuerzo. Nancy era la hermana mayor de Dorothy. Murió al dar a luz hace más de cuarenta años, antes de que naciera Helena.

—No la he visto —dice Helena—. Hace tiempo que se fue.

Su madre mira por la ventana. Mientras que está despejado sobre las llanuras y las colinas, más atrás, nubes negras han comenzado a unirse alrededor de los altos picos. Helena piensa que esta enfermedad es una forma sísmica y esquizofrénica de viaje de la memoria, lanzando a sus víctimas a través de la extensión de su vida, engañándolas para que piensen que están viviendo en el pasado. Dejándolas a la deriva en el tiempo.

—Siento no haber estado cerca para verte —dice Helena—. No es porque no quisiera… pienso en ti y en papá todos los días. Pero estos últimos años han sido… muy duros. Eres la única persona en el mundo a la que puedo decirle esto, pero me dieron la oportunidad de construir mi silla de la memoria. Creo que ya te lo dije una vez. Tú fuiste la razón por la que la construí. Quería salvar tus recuerdos. Pensé que cambiaría el mundo. Pensé que había conseguido todo lo que siempre había soñado. Pero fallé. Te fallé a ti. Y a todas las personas como tú, que podrían haber usado mi silla para salvar una parte de sí mismos de esta… maldita enfermedad.

Helena se limpia los ojos. No puede saber si su madre está escuchando. Tal vez no importa.

—Traje algo horrible al mundo, mamá. No quise hacerlo, pero lo hice, y ahora tengo que pasar el resto de mi vida escondida. No debería haber venido aquí, pero… necesitaba verte por última vez. Necesito que me escuches decir que yo…

—Hoy va a haber tormenta en las montañas —dice Dorothy, que sigue observando las nubes negras.

Helena deja salir un profundo y tembloroso suspiro.

—Eso parece, ¿no es así?

—Solía caminar con mi familia en esas montañas hasta un lugar llamado Lago Perdido.

—Recuerdo eso. Estuve allí contigo, mamá.

—Nadábamos en el agua helada y luego nos acostábamos en las rocas calientes. El cielo era tan azul que parecía casi púrpura. Había flores silvestres en los prados. No siento que haya pasado tanto tiempo.

Se sientan en el silencio.

Un relámpago toca la cima de Longs Peak.

Es demasiado lejos para escuchar el trueno.

Helena se pregunta con qué frecuencia su padre viene a visitarla. Se pregunta lo difícil que debe ser para él. Daría cualquier cosa por volver a verlo. Helena trae todas las fotos y se toma su tiempo mostrando cada una a su madre, señalando los rostros, diciendo nombres, recordando momentos de su propia memoria. Empieza a escoger recuerdos que cree que su madre contaría como los más especiales e importantes, y luego se da cuenta de que es una elección demasiado íntima para hacerla por otra persona. Sólo puede compartir la suya.

Y entonces ocurre la cosa más extraña.

Dorothy la mira y, por un momento, sus ojos se han vuelto claros, lúcidos y feroces, como si la mujer que Helena siempre ha conocido hubiera luchado de alguna manera a través de la maraña de la demencia y arruinados caminos neurales para ver a su hija por un momento fugaz.

—Siempre estuve orgullosa de ti —dice.

—¿En serio?

—Eres lo mejor que he hecho nunca.

Helena envuelve sus brazos alrededor de su madre, con lágrimas en los ojos.

—Siento no haberte podido salvar, mamá.

Y cuando se aleja, el momento de claridad ha pasado. Está mirando a los ojos de una extraña.

BARRY

Junio de 2010-6 de noviembre de 2018

Una mañana, se despierta y es la graduación de la secundaria de Meghan. Ella ha sido elegida para dirigir las palabras de despedida del grupo; da un gran discurso.

Llora.

Y entonces llega un otoño en el que sólo están él y Julia y una casa muy tranquila.

Una noche en la cama, ella se vuelve hacia él y le dice:

—¿Es así como quieres pasar el resto de tu vida?

No sabe qué decirle. No es verdad. Lo sabe. Siempre había culpado a la muerte de Meghan por su separación de Julia. Fue su familia, los *tres*, lo que los unió a él y a Julia. Cuando Meghan murió, ese vínculo se desintegró en el lapso de un año.

Sólo ahora es capaz de admitir que siempre estuvieron condenados. Su segundo viaje a través de su matrimonio ha sido una muerte más lenta y menos dramática, provocada por Meghan creciendo y haciendo su propio camino en la vida.

Así que sí, él lo sabe. Sólo que no quiere decirlo.

Esta relación estaba destinada a un tiempo específico, y no más.

Su madre muere exactamente de la manera que él recuerda.

Meghan ya está en el bar cuando llega, bebiendo un martini y enviando mensajes de texto a alguien. Por un momento, no la ve, porque es sólo otra hermosa mujer en un elegante bar de Manhattan, tomando un coctel temprano en la noche.

—Hola, Megs.

Pone su teléfono boca abajo y se levanta del taburete, abrazándolo más fuerte que de costumbre, acercándolo, sin soltarlo.

—¿Cómo estás? —pregunta.

—Está bien, estoy bien.

—¿Estás seguro?

—Sí.

Ella lo estudia cuidadosamente mientras él toma asiento en el bar y pide una San Pellegrino con un pequeño plato de limas.

—¿Cómo va el trabajo? —pregunta. Está en su primer año como organizadora comunitaria para un organismo sin fines de lucro.

—Tremendamente ocupada e increíble, pero no quiero hablar de trabajo.

—Sabes que estoy orgulloso de ti, ¿verdad?

—Sí, me lo dices cada vez que me ves. Oye, necesito preguntarte algo.

—Okey —bebe a sorbos su agua mineral.

—¿Cuánto tiempo estuviste infeliz?

—No lo sé. Un rato. Años tal vez.

—¿Mamá y tú se casaron por mi culpa?

—No.

—¿Lo juras?

—Lo juro. Yo hubiera querido que funcionara. Sé que tu madre también lo quería. A veces se necesita tiempo para poder terminar. Puede que hayas contribuido a que no nos diéramos cuenta de lo infelices que éramos, pero nunca fuiste la razón por la que nos quedamos.

—¿Has estado llorando?

—No.

—Mentira.

Ella es buena. El firmó el acuerdo de separación en la oficina de su abogado hace una hora, y salvo que haya algún imprevisto, un juez firmará un decreto de divorcio en el mes siguiente.

Fue una larga caminata hasta aquí, y sí, durante mucho tiempo estuvo llorando. Ésa es una de las grandes cosas de Nueva York, nadie se preocupa por su estado emocional mientras no haya sangre involucrada. Llorar en la acera a mitad del día no es menos privado que llorar en tu habitación a mitad de la noche. Tal vez es porque a nadie le importa. Tal vez es porque es una ciudad brutal, y todos han estado allí en algún momento.

—¿Cómo está Max? —pregunta Barry.

—Adiós, Max.

—¿Qué ha pasado?

—Vio las señales.

—¿Qué señales son ésas?

—"Meghan es adicta al trabajo".

Barry pide otra agua mineral.

—Te ves muy bien, papá.

—¿Tú crees?

—Sí. No puedo esperar a empezar a escuchar tus terribles historias de citas.

—No puedo esperar a empezar a vivirlas.

Meghan se ríe, y algo en la forma en que mueve su boca le hace ver a la niña de nuevo, aunque sólo por un fugaz segundo.

Barry dice:

—Es tu cumpleaños el domingo.

—Lo sé.

—Mamá y yo todavía queremos llevarte a almorzar.

—¿Estás seguro de que no será raro?

—Oh, lo será, pero queremos hacerlo de todos modos si tienes ganas. Queremos estar bien de nuevo.

—Sí quiero —dice Meghan.

—¿Sí?

—Sí. Yo también quiero que estemos bien.

Después de beber con Meghan, va a comer a su pizzería favorita en la ciudad, un pequeño rincón en el Upper West Side que no está muy lejos de su distrito. Es un lugar de medianoche con actitud, mala iluminación y sin asientos, sólo una barra que bordea el perímetro del restaurante, todo el mundo de pie, sosteniendo grasientos platos de papel con enormes rebanadas y vasos gigantes de refrescos con grandes dosis de azúcar.

Es viernes por la noche y es ruidoso y perfecto.

Él piensa en pedir una bebida, pero decide que beber solo después de firmar los papeles de divorcio es demasiado patético, y en lugar de eso se va a su coche. Conduce por las calles de su ciudad sintiéndose feliz y emocionado y sobrecogido por el puro misterio de estar vivo. Espera que Julia esté bien. Le envió un mensaje de texto después de firmar los papeles. Escribió que estaba contento de que fueran a ser amigos, y que siempre estaría ahí para ella.

Mientras está sentado en el tráfico, revisa su teléfono de nuevo para ver si ella respondió.

Ahora hay un mensaje de ella:

Estoy aquí para ti siempre. Eso nunca cambiará.

Su corazón está lleno de una manera que no ha sentido en mucho tiempo, más del que puede recordar.

Mira a través del parabrisas. El tráfico sigue sin moverse, aunque el semáforo está en verde. La policía está desviando los autos de la calle siguiente.

Baja la ventanilla y le grita al policía más cercano:

—¿Qué está pasando?

El hombre le pide que se mueva.

Barry enciende las luces de la torreta y hace sonar la sirena. Eso llama la atención del joven patrullero. Viene corriendo, todo disculpas.

—Lo siento, nos enviaron a cerrar la calle de adelante. Hay un caos terrible.

—¿Qué fue lo que pasó?

—Una señora saltó del edificio en la siguiente cuadra.

—¿Cuál?

—Ese rascacielos de ahí.

Barry mira hacia una torre blanca *art déco* con una corona de cristal y acero; un nudo se le forma en la boca del estómago.

—¿Qué piso? —pregunta.

—¿Perdón?

—¿De qué piso saltó?

Una ambulancia pasa aullando, luces y sirenas a todo volumen mientras atraviesa la intersección en línea recta.

—Cuarenta y Uno. Parece otro suicidio del SFR.

Barry se acerca a la acera y sale. Cruza la calle, mostrando su placa a los patrulleros que acordonan la zona.

Reduce la velocidad al acercarse a un círculo de policías, paramédicos y bomberos, todos reunidos alrededor de un Lincoln Town Car negro cuyo techo ha sido espectacularmente aplastado.

Caminando, se había preparado para ver los grotescos efectos que una caída de ciento veinte metros produce en el cuerpo humano, pero Ann Voss Peters parece casi serena. El único daño externo visible es un pequeño goteo de sangre de sus oídos y boca. Aterrizó de espaldas, y de tal manera que el techo roto del Town Car parece estar acunándola. Sus piernas están cruzadas por los tobillos, y su brazo izquierdo está cruzado sobre su pecho y descansando contra su cara, como si simplemente estuviera durmiendo.

Un ángel caído del cielo.

No es que lo haya olvidado. Su recuerdo del Hotel Memory, su muerte en el tanque de privación y el regreso a la noche en que Meghan murió siempre estuvo ahí, en los linderos de la conciencia, un manojo de recuerdos grisáceos.

Pero también había una cualidad onírica en los últimos once años. Fue arrastrado por las minucias de la vida, y sin conexión tangible con la vida que le habían arrancado, era demasiado fácil relegar lo que había sucedido a los más profundos recovecos de la conciencia y la memoria.

Pero ahora, sentado en un café a orillas del río Hudson con Julia y Meghan en la mañana del cumpleaños veintiséis de su hija, tiene una conciencia cegadora de estar en este momento por segunda vez. Todo vuelve a él en una oleada de recuerdos tan claros como el agua. Él y Julia se sentaron en una mesa no muy lejos de este lugar, imaginando lo que Meghan estaría haciendo si estuviera viva hoy. Él había planteado que ella sería una abogada. Se habían reído de eso y recordado la vez que ella condujo su coche a través de la puerta del estacionamiento, antes de comparar los recuerdos de unas vacaciones familiares con las aguas del Hudson.

Ahora su hija está sentada frente a él, y por primera vez en mucho tiempo, él se siente abatido por su presencia. Por el hecho de que ella existe. El sentimiento es tan fuerte como los primeros días de su regreso a la memoria, cuando cada segundo brillaba como un regalo.

Barry se estremece en la conciencia a las tres de la mañana, despertado por un golpe en su departamento. Se levanta de la cama, saliendo lentamente de un sueño profundo mientras camina tambaleándose por su habitación. Jim-Bob, el perro que adoptó, está ladrando ferozmente a la puerta.

Una mirada a través de la mirilla lo despierta. Julia está de pie en la luz del pasillo. Gira el cerrojo, desliza la cadena, abre la puerta. Sus ojos están hinchados de tanto llorar, su pelo es un desastre, y lleva una gabardina sobre la pijama, con los hombros cubiertos de nieve.

—Traté de llamar. Tu teléfono estaba apagado.

—¿Qué ha pasado?

—¿Puedo entrar?

Él retrocede, y ella entra en su departamento con una intensidad maniaca en sus ojos. Tomándola suavemente del brazo, la guía hasta el sofá.

—Me estás asustando, Jules. ¿Qué es lo que pasa?

Ella lo mira, temblando.

—¿Has oído hablar de los falsos recuerdos? ¿El síndrome?

—Sí, ¿por qué?

—Creo que lo tengo.

Su estómago se tensa.

—¿Por qué dices eso?

—Hace una hora, me desperté con un dolor de cabeza que me partía y llena de recuerdos de esta otra vida. Recuerdos grises y desganados.

Sus ojos se llenan de lágrimas.

—Meghan murió atropellada cuando estaba en el bachillerato. Tú y yo nos divorciamos un año después. Me casé con un hombre llamado Anthony. Todo era tan real. Como si lo hubiera vivido de verdad. Tú y yo almorzamos ayer en el mismo café del río, sólo que Meghan no estaba allí. Llevaba muerta once años. Me desperté esta noche, sola en mi cama, sin Anthony, dándome cuenta de que, en realidad, tú y yo almorzamos con ella ayer. Que está viva.

Las manos de Julia están temblando violentamente.

—¿Qué es real, Barry? ¿Cuál de todos los recuerdos es verdadero?

Ella se derrumba.

—¿Nuestra hija está viva?

—Sí.

—Pero recuerdo haber ido a la morgue contigo. Vi su cuerpo roto. Se había ido. Me acuerdo como si hubiera ocurrido ayer. Tuvieron que sacarme arrastrando. Yo estaba gritando. Lo recuerdas, ¿verdad? ¿Sucedió? ¿Recuerdas que murió?

Barry se sienta en el sofá, aún con los bóxers puestos; se da cuenta de que todo esto tiene un terrible sentido. Ann Voss Peters saltó del edificio Poe hace tres noches. Ayer almorzó con Meghan y Julia. Lo que significa que esta noche es cuando fue enviado de regreso al recuerdo de la última vez que vio a su hija con vida. Volver a este momento debe haber desatado todos los recuerdos de Julia de esa línea de tiempo sin vida cuando Meghan murió.

—Barry, ¿me estoy volviendo loca?

Y entonces cae en cuenta… si Julia tiene esos recuerdos, también los tiene Meghan.

Él mira a Julia.

—Tenemos que irnos.

—¿Por qué?

Está de pie.

—Ahora mismo.

—Barry…

—Escúchame… no estás perdiendo la cabeza, no estás loca.

—¿También recuerdas que ella murió?

—Sí.

—¿Cómo es posible?

—Prometo que te explicaré todo, pero ahora mismo, tenemos que buscar a Meghan.

—¿Por qué?

—Porque ella está experimentando lo mismo que tú. Está reintegrando su propia muerte.

Barry toma la autopista del lado oeste, dirigiéndose al sur a través de una tormenta de nieve desde Washington Heights y el norte de Manhattan, el camino está abandonado a esta hora de la noche.

Julia se lleva el teléfono a la oreja y dice:

160

—Meghan, por favor, llámame cuando oigas esto. Estoy preocupada por ti. Tu padre y yo vamos a tu casa ahora mismo.

Ella mira a través del tablero central de Barry.

—Quizá sólo está durmiendo. Es la mitad de la noche.

Manejan por las calles vacías del bajo Manhattan, atravesando la isla hacia NoHo, los neumáticos se deslizan por el pavimento resbaladizo.

Barry se detiene frente al edificio de Meghan, y salen a la nieve.

En la entrada, presiona el timbre del departamento de Meghan cinco veces, pero ella no responde.

Se vuelve hacia Julia.

—¿Tienes una llave?

—No.

Empieza a llamar a otros departamentos hasta que alguien finalmente los deja entrar.

El edificio de Meghan es una extraña construcción de los años previos a la guerra y sin ascensor. Él y Julia suben corriendo seis tramos de una sombría escalera hasta el último piso y corren por un pasillo poco iluminado. El departamento J está al final. La bicicleta de Meghan está apoyada en la ventana de la escalera de incendios.

Golpea la puerta con el puño. No responde. Da un paso atrás, levanta su pierna derecha y patea la puerta de frente. Un pinchazo de dolor sube por su pierna, pero la puerta sólo se estremece.

La patea de nuevo, esta vez con más fuerza.

Se abre de golpe, y se precipitan dentro de la oscuridad.

—¡Meghan!

Su mano tantea la pared y da un golpe al interruptor de las luces, que iluminan un pequeño estudio. Hay una alcoba a la derecha, vacía. Una cocina incorporada a la sala, a la izquierda. Un corto pasillo conduce al baño.

Él comienza a ir hacia él, pero Julia pasa corriendo a su lado, gritando el nombre de su hija.

Al final del pasillo, se arrodilla y dice:

—Cariño, oh Dios, estoy aquí.

Barry llega al final del pasillo, y su corazón se derrumba. Meghan está tumbada en el suelo de linóleo y Julia está arrodillada a su lado, pasando su mano por su cabeza. Los ojos de Meghan están abiertos, y por un agonizante segundo cree que está muerta.

Ella parpadea.

Barry levanta cuidadosamente el brazo derecho de Meghan, comprobando el pulso en su arteria radial. Es fuerte, tal vez demasiado, y rápido. Se pregunta si ella recuerda el trauma de haber sido golpeada por un objeto de dos toneladas que viajaba a noventa kilómetros por hora. ¿El momento en que su conciencia se detuvo? ¿Qué vino después? ¿Cómo sería volver a unirse a su propia muerte? ¿Cómo recordaría alguien un estado de no ser? ¿Como la negrura? ¿Nada? Le parece, como si se dividiera por cero, una imposibilidad.

—Meghan —dice en voz baja—, ¿puedes escucharme?

Ella se mueve, mirándolo ahora, y sus ojos se ven llenos, como si realmente lo viera.

—¿Papá?

—Mamá y yo estamos aquí, cariño.

—¿Dónde estoy?

—En tu departamento, en el suelo de tu baño.

—¿Estoy muerta?

—No, por supuesto que no.

—Tengo este recuerdo. No estaba allí antes. Tenía quince años, caminaba hacia Dairy Queen para ver a mis amigas. Estaba al teléfono, no me di cuenta, crucé la calle. Recuerdo el sonido del motor de un auto. Giré y miré fijamente a los faros que venían en dirección contraria. Recuerdo que el auto me golpeó y luego caí sobre mi espalda, pensando en lo estúpida que era. No me dolía mucho, pero no podía moverme, y todo se estaba oscureciendo. No podía ver, y sabía lo que se avecinaba. Sabía que significaba el final de todo. ¿Estás seguro de que no estoy muerta?

—Estás aquí conmigo y con mamá —dice Barry—. Estás muy viva.

Los ojos de Meghan revolotean de un lado a otro, como una computadora procesando datos.

Ella dice:

—No sé qué es real.

—Eres real. Soy real. Este momento es real.

Pero incluso cuando lo dice, no está seguro. Barry estudia a su ex, pensando en cómo se parece a la Julia de antaño, ese peso negro de la muerte de Meghan de nuevo en sus ojos.

—¿Qué recuerdos te parecen más reales? —le pregunta a Julia.

—Uno no es más real que el otro —contesta ella—. Estoy viviendo en un mundo que se alinea con que mi hija está viva. Gracias a Dios. Pero siento que he vivido a través de ambos. ¿Qué nos está pasando?

Barry suelta una larga exhalación y se inclina hacia atrás contra la puerta de la ducha.

—En la… Ni siquiera sé cómo llamarlo… En la vida pasada donde Meghan murió, estaba investigando un caso de síndrome del falso recuerdo. Había cosas que no tenían sentido. Una noche, esta noche, en realidad, encontré este extraño hotel. Me drogaron, y cuando me desperté, estaba atado a una silla y enfrentando a un hombre que amenazaba con matarme si no le contaba cómo fue la noche en que Meghan murió.

—¿Por qué?

—No tengo ni idea. Ni siquiera sé su nombre. Más tarde, me metieron en una cámara de privación. Me paralizó y se detuvo mi corazón. Mientras moría, empecé a experimentar estos intensos destellos de la memoria que le había descrito. No sé cómo, pero mi conciencia de cincuenta años fue… devuelta al cuerpo de mi yo de treinta y nueve años.

Los ojos de Julia se abren a un kilómetro de distancia; Meghan se sienta.

—Sé que parece una locura, pero de repente estaba de vuelta a la noche en que Meghan murió.

Mira a su hija.

—Acababas de salir por la puerta. Corrí tras de ti y te alcancé segundos antes de que cruzaras la calle y te golpeara un Mustang con exceso de velocidad. ¿Recuerdas eso?

—Creo que sí. Estuviste extrañamente emotivo.

—La salvaste —dice Julia.

—No dejaba de pensar que todo era un sueño, o algún extraño experimento, que me sacarían en cualquier momento. Pero los días pasaron. Luego meses. Luego años. Y yo sólo… seguí con nuestra vida. Todo parecía tan normal, y después de un tiempo, nunca pensé en lo que me había pasado. Hasta hace tres días.

—¿Qué pasó hace tres días? —pregunta Meghan.

—Esta mujer saltó de un edificio en el Upper West Side, que fue el evento que me puso en el camino de ese caso de falsa memoria. Fue como despertar de un largo sueño. Una vida entera de un sueño. Esta noche fue cuando me enviaron de vuelta a esa otra vida.

Si la expresión de la cara de Julia es de incredulidad o de shock, no puede decirlo.

Los ojos de Meghan se han vuelto vidriosos. Ella dice:

—Debería estar muerta.

Le acaricia el pelo y lo acomoda detrás de las orejas como solía hacerlo cuando era una niña.

—No, estás justo donde deberías estar. Estás viva. Esto es lo que es real.

Falta al trabajo esa mañana, y no sólo porque regresó a su departamento hasta las siete de la mañana; teme que los recuerdos de sus colegas sobre la muerte de Meghan también hayan surgido anoche, un periodo de once años de falsos recuerdos en los que su hija no estaba viva.

Cuando se despierta, su teléfono explota con notificaciones de la mitad de sus contactos: llamadas y mensajes de voz perdidos, textos frenéticos sobre Meghan. No responde a ninguno de ellos. Necesita hablar con Julia y Meghan primero. Deberían estar de acuerdo con lo que le digan a la gente, aunque no se imagina cómo podría ser esa versión de la historia.

Entra en el bar NoHo a la vuelta de la esquina del departamento de Meghan para encontrarse con su hija y su ex, las encuentra esperándolo en una cabina de la esquina, lo suficientemente cerca de la cocina abierta para sentir el calor de la estufa y escuchar el sonido de las ollas y sartenes y la comida zumbando en una plancha.

Barry se desliza junto a Meghan y lanza su abrigo por la banca.

Se ve desgastada, desconcertada, conmocionada. Julia no está mucho mejor.

—¿Cómo estás, Megs? —pregunta, pero su hija se queda mirándolo, con la cara en blanco.

Él mira a Julia.

—¿Has hablado con Anthony?

—Traté de llamarlo pero no he podido comunicarme.

—¿Estás bien?

Ella sacude la cabeza, sus ojos brillan.

—Pero esto no se trata de mí hoy.

Piden comida y una ronda de bebidas.

—¿Qué le decimos a la gente? —pregunta Julia—. Hoy he recibido más de una docena de llamadas.

—Lo mismo digo —dice Barry—. Creo que por ahora nos quedamos con la idea de que esto es SFR. Al menos eso es algo de lo que podrían haber oído hablar.

—¿No deberíamos decirle a la gente lo que te pasó, Barry? —Julia pregunta—. Acerca de ese extraño hotel y la silla y tú viviendo esos once años por segunda vez?

Barry recuerda la advertencia que le dieron la noche en que regresó al recuerdo de la muerte de Meghan.

No se lo diga a nadie. Ni a su esposa. Ni a su hija. A nadie.

—Este conocimiento que tenemos es realmente peligroso —dice—. Tenemos que guardarnos todo esto para nosotros mismos por ahora. Únicamente trata de vivir una vida normal otra vez.

—¿Cómo? —pregunta Meghan con la voz deshecha—. Ya ni siquiera sé cómo pensar en mi vida.

—Las cosas serán raras al principio —dice Barry—, pero volveremos a caer en los surcos de nuestra existencia. Si no puedes decir nada más sobre nuestra especie, somos adaptables, ¿verdad?

Cerca, un camarero deja caer una bandeja de bebidas.

La nariz de Meghan comienza a sangrar.

Siente un destello de dolor detrás de sus ojos, y al otro lado de la mesa, Julia está claramente experimentando algo similar.

El bar se queda en silencio, nadie habla, todo el mundo está sentado congelado en sus mesas.

El único sonido es la música que viene a través de los altavoces y el zumbido de un televisor.

Las manos de Meghan están temblando.

También las de Julia.

Y las suyas.

En el televisor encima de la barra, un presentador de noticias está mirando fijamente la cámara, la sangre corre por su rostro mientras busca palabras.

Yo, um… Voy a ser honesto, no sé exactamente lo que acaba de pasar. Pero algo claramente ha sucedido.

La imagen cambia a una toma en vivo del sur de Central Park.

Hay un edificio en la calle Cincuenta y Nueve Oeste que no estaba allí hace un momento.

Con más de seiscientos metros, es fácilmente el rascacielos más alto de la ciudad. Tiene dos torres, una en la Sexta Avenida, la otra en la Séptima, que se conectan en la parte superior para formar una U inversa y alargada.

Meghan hace un sonido como un gemido.

Barry agarra su abrigo, se desliza fuera de la cabina.

—¿Adónde vas? —Julia pregunta.

166

—Sólo ven conmigo.

Se mueven a través del aturdido restaurante y vuelven a salir, donde se amontonan en el Crown Vic de Barry. Él enciende las sirenas y se dirige al norte por Broadway, y luego a la Séptima Avenida. Barry sólo puede acercarse hasta la Cincuenta y Tres Oeste antes de que la calle se vuelva intransitable por el tráfico.

A su alrededor, la gente sale de sus coches.

Abandonan el auto de Barry en el crucero y caminan con la multitud.

Después de varias cuadras, finalmente se detienen en el medio de la calle para verlo con sus propios ojos. Hay miles de neoyorquinos a su alrededor, con los rostros alzados hacia el cielo, muchos sosteniendo sus teléfonos para tomar fotos y videos de la nueva adición al horizonte de Manhattan, la torre en forma de U que se encuentra en el extremo sur de Central Park.

Meghan dice:

—Eso no estaba allí hace un momento, ¿verdad?

—No —dice Barry—, No estaba. Pero al mismo tiempo…

—Ha estado ahí durante años —termina Julia.

Miran fijamente la maravilla de ingeniería llamada la Gran Curva.

Barry piensa que, hasta este momento, el SFR ha estado fuera del radar porque ha sido en casos aislados, causando estragos en las vidas de los extraños.

Pero esto afectará a todos en la ciudad, y a muchos en todo el mundo.

Esto lo cambiará todo.

El vidrio y el acero de la torre oeste del edificio está captando parte de los rayos del sol poniente, y los recuerdos de la existencia de Barry con este edificio en la ciudad están fluyendo e inundando todo.

—He estado en la cima —dice Meghan, con lágrimas corriendo por su cara.

Es verdad.

—Contigo, papá. Fue la mejor comida de mi vida.

Cuando ella terminó su licenciatura en trabajo social, él la llevó a cenar en Curve, el restaurante con vistas espectaculares del parque. No fue sólo la vista lo que les atrajo; Meghan estaba enamorada de la comida del chef, Joseph Hart. Barry recuerda claramente haber subido en un elevador que pasó de un ascenso vertical a uno de cuarenta y cinco grados, a través del ángulo inicial de la curva y finalmente a una travesía horizontal por la cima de la torre.

Cuanto más tiempo lo mira, más se siente como un objeto que es parte de esta realidad.

Su realidad.

Lo que sea que eso signifique ahora.

—¿Papá?

—¿Sí? —su corazón late con fuerza; se siente mal.

—¿Este momento es real?

Él la mira.

—No lo sé.

Dos horas más tarde, Barry entra en el bar de poca monta cerca de la casa de Gwen en Hell's Kitchen y se sube al taburete a su lado.

—¿Estás bien? —Gwen pregunta.

—¿Hay alguien?

—Intenté llamarte esta mañana. Me desperté con esta historia alternativa sobre nuestra amistad. Una en la que Meghan murió atropellada cuando tenía quince años. Está viva, ¿verdad?

—Acabo de venir de verla.

—¿Cómo está ella?

—¿Honestamente? No lo sé. Ella recordó su propia muerte anoche.

—¿Cómo es posible?

Espera a que lleguen sus bebidas, y luego le cuenta todo, incluyendo su extraordinaria experiencia en la silla.

—¿Volviste a un recuerdo? —susurra ella, inclinándose. Huele como una combinación de Wild Turkey, la marca del champú que usa y pólvora. Barry se pregunta si vino directamente desde el campo de tiro, donde es todo un espectáculo digno de verse. Nunca ha visto a nadie disparar como Gwen.

—Sí, y luego empecé a vivirlo, pero con Meghan viva esta vez. Hasta este momento.

—¿Crees que eso es lo que realmente es el SFR? —pregunta—. ¿Cambiar los recuerdos para cambiar la realidad?

—Sé que lo es.

En el televisor sobre la barra, Barry ve la fotografía de un hombre que reconoce de alguna parte. Al principio, no puede atar el reconocimiento a un recuerdo.

Barry lee los subtítulos de los reportajes del presentador de noticias.

[AMOR TOWLES, RENOMBRADO ARQUITECTO DE LA CRAN CURVA, FUE ENCONTRADO ASESINADO EN SU DEPARTAMENTO HACE UNA HORA CUANDO...]

—¿Este edificio de Big Bend es un producto de la silla? —pregunta Gwen.

—Sí. Cuando estaba en ese extraño hotel, había un tipo, un caballero mayor. Creo que se estaba muriendo. Escuché esta conversación en la que dijo que era arquitecto y que cuando regresara a su memoria iba a seguir con un edificio que siempre lamentó no haber construido. De hecho, estaba previsto que fuera a la silla hoy, que es cuando la realidad cambió para todos nosotros. Supongo que lo mataron por romper las reglas.

—¿Qué reglas?

—Me dijeron que sólo debía vivir mi vida un poco mejor. Nada de juegos del sistema. Nada de cambios radicales.

—¿Sabes por qué deja que la gente rehaga su vida? ¿Este hombre que construyó la silla?

Barry devuelve el resto de su cerveza.

—Ni idea.

Gwen bebe a sorbos su whisky. La rocola ha sido apagada, y ahora el barman silencia la televisión y cambia de canal. Todas las cadenas han estado funcionando sin parar desde que el edificio apareció esta tarde. En CNN, una "experta" en el síndrome del falso recuerdo ha sido convocada para especular sobre lo que llaman el "mal funcionamiento de la memoria" en Manhattan. Ella dice: *Si la memoria no es fiable, si el pasado y el presente pueden simplemente cambiar sin advertencia, entonces los hechos y la verdad dejarán de existir. ¿Cómo vivimos en un mundo así? Por eso estamos viendo una epidemia de suicidios.*

—¿Sabes dónde está este hotel? —pregunta Gwen.

—Han pasado once años, por lo menos en mi mente, pero podría intentar y encontrarlo de nuevo. Sé que está en el centro de la ciudad, asumiendo que todavía está allí.

—Nuestras mentes no están construidas para manejar una realidad que cambia constantemente nuestros recuerdos y modifica nuestro presente —dice Gwen—. ¿Y si esto es sólo el comienzo?

El teléfono de Barry vibra en su bolsillo contra su pierna.

—Lo siento por esto.

Lo saca y lee un texto de Meghan:

> Papá. No puedo hacer esto más.
>
> No sé quién soy.
>
> No sé nada excepto que no pertenezco a este lugar.
>
> Lo siento mucho.
>
> Te quiero siempre.

Se levanta del taburete.

—¿Qué pasa? —pregunta Gwen. Y él empieza a correr hacia la puerta.

El celular de Meghan sigue mandando directo al buzón de voz, y en las postrimerías de la aparición del Big Bend, las calles

de la ciudad siguen atascadas. Mientras Barry conduce hacia
NoHo, toma el micrófono de su radio y llama a New York One
para pedir que alguna unidad cerca del departamento de Meghan pase a dar un chequeo.

*New York One, 158, ¿habla del 904B en la calle Bond? Tenemos
múltiples unidades y bomberos ya en la escena y ambulancias en camino.*

—¿De qué estás hablando? ¿Qué edificio?

—Doce Bond Street.

—Es el edificio de mi hija.

Hay silencio en las ondas.

Barry lanza el micrófono, enciende las luces, y grita a través
del tráfico, entrando y saliendo de los coches, alrededor de los
autobuses, atravesando las intersecciones.

Al girar hacia la calle Bond varios minutos después, aban-
dona su coche en la barricada policial y corre hacia los camiones de bomberos que disparan chorros de agua en la fachada
del edificio de Meghan, donde las llamas se curvan en las ventanas del sexto piso. La escena es un puro caos: una serie de
luces de emergencia y policías colocando cinta adhesiva para
mantener a los residentes de los edificios vecinos a una distancia prudencial mientras los ocupantes del edificio de Meghan
salen a raudales por la entrada principal.

Un policía intenta detenerlo, pero Barry le aparta el brazo,
muestra su placa y se dirige hacia los camiones de bomberos y
la entrada del edificio, el calor de las llamas hace que su cara
se llene de sudor.

Un bombero sale tambaleándose de la entrada, cuya puerta
ha sido arrancada de sus bisagras. Lleva a un hombre mayor, y
ambos rostros están ennegrecidos.

Un teniente de bomberos, un gigante barbudo, camina delante de Barry, bloqueando su camino.

—Vuelve detrás de la cinta.

—¡Soy un policía, y ése es el edificio de mi hija! —señala
las llamas que salen de la ventana del último piso en el otro extremo—. ¡Las llamas están saliendo de su departamento!

La cara del teniente se transforma. Toma a Barry por el brazo y lo saca del camino de un camión de bomberos que lleva una manguera hacia la boca de riego más cercana.

—¿Qué? —Barry pregunta—. Sólo dime.

—El fuego comenzó en la cocina de ese departamento. Se está extendiendo por los pisos quinto y sexto ahora mismo.

—¿Dónde está mi hija?

El hombre toma un respiro, mira por encima del hombro.

—¿Dónde carajos está mi hija?

—Mírame —dice el hombre.

—¿La has sacado?

—Sí. Siento mucho decirle esto, pero ella murió.

Barry se tambalea.

—¿Cómo?

—Había una botella de vodka y algunas píldoras en su cama. Creemos que las tomó y luego trató de hacer té, pero perdió el conocimiento poco después. Algo estaba muy cerca de la hornilla. Fue accidental, pero…

—¿Dónde está ella?

—Vamos a sentarnos y…

—¿Dónde está ella?

—En la acera, al otro lado de ese camión.

Barry empieza a caminar hacia ella, pero de repente los brazos del hombre se aferran a él por detrás con un abrazo de oso.

—¿Seguro que quieres hacer eso, hermano?

—¡Quítate!

El hombre lo deja ir, Barry pasa por encima de las mangueras, se mueve delante del camión, más cerca del fuego. La conmoción desaparece. Todo lo que ve son los pies desnudos de Meghan asomando por debajo de la sábana blanca que la cubre, que está empapada y casi translúcida por el rocío de las mangueras de incendio.

Sus piernas le fallan.

Se hunde en la acera y se derrumba cuando el agua le cae encima.

Las personas tratan de hablarle, de llevarlo con ellas, de que se mueva, pero él no las oye. Se queda mirando fijamente a través de ellas.

A la nada.

Pensándolo bien, ya la he perdido dos veces.

Han pasado dos horas desde que Meghan murió, y su ropa aún está húmeda.

Barry se estaciona en Penn Station y empieza a caminar hacia el norte desde la calle Treinta y Cuatro, como lo hizo al volver de Montauk en un tren de medianoche, la noche en que se encontró con el Hotel Memory.

Esa noche, había estado nevando.

Ahora llueve, los edificios están cubiertos de niebla por encima de sus cincuenta pisos, y el aire está tan frío que le impide respirar.

La ciudad está extrañamente silenciosa.

Pocos coches en la carretera.

Menos gente en las aceras.

Las lágrimas están frías en su cara.

Cierra el paraguas después de tres manzanas. En su mente, han pasado once años desde la noche en que entró en el Hotel Memory. Cronológicamente, sucedió hoy, sólo que en un falso recuerdo.

Mientras Barry llega a la Cincuenta Oeste, llueve más fuerte, la cubierta de nubes baja. Confía en que el hotel esté en la Cincuenta, y está bastante seguro de que se dirigió al este.

No deja de ver las dos bases del Big Bend, luminosas bajo la lluvia. La curva está escondida entre las nubes a unos miles de metros de altura.

Intenta no pensar en Meghan en este momento, porque cuando lo hace se desmorona de nuevo, y necesita ser fuerte, necesita su ingenio.

Con frío y cansancio, comienza a preguntarse si quizá caminó hacia el oeste esa noche, en vez de hacia el este, cuando un letrero rojo de neón en la distancia le llama la atención.

McLachlan's
Desayuno
Almuerzo
Cena
Abierto 7 días a la semana
24 horas

Barry se dirige hacia el letrero hasta que está de pie debajo de él, viendo la lluvia caer a través de la iluminación roja.

Acelera su ritmo.

Pasa la bodega, que recuerda, y luego la licorería, una tienda de ropa de mujer, un banco cerrado hasta que, cerca del final de la calle, se detiene en el umbral del oscuro camino de entrada, que desciende al espacio subterráneo bajo un edificio neogótico, encajado entre dos rascacielos más altos.

Si caminara por esa entrada, llegaría a una puerta de estacionamiento construida con acero reforzado.

Así es como entró en el Hotel Memory hace todos esos años.

Está absolutamente seguro de ello.

Hay una parte de él que quiere correr por allí, cargar y dispararle a cada persona que vea dentro del hotel, terminando con el hombre que lo puso en la silla. El cerebro de Meghan se rompió por su culpa. Ella está muerta por su culpa. El Hotel Memory necesita ser destruido.

Pero lo más probable es que eso sólo haga que lo maten.

No, él llamará a Gwen en su lugar, propondrá una operación extraoficial, oculta, con un puñado de colegas del SWAT. Si ella insiste, él llevará una declaración jurada a un juez. Cortarán la electricidad del edificio, irán con equipo de visión nocturna, harán un barrido de piso a piso.

Claramente, algunas mentes, como la de Meghan, no pueden manejar el cambio de su realidad, y el daño colateral es también trágico; además de su hija, tres personas murieron en su edificio por el incendio, y en su camino a la estación de Penn, escuchó por la radio más reportes de personas desequilibradas por la aparición del Big Bend, causando estragos en la ciudad.

Las mentes sanas se están enfermando; las mentes enfermas se están llevando al límite.

Saca su teléfono, abre los contactos, se desplaza a la G.

Mientras su dedo se cierne sobre Gwen, alguien grita su nombre.

Mira al otro lado de la calle, y ve a alguien corriendo hacia él. La voz de una mujer grita:

—¡No hagas esa llamada!

Ya está metiendo la mano en su saco, liberando el botón de la pistolera, agarrando firmemente su Glock subcompacta, pensando que probablemente trabaja para quien construyó la silla, lo que significa, ¡joder!, que saben que él está observando el edificio.

—Barry, no dispares, por favor.

Ella va más despacio al caminar, levanta las manos.

Están abiertas, vacías.

Se acerca con cautela, apenas mide 1.5 metros de altura, lleva botas y una chamarra de cuero negro con gotas de lluvia. Un mechón de pelo rojo llega a su barbilla, pero está empapada. Ha estado esperándolo bajo la lluvia. Lo que lo desarma es la bondad de sus ojos verdes, y algo más, que le resulta extrañamente familiar.

Ella dice:

—Sé que fuiste enviado de vuelta al peor recuerdo de tu vida. El hombre que hizo eso es Marcus Slade. Es el dueño de ese edificio. Y sé lo que le acaba de pasar a Meghan. Lo siento mucho, Barry. Sé que quieres hacer algo al respecto.

—¿Trabajas para ellos?

—No.

—¿Eres una lectora de mentes?

175

—No.

—Entonces, ¿cómo es posible que sepas lo que me pasó?

—Me lo dijiste.

—Nunca te he visto antes en mi vida.

—Me lo dijiste en el futuro, dentro de cuatro meses.

Baja la pistola, su cerebro se tuerce en nudos.

—¿Usaste esa silla?

Ella lo mira a los ojos con una intensidad que envía un frío shock eléctrico por su columna vertebral.

—Yo inventé la silla.

—¿Quién eres tú?

—Helena Smith, y si entras en el edificio de Slade con Gwen, te llevará al final de todo.

LIBRO TRES

Tiempo es eso que impide que todo suceda a la vez.

R<small>AY</small> C<small>UMMINGS</small>

La mujer de pelo rojizo toma a Barry del brazo y lo jala por la acera, lejos de la entrada del estacionamiento subterráneo.

—No estamos seguros aquí —dice—. Caminemos hasta tu auto. Penn Station, ¿verdad?

Barry aparta su brazo de ella y empieza a moverse en dirección opuesta.

Ella lo llama:

—Estás de pie en la entrada de tu casa en Portland, viendo un eclipse total de sol con tu padre. Estás pasando los veranos con tus abuelos en su granja en Nuevo Hampshire. Te sentabas en el huerto de manzanas y te contabas historias muy complejas.

Se detiene y la mira.

Ella continúa:

—Aunque estabas devastado cuando tu madre murió, también estabas agradecido, porque sabías cuándo le llegaría su hora, y tuviste la oportunidad de despedirte. De asegurarte de que supiera que la querías. No tuviste eso con tu padre, que murió repentinamente cuando tenías quince años. Todavía te despiertas a veces en medio de la noche, preguntándote si él lo sabía.

Está temblando cuando llegan a su Crown Vic. Helena se arrodilla en el pavimento mojado y pasa las manos por la parte de abajo del auto.

—¿Qué estás haciendo? —pregunta Barry.

—Asegurarme de que no haya ningún dispositivo de rastreo en tu coche.

Se suben y salen de la lluvia, él enciende la calefacción y espera a que el motor caliente el aire helado que sopla a través de las rejillas de ventilación.

En los cuarenta minutos de caminata desde la Cincuenta, ella le cuenta una historia loca que no está completamente seguro de creer, sobre cómo ella construyó la silla en una plataforma petrolífera desmantelada en una línea de tiempo anterior.

—Tengo mucho más que contarte —dice Helena, abrochándose el cinturón de seguridad.

—Podemos ir a mi departamento.

—No es seguro. Marcus Slade sabe de ti, dónde vives. Si se da cuenta de que tú y yo trabajamos juntos, te utilizará para llegar a mí. Podría usar su silla para volver a esta noche y encontrarnos en este momento. Tienes que dejar de pensar linealmente. No tienes idea de lo que es capaz de hacer.

Las luces del Battery Tunnel pasan por encima de su cabeza y Helena explica cómo escapó a su propia memoria de la plataforma petrolífera de Slade y huyó a Canadá.

—Estaba preparada para vivir el resto de mi vida fuera del radar. O matarme si Slade me encontraba. Estaba totalmente sola… mi madre murió en 2011, mi padre no mucho después. Luego, en 2016, los primeros informes de una misteriosa y nueva enfermedad comenzaron a aparecer.

—Síndrome del falso recuerdo.

—El SFR no entró en la conciencia pública hasta hace poco, pero supe de inmediato que era Slade. Los dos primeros años que estuve escondida, no habría tenido ningún recuerdo de nuestro tiempo juntos en la plataforma. En su mente, yo había desaparecido después de que Jee-woon se me acercara con la oferta de trabajo. Pero cuando volvimos al 2009, específicamente a la noche en que escapé usando la silla, Slade recuperó todos los recuerdos de nuestro tiempo juntos. Eran recuerdos muertos, por supuesto, pero —y aquí es donde calculé mal— contenían suficiente información para que finalmente construyera él mismo la silla y todos sus componentes.

"Llegué a Nueva York, que parecía ser la zona cero del brote de SFR, imaginando que Slade había construido su nuevo laboratorio en la ciudad y que estaba probando la silla con gente. Pero no pude encontrarlo. Ya llegamos.

En lo profundo de Red Hook, Barry conduce lentamente frente a una fila de almacenes que están al margen del agua. Helena señala su edificio, pero hace que Barry se estacione a cinco manzanas de distancia en un callejón oscuro, retrocediendo hacia los umbrales entre un par de contenedores desbordados.

La lluvia ha parado.

Afuera, hay un silencio inquietante, el aire huele a basura mojada y charcos de agua de lluvia. Su mente sigue evocando su última visión de Meghan, recostada en la acera sucia frente a su edificio, con los pies descalzos sobresaliendo de la sábana mojada.

Barry se ahoga en el dolor, abre la cajuela y agarra su escopeta y una caja de cartuchos.

Caminan por las aceras rotas durante cuatrocientos metros, Barry en alerta por si se acercan vehículos o escuchan pisadas, pero el único ruido proviene del distante zumbido de los helicópteros que circulan por la ciudad y de los profundos silbatos de las barcazas en el East River.

Helena lo lleva hasta una puerta de metal anodina en el costado de un edificio frente al mar que aún lleva la señalización de la cervecería de su antiguo inquilino.

Teclea el código de la puerta, la puerta los deja entrar y enciende las luces. El almacén apesta a bagazo, y el eco de sus pasos llena el espacio como una catedral abandonada. Pasan por filas de tanques de acero inoxidable, por una tina de maceración oxidada y, finalmente, por los restos de una línea de embotellamiento.

Suben cuatro pisos hasta un amplio desván con ventanas que van del suelo al techo con vistas al río, a la Isla de los Gobernadores y al extremo sur de Manhattan.

El suelo está trazado con cables y un laberinto de tarjetas de circuitos desmontadas. Hay un estante de servidores construidos a medida que zumban a lo largo de una vieja pared de ladrillos, y lo que parece ser una silla en plena construcción, un marco de madera cruda con haces de cables expuestos que suben por las patas y los reposabrazos. Un objeto que se asemeja vagamente a un casco está sujetado a un banco de trabajo entre un desorden de circuitos sin fin.

—¿Estás construyendo tu propia silla? —pregunta Barry.

—Subcontrato algunos trabajos de codificación e ingeniería, pero ya la he construido dos veces, así que tengo algunos atajos bajo la manga y bastantes ganancias de mis inversiones. Los avances en informática han reducido los costos desde que estuve en la plataforma. ¿Tienes hambre?

—No.

—Bueno, yo me muero de hambre.

Más allá de los servidores, hay una modesta cocina, y frente a ella, colocada a lo largo de las ventanas, una cómoda y una cama. Sin una verdadera separación entre el área de trabajo y el espacio vital, el desván parece exactamente lo que es: el laboratorio de un científico desesperado, posiblemente loco.

Barry se lava la cara en el lavabo del baño, y cuando sale, encuentra a Helena en la estufa con un par de sartenes. Dice:

—Me encantan los huevos rancheros.

—Lo sé. Y realmente te encantan los míos, bueno, técnicamente es la receta de mi madre. Siéntate.

Él se sienta a una pequeña mesa de formaica, y ella trae un plato.

Barry no tiene hambre, pero sabe que debe comer. Corta uno de los huevos demasiado tiernos, la yema se mezcla con los frijoles y la salsa verde. Le da un gran mordisco. Ella tenía razón… son los mejores que ha comido nunca.

Helena dice:

—Ahora tengo que contarte cosas que aún no han sucedido.

Barry la mira fijamente al otro lado de la mesa, pensando que hay una cualidad embrujada en sus ojos, que parecen sin ataduras.

Ella dice:

—Después del Big Bend, la manía del SFR llegará a un punto álgido. Sorprendentemente, seguirá siendo vista como una misteriosa epidemia sin un patógeno identificable, aunque un puñado de físicos teóricos comenzarán a rebotar ideas sobre agujeros de gusano en miniatura y la posibilidad de que alguien esté experimentando con el espacio-tiempo.

"Pasado mañana, llevarás un equipo SWAT al hotel de Slade. Él y la mayoría de su equipo morirán en el ataque. Los periódicos informarán que Slade ha estado diseminando un virus neurológico que ataca las áreas del cerebro que almacenan memoria. El ciclo de noticias se obsesionará con esto por un tiempo, pero en un mes, la histeria pública se calmará. Parecerá como si el misterio se hubiera resuelto, el orden restaurado y no habrá nuevos casos de SFR.

Mientras Helena come, Barry se da cuenta de que está sentado frente a una mujer que le está diciendo el futuro. Pero ésa no es la parte más extraña. Lo más extraño es que él está empezando a creerle.

Helena baja el tenedor.

Ella dice:

—Pero sé que no ha terminado. Me imagino lo peor, que después de su ataque de los SWAT, la silla cayó en manos de otra persona. Así que dentro de un mes, vendré a buscarte. Probaré mi buena fe diciéndote exactamente lo que encontraste en el laboratorio de Slade.

—¿Y yo te creo?

—Eventualmente. Me dices que durante la redada, antes de que Slade fuera asesinado, intentó destruir la silla y las computadoras, pero que parte de ella fue salvada. Agentes del gobierno, no sabes para quiénes trabajaban, entraron y se llevaron todo. No tengo forma de saberlo, pero asumo que desconocen qué es la silla o cómo funciona. La mayor parte está dañada, pero trabajan día y noche para hacer ingeniería inversa de todo. ¿Te imaginas si tienen éxito?

Barry va al refrigerador, con un temblor en la mano mientras abre la puerta y saca un par de botellas frías de cuello largo.

Se sienta de nuevo.

—Así que mi acción de asaltar el laboratorio de Slade lleva a esto.

—Sí. Has experimentado la silla. Conoces su poder. Por lo que puedo decir, Slade sólo la usa para enviar a unos pocos a sus recuerdos. Quién sabe por qué, pero mira el miedo y el pánico que está causando. No hace falta mucho para que la humanidad se descarrile por completo. Tenemos que detenerlo.

—¿Con tu silla?

—No estará en funcionamiento hasta dentro de cuatro meses. Cuanto más esperemos, más posibilidades hay de que alguien encuentre el laboratorio de Slade antes de que entremos. Ya lo has puesto en el radar de Gwen. Y una vez que la gente sepa que la silla existe, sus recuerdos de ella siempre volverán, no importa cuántas veces se cambie una línea de tiempo. De la misma manera que Julia y Meghan recordaron anoche que Meghan murió atropellada y el auto se fugó.

—Sus recuerdos sólo llegaron cuando llegamos al momento en que había usado la silla en la última línea de tiempo. ¿Siempre funciona así?

—Sí, porque ése fue el momento en que su conciencia y sus recuerdos de la línea de tiempo anterior se fusionaron en ésta. Yo pienso en eso como un aniversario de la línea de tiempo.

—Entonces, ¿qué propones que hagamos?

—Tú y yo tomamos el control del laboratorio de Slade mañana. Destruimos la silla, el software, toda la infraestructura, todo rastro de su existencia. Tengo un virus listo para subir a su red independiente una vez que estemos dentro. Lo reformateará todo.

Barry bebe su cerveza, siente una opresión en el estómago.

—¿El Yo del Futuro estaba de acuerdo con este plan?

Helena sonríe.

—De hecho, se nos ocurrió a todos juntos.

—¿Creí que tú y yo teníamos una oportunidad?

—¿Honestamente? No.

—¿Qué piensas?

Helena se inclina hacia atrás en su silla. Parece cansada hasta los huesos.

—Creo que somos la mejor oportunidad que tiene el mundo.

Barry está de pie en la pared de las ventanas cerca de la cama de Helena, mirando a través del río de tinta negra a la ciudad. Espera que Julia esté bien, pero lo duda. Cuando la llama, ella se pone a llorar en el teléfono, cuelga y se rehúsa a tomar sus llamadas. Él supone que hay una parte de ella que lo culpa a él.

El Big Bend ahora domina el horizonte, y se pregunta si alguna vez se acostumbrará a él, o si siempre —para él y otros— representará la falta de fiabilidad de la realidad.

Helena se acerca a su lado.

—¿Estás bien? —pregunta.

—Sigo viendo a Meghan muerta en la acera. Casi podía ver su cara a través de la sábana mojada que le habían puesto. Regresar y vivir esos once años otra vez, al final no arregló nada para mi familia.

—Lo siento mucho, Barry.

La mira.

Inspira, exhala.

—¿Alguna vez has manejado un arma? —pregunta.

—Sí.

—¿Recientemente?

—Tu yo futuro sabía que sólo seríamos tú y yo cargando contra el edificio de Slade, así que empezaste a llevarme al campo de tiro.

—¿Estás segura de que estás preparada para esto?

—Construí la silla porque mi madre tenía Alzheimer. Quería ayudarla a ella y a otros como ella. Pensé que, si podíamos averiguar cómo capturar los recuerdos, eso nos llevaría a entender cómo evitar que se borren por completo. No quería que la silla se convirtiera en lo que se convirtió. No sólo ha destruido mi vida, ahora está destruyendo la vida de otros. La gente ha perdido a sus seres queridos. Se han borrado vidas por completo. *Niños* borrados.

—No pretendías que nada de esto sucediera.

—Y sin embargo, aquí estamos, y fue mi ambición la que puso este dispositivo en manos de Slade, y más tarde, de otros.

Ella mira a Barry.

—Estás aquí por mí. El mundo está perdiendo su mente colectiva por mi culpa. Hay un maldito edificio ahí afuera que no estaba ahí ayer por mi culpa. Así que no me importa lo que me pase mañana mientras destruyamos todo rastro de la existencia de la silla. Estoy lista para morir si hace falta.

No lo había notado hasta este momento… el peso que ella está cargando. El odio a sí misma y el arrepentimiento. ¿Qué se debe sentir al crear una cosa que podría destruir la estructura de la memoria y el tiempo? ¿Qué le debe costar reprimir el peso de toda esa culpa y horror y terror y ansiedad?

Barry dice:

—Pase lo que pase, pude ver a mi hija crecer gracias a ti.

—No quiero que esto suene mal, pero no deberías haberlo hecho. Si no podemos confiar en la memoria, nuestra especie se derrumbará. Y ya está comenzando.

Helena mira fijamente a la ciudad al otro lado del agua, Barry piensa que hay algo abrumador en su vulnerabilidad en este momento.

—Probablemente deberíamos dormir un poco —dice—. Puedes quedarte con mi cama.

—No te quitaré tu cama.

—Duermo en el sofá la mayoría de las noches de todos modos, para poder dormirme con el sonido de la televisión.

Ella se da vuelta.

—Helena.

—¿Qué?

—Sé que no te conozco realmente, pero estoy seguro de que tu vida es más que esa silla.

—No. La silla me define. La primera parte de mi vida la pasé tratando de construirla. Pasaré el resto de lo que quede tratando de destruirla.

HELENA
....

7 de noviembre de 2018

Está acostada frente al televisor, la luz de la pantalla parpadea contra sus ojos cerrados y el volumen es lo suficientemente alto como para aturdir su mente siempre inquieta. Algo la arrastra a una conciencia plena y repentina. Se levanta y se sienta en el sofá. Es Barry, llorando suavemente al otro lado de la habitación. Desearía poder subirse a la cama y consolarlo, pero sería demasiado pronto, son esencialmente extraños. Tal vez necesita llorar solo por ahora.

Se recuesta sobre los cojines, el sofá cruje mientras se lleva las mantas al cuello. No se le escapa lo extraño que es recordar el futuro. El recuerdo de su despedida y la de Barry en esta misma habitación, dentro de cuatro meses, sigue siendo un dolor punzante. Estaba flotando en el tanque de privación, y Barry se inclinó y la besó. Había lágrimas en sus ojos cuando cerró la escotilla. En los de ella también. Su futuro parecía estar tan lleno de baile de graduación, y ella lo estaba matando.

El Barry que ella dejó atrás ya sabe si ha tenido éxito. Él sabrá que en el momento en que ella murió en el tanque, su realidad cambió instantáneamente para alinearse con esta nueva realidad que ella está creando.

Ella se resiste a la necesidad de despertar al Barry del presente y decírselo. Lanzar una llave emocional a la situación sólo haría más difícil entrar en el laboratorio de Slade mañana. ¿Y qué diría ella? ¿Había chispas? ¿Química? Es mejor seguir el plan. Lo único que importa es que mañana salga bien. No puede deshacer el daño que su mente ha causado al mundo, pero tal vez pueda sellar la herida, detener la hemorragia.

Una vez tuvo unos sueños inmensos que erradicaban los efectos de la enfermedad que destruye la memoria. Ahora, sin su madre y su padre y sin amigos de verdad con los cuales hablar, aparte de un hombre que lleva cuatro meses en un futuro inalcanzable, sus sueños han pasado de ser un cambio en el mundo a ser algo desesperadamente personal.

Simplemente le gustaría poder acostarse por la noche, en paz, con la mente tranquila.

Intenta dormir, sabiendo que lo necesita más esta noche que cualquier otra de su vida.

Así que, por supuesto, el sueño se le escapa.

Por la noche, se escabullen por la parte trasera de su edificio, tomando un momento para estudiar las calles cercanas antes de aventurarse a la intemperie. El distrito comprende en su mayoría edificios industriales abandonados, y hay poco tráfico, y nada que parezca sospechoso.

Mientras Barry los lleva por una ruta a través de Brooklyn Heights, la mira a través de la consola central.

—Cuando me enseñaste la silla anoche, mencionaste que la habías construido dos veces antes. ¿Cuándo fue la primera vez?

Toma un sorbo del café que trajo consigo, como su talismán contra la noche anterior de insomnio.

—En la línea de tiempo original, yo era la jefa de este grupo de investigación y desarrollo de una empresa con sede en San Francisco llamada Ion. No estaban interesados en las aplicaciones médicas de mi silla. Sólo veían el valor de entretenimiento y los signos de dólar que venían con ella. Estaba atorada, sin llegar a ninguna parte. Ion estaba a punto de terminar mi investigación cuando un sujeto de prueba tuvo un ataque al corazón y murió dentro del tanque de privación. Todos experimentamos un ligero cambio de realidad, pero nadie entendió lo que había pasado. Nadie excepto mi asistente, Marcus Slade. Hay que reconocer que se dio cuenta de lo que había creado incluso antes de que yo lo hiciera.

—¿Qué fue lo que pasó?

—Unos días después, pidió reunirse conmigo en el laboratorio. Dijo que era una emergencia. Cuando me presenté, tenía un arma. Me obligó a entrar en el sistema y a cargar un programa de reactivación de una memoria que habíamos mapeado para él. Y cuando lo hice, me mató.

—¿Cuándo fue esto?

—Hace dos días, el 5 de noviembre de 2018. Pero, por supuesto, ocurrió hace varias líneas de tiempo.

Barry toma la salida del puente de Brooklyn.

—No quiero cuestionarte —dice—, pero ¿no podrías haber vuelto a un recuerdo diferente?

—¿Como impedirme nacer para que la silla nunca se hiciera?

—Eso no es lo que quise decir.

—No puedo volver atrás e impedirme nacer. Alguien más puede, y entonces me convierto en un recuerdo muerto. Pero no hay ninguna paradoja del abuelo ni ninguna paradoja temporal cuando se trata de la silla. Todo lo que sucede, incluso si

189

ha cambiado o se ha deshecho, vive en los recuerdos muertos. La causa y el efecto siguen vivos y bien.

—Bueno, entonces ¿qué hay de volver a un recuerdo en la plataforma petrolífera? Podrías haber empujado a Slade de la plataforma o algo así.

—Todo lo que pasó en la plataforma existe en los recuerdos muertos. No puedes volver a ellos. Lo hemos intentado, con resultados desastrosos. Pero sí. Debí haberlo matado cuando tuve la oportunidad.

Están a mitad de camino del cruce del río ahora, las barras transversales que sobresalen pasan por encima de la cabeza. Tal vez es el café, probablemente es su proximidad a la ciudad, pero de repente está muy despierta.

—¿Qué son los recuerdos muertos? —pregunta Barry.

—Es lo que todo el mundo piensa que son falsos recuerdos. Excepto que no son falsos. Sólo ocurrieron en una línea de tiempo que alguien terminó. Por ejemplo, la línea de tiempo en la que tu hija fue atropellada por un coche es ahora un recuerdo muerto. Terminaste esa línea de tiempo y empezaste ésta cuando Slade te mató en la cámara de privación.

Se dirigen al centro, suben por la Tercera Avenida y luego a la izquierda por la Cuarenta y Nueve Este, antes de detenerse en la acera justo antes de la entrada del edificio de Slade, un vestíbulo de falsa fachada con un panel de elevadores que no van a ninguna parte. La única forma real de entrar es a través del estacionamiento subterráneo de la calle Cincuenta.

Está lloviendo a cántaros cuando salen del auto. Barry saca una bolsa negra de la cajuela, y Helena lo sigue hasta la acera y un poco más abajo hasta la entrada de un bar en el que ya han estado antes, dentro de cuatro meses, cuando vinieron a inspeccionar el acceso al túnel del edificio de Slade y discutir sus planes para este momento exacto.

El olor a rancio de El Diplomático es sorprendentemente fuerte, y es tan impersonal como lo recuerda. La placa de Barry atrae la atención del diminuto barman. Es el mismo tipo que ella y Barry conocieron dentro de cuatro meses en un futuro muerto: un imbécil con complejo de Napoleón, pero con un saludable miedo a los policías. Ella está de pie junto a Barry mientras se presenta, y luego Helena como su compañera, explicando que necesitan acceso al sótano porque se informó de un asalto sexual que tuvo lugar allí anoche.

Por cinco segundos, Helena piensa que esto no va a funcionar. El camarero la mira como si no creyera por completo su historia. Podría pedir ver una orden judicial. Podría cubrirse el trasero y llamar al dueño. Pero en vez de eso, grita por alguien llamada Carla.

Una camarera pone una bandeja de tarros de cerveza vacíos en la barra y se acerca.

El camarero dice:

—Son policías. Necesitan ver el sótano.

Carla se encoge de hombros, luego se da vuelta sin decir nada y se dirige a lo largo de la barra hacia una sala de refrigeración. Los lleva a través de un laberinto de barriles de plata a una puerta estrecha en la esquina más lejana de la sala.

Toma una llave de un clavo en la pared, abre el candado de la puerta.

—Una advertencia: no hay luces ahí abajo.

Barry abre la cremallera de su bolso, saca una linterna.

La camarera dice:

—Vinieron preparados. Bueno, entonces les dejo con lo suyo.

Barry espera a que ella se vaya para abrir la puerta del sótano.

El rayo de la linterna revela una escalera claustrofóbica de dudosa estabilidad que desciende a la oscuridad. La vieja y omnipresente humedad es abrumadora: el olor de un lugar largamente olvidado. Helena respira profundamente para calmar el frenesí de su pulso acelerado.

—¿Esto es todo? —pregunta Barry.

—Esto es todo.

Ella lo sigue por los crujientes escalones, que se desbordan en un sótano que contiene estanterías colapsadas y un bidón de aceite oxidado lleno de basura quemada.

Al final de la habitación, Barry abre otra puerta con un chirrido que rompe los nervios. Cruzan el umbral hacia un pasillo arqueado con paredes de ladrillo que se desmoronan.

Hace más frío aquí abajo, bajo las calles de la ciudad, el aire está húmedo de moho y el constante goteo de agua corriente y el distante y discreto rasguño de lo que teme sean ratas.

Helena lidera el camino.

Sus pasos hacen eco de salpicaduras.

Cada quince metros, pasan puertas que llevan a la parte inferior de otros edificios.

En el segundo cruce, ella da vuelta hacia un nuevo pasillo, y después de unos treinta metros, se detiene y le muestra a Barry una puerta como todas las demás. Se necesita bastante presión para que la manija gire, y cuando lo hace, fuerza su hombro hacia la puerta, abriéndola de golpe.

Salen del túnel, a otro sótano, donde Barry deja caer la bolsa de lona en el suelo de piedra y la abre. Se desliza una palanca, un paquete de abrazaderas, una caja de cartuchos calibre 12, una pistola y cuatro cargadores de repuesto para su Glock.

—Toma tantos cartuchos extra como puedas llevar —dice.

Helena abre la caja y empieza a meter balas en los bolsillos interiores de su chamarra de cuero. Barry comprueba la carga de la Glock, se quita la gabardina y mete los cargadores extra en los bolsillos. Luego toma la palanca y cruza la habitación hacia una puerta más nueva. Está cerrada con llave desde el otro lado. Introduce el extremo de la palanca en la jamba y la aprieta tan fuerte como puede.

Al principio, no hay nada más que el sonido de él esforzándose. Luego viene el profundo astillar de la madera y el chillido del metal cediendo. Cuando la puerta se abre, Barry la atraviesa y saca un candado roto y oxidado. Luego abre la puerta con el cuidado suficiente para que puedan entrar.

Salen a la antigua sala de calderas del hotel, que parece haber estado fuera de servicio por lo menos durante el último medio siglo. Atraviesan un laberinto de antiguas máquinas y medidores, y finalmente pasan la enorme caldera. Luego se mueven a través de una puerta al fondo de una escalera de servicio que sube en espiral hacia la oscuridad.

—¿En qué piso está el ático de Slade? —susurra Barry.

—Veinticuatro. El laboratorio está en el diecisiete, los servidores en el dieciséis. ¿Estás listo?

—Ojalá estuviéramos tomando los elevadores.

Su plan es ir directo a Slade, esperando que esté en su residencia en el ático. En el momento en que escuche los disparos o se dé cuenta de que hay algo sospechoso, probablemente correrá hacia la silla para poder volver y detenerlos antes de que entren en el edificio.

Barry comienza el ascenso, manteniendo la linterna iluminando sus pies. Helena lo sigue de cerca, tratando de pisar lo más suavemente posible, pero la vieja madera de las escaleras se flexiona y gime bajo su peso.

Después de varios minutos, Barry se detiene en una puerta con el número 8 pintado en la pared de al lado, y apaga la luz.

—¿Qué pasa? —susurra Helena.

—Escuché algo.

Están escuchando en la oscuridad, su corazón palpita y la escopeta se hace más pesada a cada segundo. No puede ver ni oír nada, pero hay un débil y bajo gemido que es como el aliento que se escucha cuando se abre una botella.

Desde lo alto, un solo rayo de luz se dispara por el centro de la escalera y se inclina hacia ellos a través del piso a cuadros.

—Vamos —susurra Barry, abriendo la puerta y llevándola a un pasillo.

Se mueven rápidamente por un pasillo alfombrado de habitaciones de hotel, cuyos números son proyectados en las puertas por las luces de la pared opuesta.

A mitad del pasillo, la puerta de la habitación 825 se abre y sale una mujer de mediana edad, con una bata azul marino con las iniciales "HM" en la solapa y una hielera plateada.

Barry mira a Helena, que asiente con la cabeza.

Ahora están a tres metros de la huésped del hotel, que aún no los ha visto.

—¿Señora? —dice Barry.

Cuando ella mira en su dirección, él le apunta con su arma. La hielera cae al suelo.

Barry se lleva un dedo a los labios mientras se acercan rápidamente.

—Ni una palabra —dice, la empujan de vuelta a través de la puerta y la siguen hasta el interior de la habitación.

Helena cierra el cerrojo, engancha la cadena.

—Tengo algo de dinero y tarjetas de crédito…

—No estamos aquí para eso. Siéntate en el suelo y mantén la boca cerrada —dice Barry.

La mujer debe de haber salido de la ducha. Su pelo negro está húmedo, y no hay ni una pizca de maquillaje en su cara. Helena aún no puede mirarla a los ojos.

Dejando caer la bolsa de lona en el suelo, Barry abre la cremallera y saca unos sujetadores de plástico.

—Por favor —ruega—. No quiero morir.

—Nadie va a hacerte daño —dice Helena.

—¿Los mandó mi marido?

—No —dice Barry. Mira a Helena—: Ve a poner algunas almohadas en la bañera.

Helena agarra tres almohadas de la decadente cama de cuatro postes y las coloca en la bañera de patas de garra que se encuentra en una pequeña plataforma con vistas al atardecer que cae sobre la ciudad y los edificios que empiezan a brillar.

Cuando vuelve al dormitorio, Barry tiene a la mujer boca abajo y le ata las muñecas y los tobillos. Finalmente la levanta sobre su hombro y la lleva al baño, donde la acuesta suavemente en la bañera.

—¿Por qué estás aquí? —pregunta.

—¿Sabes qué es este lugar?

—Sí.

194

Las lágrimas corren por su cara.

—Cometí un grave error hace quince años.

—¿Qué? —pregunta Helena.

—No abandoné a mi marido cuando debería haberlo hecho. Desperdicié los mejores años de mi vida.

—Alguien vendrá por ti —dice Barry. Entonces él rasga un pedazo del rollo de cinta adhesiva y se lo coloca en la boca.

Cierran la puerta del baño. La chimenea de gas irradia un calor de bienvenida. La botella de champaña que la mujer estaba a punto de beber se encuentra en la mesa de centro junto a una copa y un diario abierto, ambas páginas llenas de escritura. Helena no puede evitarlo. Ella mira los elegantes trazos y se da cuenta de que es la narración de un recuerdo, tal vez al que iba a volver la mujer en la bañera.

Comienza... *La primera vez que me golpeó yo estaba en la cocina a las diez de la noche, preguntándole dónde había estado. Recuerdo el enrojecimiento de su cara y el olor a bourbon en su aliento y sus ojos húmedos.*

Helena cierra el diario y se dirige a la ventana, descorriendo la cortina.

Una luz anémica se cuela.

Mirando ocho pisos hacia abajo en la Cuarenta y Nueve Este, puede ver el coche de Barry al final de la manzana.

La ciudad está mojada, triste.

La mujer está llorando en el baño.

Barry se acerca y dice:

—No sé si nos han descubierto. En cualquier caso, deberíamos ir tras Slade ahora mismo. Yo digo que nos arriesguemos con el elevador.

—¿Tienes un cuchillo?

—Sí.

—¿Puedo verlo?

Barry mete la mano en su bolsillo y saca una navaja plegable mientras Helena se quita la chamarra de cuero y se sube las mangas de su camisa gris.

Se la quita, se sienta en uno de los sillones y abre la cuchilla.

—¿Qué estás haciendo? —le pregunta.

—Estoy haciendo un punto de salvamento.

—¿Un qué?

Inserta la punta del cuchillo en su brazo izquierdo por encima del codo y pasa la hoja a lo largo de su piel.

A medida que el dolor llega y la sangre comienza a fluir...

BARRY

7 de noviembre de 2018

—¿Qué demonios estás haciendo? —pregunta Barry.

Los ojos de Helena están cerrados, su boca cuelga ligeramente abierta, en perfecta quietud.

Barry le quita cuidadosamente el cuchillo de las manos. Durante un largo momento, no pasa nada. Entonces sus ojos verde brillante se abren de golpe. Algo en ellos ha cambiado. Exudan un nuevo miedo e intensidad.

—¿Estás bien? —pregunta Barry.

Helena observa la habitación, mira su reloj de pulsera, y luego envuelve sus brazos alrededor de Barry con una ferocidad sorprendente.

—Estás vivo.

—Por supuesto que estoy vivo. ¿Qué te ha pasado?

Ella lo lleva a la cama. Se sientan, y Helena quita una de las fundas de almohada y arranca una tira de tela, que comienza a atar alrededor de su herida que se infligió para detener la hemorragia.

—Acabo de usar la silla para volver a este momento —dice—. Estoy comenzando una nueva línea de tiempo.

—¿Tu silla?

—No, la que está arriba en el diecisiete. La silla de Slade.

—No lo entiendo.

—Ya he vivido los siguientes quince minutos. El dolor de cortarme ahora mismo fue una migaja de pan que me condujo hasta este momento. Me dejó una memoria vívida y de corto plazo a la que volver.

—¿Así que sabes lo que está a punto de suceder?

—Si vamos al penthouse, Slade sabe que estamos aquí. Nos estará esperando. Ni siquiera saldremos del elevador antes de que una bala te atraviese el ojo. Hay tanta sangre, y empiezo a disparar. Debo haberle atinado a Slade, porque de repente se arrastra por su sala de estar. Tomo el elevador hasta el diecisiete, encuentro el laboratorio y abro la puerta de un tiro mientras Jee-woon se mete en el tanque. Empieza a acercarse a mí, diciendo que sabe que nunca le haría daño después de todo lo que ha hecho por mí, pero nunca ha estado más equivocado en su vida. En la terminal, entro con algunas credenciales falsas. Luego trazo un mapa de la memoria, subo al tanque y vuelvo al recuerdo de haberme cortado en esta habitación.

—No tenías que volver por mí.

—Para ser completamente honesta, no lo habría hecho. Pero no sabía dónde estaba Sergei, y no había tiempo suficiente para destruir el equipo. Pero me alegro mucho de que estés vivo.

Ella mira su reloj otra vez.

—Tendrás un recuerdo horrible de todo esto en unos doce minutos, y también lo tendrán todos los demás en el edificio, lo cual es un problema.

Barry se levanta de la cama, le da la mano a Helena.

Ella levanta la escopeta.

Él dice:

—Así que Slade está en el penthouse, anticipando que es donde iremos primero, lo que hicimos la primera vez.

—Correcto.

—Jee-woon ya se dirige a la silla del diecisiete, probablemente esperando a oír si ha habido una brecha de seguridad para poder saltar a la cámara de privación y sobrescribir esta línea de tiempo. Y Sergei está…

—No lo sé. Yo digo que vayamos directamente al laboratorio y nos ocupemos de Jee-woon primero. No importa lo que pase, no se le puede permitir entrar en el tanque.

Salen de la habitación y se dirigen al pasillo. Barry está tocando compulsivamente los cartuchos extra en sus bolsillos.

En el panel de elevadores, llaman uno, escuchando los engranajes que giran al otro lado de las puertas y sosteniendo su Glock ya lista.

Helena dice:

—Ya hemos hecho esta parte. No hay vuelta atrás.

Cuando la luz sobre el elevador se enciende, la campana suena. Barry levanta su arma, con el dedo en el gatillo.

Las puertas se abren.

Vacío.

Entran en el pequeño elevador, y Helena presiona el botón 17. Las paredes de este elevador están cubiertas de viejos espejos manchados y empañados, y al mirarlos fijamente crea una ilusión recursiva: un número infinito de Barrys y Helenas en elevadores que se alejan por el espacio.

Cuando empiezan a subir, Barry dice:

—Pongámonos contra la pared. Queremos dar los objetivos más pequeños posibles cuando las puertas se abran. ¿Qué arma tenía Slade?

—Un arma de fuego. Era de plata.

—¿Jee-woon?

—Había un arma que se parecía a la suya en la terminal.

El botón de cada piso se ilumina cuando pasan por él.

Nueve.

Diez.

Una oleada de náuseas lo golpea, está nervioso. Hay un sabor a miedo en su boca por la adrenalina que le llega al torrente sanguíneo.

Once.

Doce.

Trece.

Se maravilla de que Helena no parezca tan asustada como él. Entonces, de nuevo, desde su perspectiva, ya ha estado en esta pelea antes.

—Gracias por volver por mí —dice.

Catorce.

—Sólo que, ya sabes, trata de no morir esta vez.

Quince.

Dieciséis.

—Aquí vamos —dice.

El elevador se detiene en el diecisiete.

Barry levanta la Glock.

Helena carga la escopeta.

Las puertas se separan para revelar un pasillo vacío que recorre todo el edificio, con otros pasillos que se ramifican un poco más adelante.

Barry traspasa el umbral con cuidado.

El débil zumbido de las luces que se encienden sobre su cabeza es el único sonido. Helena se acerca a él y, mientras se retira el pelo del rostro, a Barry le invade un impulso protector y salvaje que lo fortalece y desconcierta. La conoce hace apenas veinticuatro horas.

Avanzan.

El laboratorio es un espacio blanco y elegante, lleno de luces y cristales empotrados. Pasan por una ventana que se asoma a una habitación que contiene más de una docena de microscopios MEG, donde un joven científico está soldando una placa de circuito. No los ve pasar.

Cuando se acercan al primer cruce, una puerta se cierra en algún lugar cercano. Barry se detiene, tratando de escuchar el sonido de los pasos, pero todo lo que puede oír es el zumbido de las luces.

Helena lo lleva por otro corredor que termina en una larga pared de ventanas con vistas a la oscuridad azul de Manhattan de esta noche cruda, las luces de los edificios circundantes brillan a través de la bruma del atardecer.

—El laboratorio está justo adelante —susurra Helena.

Las manos de Barry están sudando. Se limpia las palmas de las manos a los lados de sus pantalones para agarrar mejor la Glock.

Se detienen en una puerta equipada con un teclado de entrada.

—Puede que ya esté dentro —susurra ella.

—¿No sabes el código?

Sacude la cabeza, levanta la escopeta.

—Pero esto funcionó la última vez.

Barry capta el movimiento girando en la esquina al final del pasillo.

Se pone delante de Helena, que grita:

—¡Jee-woon, no! —los disparos explotan el silencio, la boca del cañón apunta a Barry, quien vacía su Glock en una guerra relámpago de ruido.

Jee-woon ha desaparecido.

Todo sucede en cinco segundos.

Barry expulsa el cargador vacío, coloca uno nuevo.

Mira a Helena.

—¿Estás bien?

—Sí. Porque te pusiste delante de… oh Dios, te dispararon.

Barry se tambalea hacia atrás, la sangre se derrama en el abdomen, fluye por la pierna bajo el pantalón hasta la parte superior del zapato y en el suelo se convierte en una larga mancha de color burdeos. El dolor está llegando, pero está demasiado cargado de adrenalina como para registrar todo su efecto, sólo una presión intensificadora en la sección media derecha de su torso.

—Tenemos que salir de este pasillo —gime, pensando: *Hay una bala en mi hígado*.

Helena lo arrastra de vuelta a la esquina.

Barry se hunde en el suelo.

Ahora sangra profusamente, la sangre es casi negra.

Mira a Helena y le dice:

—Asegúrate… de que no venga.

Se asoma por la esquina.

Barry levanta su arma del suelo, no había notado que se le había escapado de las manos.

—Podrían estar ya en el laboratorio —dice.

—Los detendré.

—No voy a lograrlo.

Hay movimiento a su izquierda; intenta levantar la Glock, pero Helena se le adelanta disparando una ráfaga de la escopeta que obliga a un hombre que no ha visto antes a volver al pasillo.

—Ve —dice Barry—. Date prisa.

El mundo se está oscureciendo, le zumban los oídos. Luego está tendido con la cara contra el suelo y la vida se le va de las manos.

Escucha más disparos.

Helena grita:

—Sergei, no me hagas hacer esto. Ya me conoces.

Luego dos disparos de escopeta.

Seguido de gritos.

Desde su perspectiva lateral, ve a varias personas correr a través de la intersección de los pasillos, dirigiéndose hacia los elevadores y otros miembros de la tripulación que huyen del caos.

Intenta levantarse, pero apenas puede mover su mano. Su cuerpo se siente clavado al suelo.

El final se acerca.

La cosa más difícil que ha hecho es simplemente levantarse sobre sus codos. De alguna manera se las arregla para arrastrarse por la esquina del pasillo con ventanas que lleva al laboratorio.

Escucha más disparos.

Su visión oscila dentro y fuera de foco, los fragmentos de vidrio de las ventanas en el suelo cortan sus brazos y una lluvia fría azota el edificio. Las paredes están salpicadas de agujeros de bala, una neblina de humo impregna el aire y siente un sabor a metal y azufre en su garganta.

Barry se arrastra a través casquillos de calibre 40, e intenta llamar a Helena, pero su nombre se queda en sus labios sólo como un gemido.

Se arrastra el resto del camino hasta la entrada. Toma un momento para que su visión se agudice y enfoque. Helena está de pie en la terminal, sus dedos vuelan a través de una serie de teclados y pantallas táctiles. Invoca su voz para pronunciar su nombre.

Ella le devuelve la mirada.

—Sé que estás sufriendo. Lo hago tan rápido como puedo.

—¿Qué estás haciendo? —pregunta Barry, cada respiración es más agonizante que la anterior y lleva menos oxígeno a su cerebro.

—Voy a volver al recuerdo cuando me corté en esa habitación de hotel.

—Jee-woon y Sergei se han ido —tose sangre—. Sólo… destruye todo ahora.

—Slade sigue ahí fuera —dice Helena—. Si se escapa, podría construir otra silla. Necesito que vigiles la puerta. Sé que estás herido, pero ¿puedes hacer eso? Avísame si viene.

Se aleja de la terminal, y se sube al cuerpo curvo de la silla de la memoria.

—Lo intentaré —dice Barry.

Apoya su cabeza contra el suelo frío.

—Lo haremos bien la siguiente vez —dice Helena. Alargando la mano, ella baja el microscopio MEG con cuidado.

Mientras ella asegura la correa de la barbilla, Barry lucha por mantener sus ojos fijos en el corredor, sabiendo que si Slade viene no hay nada que pueda hacer para detenerlo. Ni siquiera tiene la fuerza para levantar su arma.

Los recuerdos muertos de su muerte en la última línea de tiempo finalmente se desmenuzan en su conciencia.

Las puertas del elevador se abren a la entrada del ático de Slade.

Slade está de pie en su inmaculada sala de estar de ventanas apuntando con un revólver a la cabina del elevador.

Barry piensa: Joder. Él lo sabía. *Un estallido de luz sin sonido.*

Luego, nada.

A través de la niebla de la muerte, Barry lucha por echar un último vistazo al laboratorio, ve a Helena arrancándose la camisa, deslizando sus jeans por las piernas y subiendo al tanque de privación.

Barry corre por un pasillo, su nariz sangra, la cabeza le palpita. El dolor de recibir un disparo en la línea de tiempo anterior se ha ido, los recuerdos de este nuevo caen en cascada en su lugar.

Él y Helena subieron de la habitación 825.

Bajaron del elevador en el piso 17, tomaron una ruta diferente hacia el laboratorio, pretendiendo atrapar a Jee-woon y a Slade saliendo del elevador.

Pero se toparon con Sergei y perdieron mucho tiempo para evadirlo.

Ahora están corriendo hacia el laboratorio.

Barry se limpia la sangre de la nariz y parpadea por el escozor del sudor en sus ojos.

Doblan una esquina y llegan a la puerta del laboratorio, que Helena abre con un disparo de escopeta. Barry carga primero, dos estruendosos disparos que no llegan a su cabeza por menos de unos centímetros. Para su sorpresa, los disparos provienen de un hombre que ha visto una vez antes, hace once años, la noche en que fue enviado de vuelta a la memoria.

Marcus Slade está de pie a seis metros de distancia en la terminal, con una camiseta blanca y unos pantalones cortos grises, como si acabara de salir del gimnasio, su pelo rizado y oscuro está manchado de sudor.

Sostiene un revólver de acero y mira fijamente a Barry, reconociéndolo.

Barry le dispara una bala al hombro derecho, Slade vuelve a tropezar con los paneles de control y el arma se le escapa de las manos mientras se desliza por el suelo.

Helena corre al tanque de privación y tira de la palanca de liberación de emergencia.

Para cuando Barry llega al tanque, ella ya está abriendo la escotilla para sacar a Jee-woon, que está flotando de espaldas en el agua salada, e intenta desesperadamente quitar el puerto IV de su antebrazo izquierdo.

Barry enfunda la Glock, alcanza el agua caliente, y saca a Jee-woon, lanzándolo al otro lado de la habitación.

Jee-woon golpea el suelo y se endereza, sobre sus manos y rodillas, está desnudo y goteando sobre la baldosa. Mira a Barry y Helena, después al arma de Slade, que está a dos metros y medio de distancia, y se lanza por ella. Barry lo sigue, y mientras dispara, también lo hace Helena, la carga completa de perdigones golpean a Jee-woon contra la pared, su pecho es una herida abierta, y su fuerza sale a toda velocidad junto con su sangre.

Barry se mueve con cuidado hacia él, mantiene el arma apuntando a la ruinosa masa central del hombre, pero Jee-woon se ha ido para cuando llega a él, los ojos vidriosos y vacíos.

HELENA

....

7 de noviembre de 2018

Uno de los momentos más gratificantes de su fragmentada existencia es apuntar a Slade con el cañón de la escopeta.

Mete la mano en su bolsillo y saca una memoria USB.

—Voy a borrar cada línea de código. Luego voy a desmantelar la silla, el microscopio...

—Helena.

—¡Estoy hablando yo! Los estimuladores. Cada pieza de hardware y software del edificio. Será como si la silla nunca hubiera existido.

Slade está apoyado en la base de la terminal, con dolor en los ojos.

—Ha pasado un minuto, ¿eh?

—Trece años para mí —dice—. ¿Cuánto tiempo para ti?

Parece considerar la pregunta mientras Barry se acerca y patea el revólver al otro lado de la habitación.

—¿Quién sabe? —dice Slade finalmente—. Después de que te desvaneciste de mi plataforma petrolífera, bien hecho, por cierto, nunca entendí exactamente cómo lo hiciste, me tomó años reconstruir la silla. Pero desde entonces, he vivido más vidas de las que puedas imaginar.

—¿Haciendo qué? —pregunta.

—La mayoría eran exploraciones silenciosas sobre quién soy, quién podría ser, en diferentes lugares, con diferentes personas. Algunas eran… más fuertes. Pero en esta última línea de tiempo, descubrí que ya no podía generar un número sináptico suficiente para mapear mi propia memoria. He viajado demasiado. Llené mi mente con demasiadas vidas. Demasiados experimentos. Está empezando a fracturarse. Hay vidas enteras que nunca he recordado, de las que sólo experimento flashes. Este hotel no es lo primero que hice. Es lo último. Lo construí para que otros experimenten el poder de lo que aún es, lo que siempre será, tu creación.

Respira con dificultad y mira a Barry. Helena piensa que sus ojos, incluso a través del obvio dolor, contienen la profundidad de un hombre que ha vivido mucho, mucho tiempo.

—Qué manera de agradecer al hombre que te devolvió a tu hija —dice Slade.

—Bueno, ahora está muerta de nuevo, maldito imbécil. El shock de recordar su propia muerte y el edificio que apareció ayer la empujaron al límite.

—Siento mucho oír eso.

—Estás usando la silla de forma destructiva.

—Sí —dice Slade—. Será destructivo al principio, como todo progreso. Así como la era industrial marcó el comienzo de dos guerras mundiales. Así como el *Homo sapiens* suplantó al neandertal. Pero tú retrocederías el reloj con todo lo que eso implica, ¿verdad? ¿Podrías? El progreso es inevitable. Y es una fuerza para el bien.

Slade mira la herida en su hombro, la toca, y luego mira a Barry.

—¿Quieres hablar de lo destructivo? ¿Qué tal el de estar encerrados en nuestras pequeñas peceras, en esta broma de una existencia impuesta por los límites de nuestros sentidos de primates? La vida es sufrimiento. Pero no tiene por qué serlo. ¿Por qué alguien debería ser forzado a aceptar la muerte de su hija cuando puede cambiarla? ¿Por qué un hombre moribundo no debería volver a su juventud con toda la sabiduría y el conocimiento en lugar de pasar sus últimas horas en agonía? ¿Por qué dejar que se desarrolle una tragedia cuando podrías volver y prevenirla? Lo que estás defendiendo no es la realidad, es una prisión, una mentira —Slade mira a Helena—. Tú ya *sabes* esto. *Tienes* que ver esto. Has marcado el comienzo de una nueva era para la humanidad. Una en la que ya no tenemos que sufrir y morir. Donde podamos experimentar lo que sea. Confía en mí, tu perspectiva cambia cuando has vivido incontables vidas. Nos has permitido escapar de las limitaciones de nuestros sentidos. Nos has salvado a todos. *Ése* es tu legado.

—Sé lo que me hiciste en San Francisco —dice Helena—. En la línea de tiempo original.

Slade la mira fijamente, sin pestañear.

—Cuando me dijiste que descubriste accidentalmente lo que la silla podía hacer, dejaste fuera la parte en la que me asesinaste.

—Y sin embargo, aquí estás. La muerte ya no tiene ningún poder sobre nosotros. Éste es el trabajo de tu vida, Helena. Acéptalo.

—No puedes pensar que se puede confiar a la humanidad la silla de la memoria —dice ella.

—Piensa en el bien que podría hacer. Sé que querías usar esta tecnología para ayudar a la gente. Para ayudar a tu madre. Podrías volver y estar con ella antes de que muriera, antes de que su mente se destruyera a sí misma. Podrías salvar sus recuerdos. Podemos deshacer los asesinatos de Jee-woon y Sergei. Sería como si nada de esto hubiera pasado —su sonrisa está llena de dolor—. ¿No puedes ver lo hermoso que sería el mundo?

Ella da un paso hacia él.

—Puede que tengas razón. Tal vez haya un mundo en el que la silla haga que todas nuestras vidas sean mejores. Pero ése no es el punto. El punto es que tú también podrías estar equivocado. El punto es que no sabemos lo que la gente haría con este conocimiento. Todo lo que sabemos es que una vez que la gente sepa sobre la silla, o cómo construirla, no hay vuelta atrás. Nunca escaparemos del bucle del conocimiento universal de la silla. Vivirá en cada línea de tiempo posterior. Habremos condenado a la humanidad para siempre. Prefiero arriesgarme a dejar pasar algo glorioso que arriesgarlo todo de una sola vez.

Slade sonríe de esa manera de que "sé más de lo que te das cuenta" que la lleva de vuelta a sus años con él en la plataforma petrolífera.

—Todavía estás siendo cegada por tus limitaciones. Todavía no ves el cuadro completo. Y tal vez nunca lo hagas, a menos que puedas viajar como yo lo he hecho...

—¿Qué significa eso?

Sacude la cabeza.

—¿De qué estás hablando, Marcus? ¿Qué quieres decir con "viajar como lo yo lo he hecho"?

Slade sólo la mira fijamente, sangrando, y luego el zumbido de las computadoras cuánticas se desvanecen, la habitación repentinamente se queda en silencio.

Uno a uno, los monitores de la terminal se oscurecen, y

mientras Barry mira inquisitivamente a Helena, todas las luces se apagan.

....

7 de noviembre de 2018

Ve las imágenes persistentes de Helena, Slade y la silla.

Luego nada.

El laboratorio está a oscuras.

No hay más sonido que el palpitar de su corazón.

Al frente, donde Slade estaba sentado hace unos segundos, Barry oye el ruido de alguien que corre por la habitación.

Un disparo de escopeta ilumina la habitación por un ensordecedor segundo, tiempo suficiente para que Barry vea a Slade desaparecer por la puerta.

Barry da un paso adelante, sus retinas aún se tambalean por el destello del cañón de Helena, la oscuridad está teñida de naranja. La puerta se materializa a la vista cuando las luces de los edificios circundantes se cuelan por las ventanas del pasillo.

Su oído se ha recuperado lo suficiente del disparo como para escuchar el sonido de pasos rápidos que se alejan por el pasillo. Barry no cree que Slade haya tenido tiempo, en esos pocos segundos de oscuridad, de poner las manos en el revólver, pero no puede estar seguro. Lo más probable es que Slade esté corriendo a toda prisa por una de las escaleras.

La voz de Helena emerge de la puerta, es apenas un susurro:

—¿Lo ves?

—No. Espera hasta que averigüe qué está pasando.

Pasa corriendo por las ventanas que dan a una noche lluviosa de Manhattan. De algún lugar del piso se escucha *ratatatán*, como el sonido de un tambor.

Gira en la siguiente esquina en la oscuridad pura, y mientras avanza por el pasillo principal, su pie golpea algo en el suelo. Al agacharse, toca la tela ensangrentada de la camiseta de Slade. Todavía no puede ver nada, pero reconoce el agudo silbido de un pulmón perforado que no se infla completamente, y el más suave gorjeo de Slade ahogándose en su propia sangre.

Un frío terror lo envuelve. Pasando su mano a lo largo de la pared, llega a la unión de los corredores.

Por un momento, el único sonido es Slade muriendo justo detrás de él. Algo pasa por la punta de su nariz y *golpea* en la pared detrás de él.

Los disparos sofocados y el fuego de las armas revelan que media docena de oficiales que llegan por los elevadores, todos con cascos tácticos, chalecos antibalas y armas de asalto al hombro.

Barry se retira a la vuelta de la esquina, grita:

—¡Detective Sutton, policía de Nueva York! Comisaría 24.

—¿Barry?

Conoce esa voz.

—¿Gwen?

—¿Qué diablos está pasando, Barry? —luego a los que la rodean—: ¡Lo conozco, lo conozco!

—¿Qué estás haciendo aquí? —pregunta Barry.

—Recibimos un informe de disparos en este edificio. ¿Qué están haciendo aquí?

—Gwen, tienes que sacar a tu equipo de aquí y dejarme...

—No es mi equipo.

—¿De quién es?

Una voz masculina retumba en el pasillo.

—Nuestro dron muestra una firma de calor en una de las habitaciones detrás de ti.

—No son una amenaza —dice Barry.

—Barry, tienes que dejar que estos tipos hagan su trabajo —dice Gwen.

—¿Quiénes son? —pregunta Barry.

—¿Por qué no salimos y hablamos? Te los presentaré. Estás poniendo a todos muy nerviosos.

Espera que Helena se haya dado cuenta de lo que está pasando y haya huido. Él necesita ganar más tiempo. Si puede llegar a su laboratorio de Red Hook, en cuatro meses, puede terminar de construir la silla y volver a este día y arreglar esto.

—No me estás escuchando, Gwen. Lleva a todos de vuelta al estacionamiento y vete —Barry se da la vuelta y grita por el pasillo hacia el laboratorio—: ¡Helena, corre!

El sonido de las armas comienza en el corredor, se mueven hacia él.

Barry se acerca a la esquina y dispara un tiro al techo.

El regreso de los disparos es una reacción exagerada instantánea, un torbellino de balas que azota el corredor a su alrededor.

Gwen grita:

—¿Intentas que te maten?

—¡Helena, ve! ¡Sal del edificio!

Ahora algo rueda por el pasillo y se detiene a un metro de Barry. Antes de que tenga tiempo de preguntarse qué es, las grietas de la granada se abren y se despliega un destello cegador de luz y humo, su visión es de un blanco brillante y el tono agudo de la pérdida temporal de audición bloquea todo el resto de los ruidos.

Cuando la primera bala lo alcanza, no siente ningún impacto que cause dolor.

Luego viene otra y otra, desgarrando sus costados, su pierna, su brazo, y cuando llega el dolor, se le ocurre que Helena no lo salvará esta vez.

LIBRO CUATRO

Quien controla el pasado controla el futuro.
Quien controla el presente controla el pasado.

<small>GEORGE ORWELL</small>, *1984*

Día 8

Es el cautiverio más extraño.

El departamento es de una habitación cerca de Sutton Place, espacioso y de techo alto, con una vista de un millón de dólares del puente de la calle Cincuenta y Nueve, East River y la lejana extensión de Brooklyn y Queens.

No tiene acceso a un teléfono, conexión a internet, o cualquier otro modo de contacto con el mundo exterior.

Cuatro cámaras, montadas en las paredes, vigilan cada centímetro cuadrado del espacio, con sus luces rojas de grabación encendidas sobre ella, incluso mientras duerme.

Sus captores, una pareja llamada Alonzo y Jessica, se conducen con una calma contenida. Al principio, le aliviaron los nervios.

El primer día, la sentaron en la sala de estar y le dijeron:

—Sabemos que tienes preguntas, pero nosotros no somos quienes pueden responderlas.

Helena preguntó de todos modos.

¿Qué le pasó a Barry?

¿Quién asaltó el edificio de Marcus Slade?

¿Quién me retiene aquí?

Jessica se inclina hacia delante y dice:

—Somos guardias de prisión caros, ¿okey? Nada más. No sabemos por qué estás aquí. No *queremos* saber por qué estás aquí. Pero si eres buena onda, nosotros, y las otras personas que trabajan con nosotros, a quienes nunca conocerás, serán buena onda también.

Ellos le traen comida.

Cada dos días, van corriendo al supermercado y traen lo que ella escribe en un papel.

En la superficie son bastante amigables, pero hay una dureza innegable en sus ojos, no, un desprendimiento, lo que le da la certeza de que la lastimarían, o peor, si llegara la orden.

Ella ve las noticias a primera hora de la mañana, y con cada ciclo que pasa el SFR ocupa menos ancho de banda en el interminable desfile de tragedias y escándalos y chismes de celebridades.

Cuando otro tiroteo en la escuela cobra diecinueve vidas, por primera vez desde que apareció el Big Bend el SFR no se menciona en los titulares.

En su octavo día en el departamento, Helena se sienta en la isla de la cocina, desayunando huevos rancheros y mirando la luz del sol a través de la ventana que da al río.

Esta mañana, en el reflejo del espejo del baño, inspeccionó la hilera de puntos de su frente y el moretón negro y amarillo que le hizo el oficial del SWAT cuando la dejó inconsciente en la escalera del edificio de Slade mientras intentaba escapar.

Cada día el dolor disminuye a medida que el miedo y la incertidumbre crecen.

Come despacio, tratando de no pensar en Barry, porque cuando imagina su cara, la abyecta impotencia de su situación se vuelve insoportable, y el no saber lo que está pasando la hace querer gritar.

El cerrojo gira, y Helena mira al vestíbulo desde el pequeño pasillo mientras la puerta se abre para revelar a un hombre que, hasta ahora, sólo ha existido en un recuerdo muerto.

Rajesh Anand le dice a alguien en el vestíbulo:

—Cierra la puerta y apaga las cámaras.

—Mierda, ¿Raj? —ella deja su taburete en la isla y se encuentra con él donde el salón se abre a la sala de estar—. ¿Qué estás haciendo aquí?

—Vine a verte.

Observa a Helena con un aire de confianza que no tenía cuando trabajaron juntos en la plataforma, se ve mejor con la edad, sus rasgos afeitados son a la vez delicados y agradables. Lleva un traje y sostiene un maletín en su mano izquierda. Las cornisas de sus ojos marrones se arrugan con una sonrisa genuina.

Se van a la sala de estar y se sientan uno frente al otro en un par de sofás de cuero.

—¿Estás cómoda aquí? —pregunta.

—Raj, ¿qué está pasando?

—Estás siendo retenida en una casa de seguridad.

—¿Bajo la autoridad de quién?

—La Agencia de Proyectos de Investigación Avanzada de Defensa.

Su estómago se tensa.

—¿DARPA?

—¿Hay algo que pueda hacer por ti, Helena?

—Respuestas. ¿Estoy bajo arresto?

—No.

—Así que estoy siendo detenida.

Asiente con la cabeza.

—Quiero un abogado.

—No es posible.

—¿Cómo es que eso no es posible? Soy una ciudadana norteamericana. ¿No es esto ilegal?

—Probablemente.

Raj levanta su maletín y lo pone sobre la mesa. El cuero negro se ha desgastado en algunos lugares y los herrajes de latón están muy empañados.

—Sé que no hay mucho que mirar —dice—. Era de mi padre. Me lo dio el día que me fui a Estados Unidos.

Cuando comienza a tocar el mecanismo de cierre, Helena dice:

—Había un hombre conmigo en el piso 17 de ese…

—¿Barry Sutton?

—No me quieren decir lo que le pasó.

—Porque no lo saben. Lo mataron.

Ella lo sabía.

Lo sintió en sus huesos toda la semana encerrada en esta lujosa prisión. Y aun así se quiebra.

Mientras llora, su cara se descompone por el dolor, y puede sentir los puntos de sutura en la frente.

—Lo siento mucho —dice Raj—. Le disparó al equipo SWAT.

Helena se limpia los ojos y mira a través de la mesa.

—¿Cómo es que estás involucrado en todo esto?

—Fue el error de mi vida abandonar nuestro proyecto en la plataforma petrolífera de Slade. Pensé que estaba loco. Todos lo pensamos. Dieciséis meses después, me desperté una noche con una hemorragia nasal. No sabía cómo ni qué significaba, pero todo el tiempo que pasamos juntos en la plataforma se convirtió en falsos recuerdos. Me di cuenta de que habías logrado algo increíble.

—¿Así que sabías lo que era la silla incluso entonces?

—No. Sólo sospeché que habías descubierto alguna forma de alterar los recuerdos. Quería ser parte de ello. Intenté encontrarte a ti y a Slade, pero ambos se habían desvanecido. Cuando el síndrome del falso recuerdo apareció por primera vez a escala masiva, fui al único lugar que sabía que estaría interesado en mi historia.

—¿DARPA? ¿En serio pensaste que era una buena idea?

—Todas las agencias gubernamentales estaban desconcertadas. El CDC estaba tratando de encontrar un patógeno que no existía. Un físico de RAND escribió un memorándum teorizando que el SFR podría deberse a microcambios en el espacio-tiempo. Pero DARPA me creyó. Empezamos a rastrear a las víctimas del SFR y a entrevistarlas. El mes pasado encontré a alguien que afirmaba haber sido puesto en una silla y enviado de vuelta a un recuerdo. Todo lo que sabían era que había sucedido en un hotel en algún lugar de Manhattan. Sabía que tenías que ser tú o Slade, o los dos trabajando juntos.

—¿Por qué irías a DARPA con algo así?

—Dinero y recursos. Traje un equipo a Nueva York. Empezamos a buscar este hotel, pero no pudimos encontrarlo. Luego, después de que Big Bend apareció, escuchamos una charla de que un equipo SWAT de la policía de Nueva York estaba planeando una redada en un edificio en el centro de la ciudad que podría tener alguna conexión con el SFR. Mi equipo se hizo cargo.

Helena mira por la ventana al otro lado del río, el sol le calienta la cara.

—¿Estabas trabajando con Slade? —pregunta Raj.

—Estaba tratando de detenerlo.

—¿Por qué?

—Porque la silla es peligrosa. ¿La has usado?

—He hecho algunos diagnósticos. Principalmente me he estado poniendo al día con la funcionalidad —Raj abre la cerradura del maletín—. Mira, entiendo tus preocupaciones, pero nos vendrías muy bien. Hay tanto que no sabemos.

Del maletín, saca una gavilla de papel y la tira en la mesa de centro.

—¿Qué es esto? —pregunta.

—Un contrato de trabajo.

Ella mira a Raj.

—¿No has entendido lo que acabo de decir?

—Saben que la silla es capaz de regresar a una persona a una memoria previa. ¿De verdad crees que no la van a usar? Ese genio nunca va a volver a la botella.

—No significa que tenga que ayudarlos.

—Pero si estás dispuesta, serás tratada con el respeto que se debe al genio que inventó esta tecnología. Tendrás un asiento en la mesa. Serás parte de la historia. Ésa es mi propuesta. ¿Puedo contar contigo?

Helena mira al otro lado de la mesa con una sonrisa aguda.

—Puedes irte al demonio.

Día 10

Está nevando afuera, unos frágiles centímetros se han acumulado en la cornisa de la ventana. El tráfico se arrastra por el puente de la calle Cincuenta y Nueve, el cual emerge y desaparece dependiendo de la intensidad de la nevada.

Después del desayuno, Jessica abre el cerrojo y le dice que se vista.

—¿Por qué? —pregunta Helena.

—Ahora —dice Jessica, con el primer indicio de amenaza que Helena ha oído de cualquiera de ellos en los diez días que han estado juntos.

Bajan por el montacargas hasta el estacionamiento subterráneo donde hay una fila de relucientes Suburban negros.

Toman el túnel Queens-Midtown como si se dirigieran a LaGuardia; Helena se pregunta si volarán a algún lugar, pero no se atreve a preguntar. Pasan por el aeropuerto y continúan hacia Flushing, pasando por los escaparates arcoíris de Chinatown, para finalmente llegar a una colección de edificios de oficinas de baja altura que definen lo anodino.

Una vez fuera, Alonzo toma a Helena del brazo y la escolta hasta la entrada principal, atraviesan las puertas dobles, y luego la deposita en la recepción, donde un hombre muy alto, de al menos dos metros, la espera.

Despide a Alonzo con un "Te enviaré un mensaje de texto" y se centra en Helena.

—¿Así que tú eres la genio? —pregunta el hombre. Tiene una barba magnífica y cejas gruesas y oscuras que corren juntas como un seto bajo su frente. Extiende su mano.

—Soy John Shaw. Bienvenido a DARPA.

—¿Qué hace aquí, señor Shaw?

—Supongo que se podría decir que estoy a cargo. Venga conmigo.

Él se dirige hacia el control de seguridad, pero ella no se mueve. Después de cinco pasos, la mira de nuevo.

—Esto no fue una sugerencia, doctora Smith.

Pasan a través de puertas de vidrio corredizas y la lleva por un pasillo con alfombras verdes. Mientras que desde el exterior el edificio parecía un triste centro empresarial, el interior, con su sombría iluminación y diseño utilitario, es un laberinto gubernamental sin alma.

—Destripamos el laboratorio de Slade y trajimos todo aquí para asegurarlo adecuadamente —dice.

—¿No les ha transmitido Raj mis ideas al respecto?

—Lo hizo.

—Entonces, ¿por qué estoy aquí?

—Quiero mostrarle lo que estamos haciendo.

—Si se trata de usar la silla, no me interesa.

Llegan a una puerta giratoria de cristal de aspecto impenetrable y a un sistema de seguridad biométrico.

Shaw mira hacia abajo a Helena, se eleva sobre ella más de medio metro. Su rostro podría ser amistoso en otras circunstancias, pero en este momento se ve intensamente molesto.

El olor a canela de las pastillas Altoids la envuelve mientras dice:

—Quiero que sepas que no hay lugar más seguro en el mundo entero que el otro lado de ese cristal. Puede que no lo parezca, pero este edificio es una maldita fortaleza, y en DARPA guardamos nuestros secretos.

—Ese cristal no puede contener la silla. Nada puede. ¿Por qué la quieres de todas formas?

El lado derecho de su boca se curva, y por un instante, ella vislumbra la astucia de acero en sus ojos.

—Hágame un favor, doctora Smith —dice Shaw.

—¿Cuál?

—Durante la próxima hora de su vida trate de mantener una mente abierta.

La silla y la cámara de privación están como piezas centrales bajo los ardientes reflectores, en el laboratorio más exquisito que Helena haya visto jamás.

Raj ya está sentado en la terminal cuando entran, y detrás de él hay una mujer de unos veinte años con botas y atuendo militar negro, sus brazos con tatuajes y su pelo negro recogido en una cola de caballo.

Shaw lleva a Helena a la terminal.

—Ella es Timoney Rodriguez.

La soldado asiente con la cabeza hacia Helena.

—¿Quién es ésta?

—Helena Smith. Ella creó todo esto. Raj, ¿cómo vamos?

—A todo vapor.

Gira su silla y mira hacia Timoney.

—¿Estás lista?

—Creo que sí.

Helena mira a Shaw.

—¿Qué está pasando?

—Estamos enviando a Timoney de vuelta a un recuerdo.

—¿Con qué propósito?

—Ya lo verás.

Helena se vuelve hacia Timoney.

—¿Te das cuenta de que están a punto de matarte en ese tanque?

—John y Raj me informaron de todo cuando me reclutaron.

—Te van a paralizar y detener tu corazón. Habiéndolo experimentado cuatro veces, puedo asegurarte que es un proceso agonizante, y no hay forma de evitar el dolor.

—Genial, genial.

—Los cambios que hagas afectarán a otras personas y les

causarán todo tipo de dolor. Dolor para el que no están preparados. ¿Crees que tienes derecho a hacerlo?

Nadie hace caso de la pregunta de Helena.

Raj se levanta y mueve la silla.

—Toma asiento, Timoney.

Toma uno de los cascos plateados del gabinete junto a la terminal y lo lleva a la silla. Luego lo coloca en la cabeza de Timoney y comienza a abrochar la correa de la barbilla.

—¿Éste es el aparato de reactivación? —pregunta Timoney.

—Exactamente. Funciona con el microscopio MEG para registrar la memoria. Luego, cuando vas al tanque, guarda el patrón neural para que los estimuladores lo reactiven —baja el MEG sobre el casco—. ¿Has pensado en qué memoria quieres grabar?

—John dijo que me daría algo de orientación.

—El único parámetro de mi parte es que debe tener tres días de antigüedad —dice Shaw.

Raj abre los compartimentos incrustados en el reposacabezas de la silla y despliega las varillas telescópicas de titanio, que encierra en las carcasas del exterior del microscopio. Dice:

—La memoria no tiene que ser extensa. Sólo tiene que ser vívida. El dolor y el placer son buenos marcadores. También lo es la emoción fuerte. ¿Verdad, Helena?

No dice nada. Está viendo cómo se desarrolla su peor pesadilla: la silla en un laboratorio del gobierno.

Raj camina hacia la terminal, prepara un nuevo archivo de grabación y lleva la tableta que funciona como un control remoto.

Toma asiento en el taburete junto a Timoney y dice:

—La mejor manera de grabar un recuerdo, especialmente al principio, es hablar a través de él. Intenta ir más allá de lo que viste y sentiste. La memoria de los sonidos, los sabores y los olores son todos cruciales para una reevaluación vívida. Cuando estés lista.

Timoney cierra los ojos, respira profundamente.

Recuerda estar de pie en una barra de cobre en un bar especializado en whisky que frecuenta en la aldea, esperando un bourbon que pidió. Una mujer se apretujó a su lado para hacerle señas al camarero y se colocó lo suficientemente cerca para que Timoney oliera la fragancia que llevaba. La mujer la miró para disculparse, y cerraron los ojos durante tres segundos. Timoney sabía que en uno de estos días se metería en el tanque para morir. Estaba excitada y aterrorizada por la perspectiva. De hecho, la razón por la que había salido esa noche era porque necesitaba una conexión física.

—Su piel era del color del café y la crema, y sus labios me mataron. Tenía tantas ganas de tocarla. Dios, necesitaba que me dieran una buena cogida, pero sonreí y dije: "Está bien, no te preocupes por eso". La vida está hecha de mil pequeños arrepentimientos como ése, ¿no es así?

Timoney abre los ojos.

—¿Cómo estuvo eso?

Raj sostiene la tabla para mostrar a todos el número sináptico: 156.

—¿Es suficiente? —pregunta Shaw.

—Todo lo que esté por encima de 120 está en zona segura.

Pone una vía intravenosa en el antebrazo izquierdo de Timoney y monta el puerto de inyección. Luego Timoney se quita el uniforme y se dirige al tanque.

Raj abre la escotilla, y Shaw le da una mano mientras sube. Mirando a su soldado flotando en el agua salada, Shaw dice:

—¿Recuerdas todo lo que discutimos?

—Sí. No estoy segura de qué esperar.

—Para ser honesto, ninguno de nosotros lo está. Te veremos en el otro lado.

Raj cierra la escotilla y se dirige a la terminal. Shaw se sienta al lado de Helena y se pone a estudiar los monitores. El protocolo de reactivación ya está en marcha. Raj comprueba las dosis de rocuronio y tiopental sódico.

—¿Señor Shaw? —dice Helena.

Él la mira.

—En este momento, somos las únicas personas en el mundo que controlan la silla.

—Eso espero.

—Se lo ruego. Modérense. Su uso sólo ha causado el caos y el dolor.

—Tal vez la gente equivocada estaba en los controles.

—La humanidad no tiene la sabiduría para manejar este tipo de poder.

—Estoy a punto de probar que te equivocas.

Necesita detener esto, pero hay dos guardias armados que acaban de colocarse a un lado de la puerta. Si intentara algo, estarían sobre ella en cuestión de segundos.

Raj levanta el auricular y habla al micrófono.

—Empezamos en diez segundos, Timoney.

La respiración de la mujer se acelera por el altavoz.

—Estoy lista.

Raj activa el puerto de inyección. El equipo de Slade ha mejorado enormemente desde sus días en la plataforma, cuando requería que un médico estuviera a mano para monitorear a los sujetos de prueba y aconsejar cuándo debían dispararse los estimuladores. Este nuevo software automatiza la secuencia de la droga basándose en el informe de los signos vitales en tiempo real y activa los estimuladores electromagnéticos sólo cuando se detecta la reincidencia de la dimetiltriptamina.

—¿Cuánto tiempo antes del cambio? —pregunta Shaw.

—Depende de cómo responda su cuerpo a las drogas.

El rocuronio se dispara, seguido treinta segundos después por el sodio tiopental.

Shaw se inclina hacia una pantalla dividida que muestra los signos vitales de Timoney a la izquierda, y una cámara de visión nocturna dentro del tanque a la derecha.

—Su ritmo cardiaco está fuera rango, pero se ve tan tranquila.

—El tuyo también lo estaría si te asfixiaras mientras tu corazón está detenido —dice Helena.

Todos ven el ritmo cardiaco de Timoney en línea recta.

Los minutos pasan.

Una línea de sudor corre por un costado de la cara de Shaw.

—¿Debería estar tardando tanto? —pregunta.

—Sí —dice Helena—. Éste es el tiempo que toma morir después de que el corazón deja de latir. Te prometo que para ella se siente mucho más tiempo.

El monitor que muestra el estado de los estimuladores parpadea y se detecta una liberación de alerta de DMT. La imagen previamente oscura del cerebro de Timoney explota con un espectáculo de actividad lumínica.

—Los estimuladores se están disparando —dice Raj.

Después de diez segundos, una nueva alerta reemplaza el aviso del DMT: REACTIVACIÓN DE LA MEMORIA COMPLETA.

Raj mira a Shaw y dice:

—En cualquier momento…

En lugar de la terminal, Helena está de repente en la mesa de conferencias al otro lado del laboratorio. Su nariz está sangrando, la cabeza le palpita.

Shaw, Raj y Timoney también están sentados alrededor de la mesa, todos sangran por la nariz excepto Timoney.

Shaw se ríe.

—Dios mío —mira a Raj—. Funcionó. ¡Funcionó, carajo!

—¿Qué hiciste? —pregunta Helena, todavía tratando de ordenar los recuerdos muertos de los nuevos, los reales.

—Piensa en el tiroteo de la escuela de hace dos días —dice Raj.

Helena trata de recordar la cobertura de noticias que vio las últimas mañanas en su departamento: hordas de estudiantes evacuando la escuela, videos horribles tomados por los teléfonos de los estudiantes mostrando el alboroto mientras se desarrollaba el tiroteo dentro de la cafetería, padres devastados suplicando a los políticos que hagan algo, que no dejen que esto vuelva a suceder, reuniones informativas y vigilias de las fuerzas del orden y...

Pero nada de eso sucedió.

Ésos son recuerdos muertos ahora.

En cambio, mientras el tirador subía las escaleras de la escuela, con un AR-15 colgado al hombro y una bolsa de lona negra con bombas caseras, pistolas y cincuenta cargadores de alta capacidad, una bala 7.62 de la OTAN que fue disparada desde un rifle M40 a una distancia aproximada de 450 metros entró por la parte posterior de su cabeza y salió por su cavidad sinusal izquierda.

Más de veinticuatro horas después, la identidad del asesino del potencial tirador sigue siendo desconocida, pero se anuncia en todo el mundo como un héroe al vigilante anónimo que lo mató.

Shaw mira a Helena.

—Su silla salvó diecinueve vidas.

Se ha quedado sin palabras.

Dice:

—Mira, sé que hay un argumento para que sea erradicada de la faz de la Tierra. Que es una afrenta al orden natural de las cosas. Pero acaba de salvar a diecinueve niños y borrar el insondable dolor de sus familias.

—Eso es...

—¿Jugar a ser Dios?

—Sí.

—Pero ¿no es también jugar a ser Dios *no* intervenir cuando tienes ese poder?

—No deberíamos tener ese poder.

—Pero lo tenemos. Por algo que tú creaste.

Se está tambaleando.

—Es como si sólo vieras el daño que puede hacer tu silla —dice Shaw—. Cuando comenzaste a investigar, hace mucho tiempo, cuando experimentabas con ratones, ¿cuál era tu propósito?

—Siempre me ha interesado la memoria. Cuando mi madre tuvo Alzheimer, quise construir algo que pudiera salvar sus recuerdos básicos.

—Has ido mucho más allá de eso —dice Timoney—. No sólo has guardado recuerdos. Salvaste vidas.

—Me preguntaste por qué quería la silla —dice Shaw—. Espero que hoy te hayas dado una idea de quién soy. Vete a casa, diSFRuta de este momento. Esos niños están vivos gracias a ti.

De vuelta al departamento, se sienta en la cama toda la tarde, viendo las noticias de última hora sobre el tiroteo en la escuela que "no ha pasado". Los estudiantes que fueron asesinados se paran frente a las cámaras, relatando falsos recuerdos de haber sido abatidos a tiros. Un padre llorando habla de ir a la morgue para identificar a su hijo muerto, una madre rota habla de estar en medio de la planificación del funeral de su hija y, en un momento, pasar a llevarla a la escuela.

Helena se pregunta si ella es la única que ve el ligero desorden detrás de los ojos de uno de los estudiantes previamente asesinados.

Al ser testigo de cómo el mundo intenta aceptar lo imposible, se pregunta qué hacen las masas con ello.

Los eruditos religiosos hablan de la antigüedad, cuando los milagros ocurrían con gran frecuencia. Especulan que hemos regresado a esa época, que podría ser una vista previa de la Segunda Venida.

Mientras que la gente acude en masa a las iglesias, lo mejor que se les ocurre a los científicos es decir que el mundo experimentó otro "incidente de memoria masiva". Y aunque hablan de realidades alternativas y de la fragilidad del espacio-tiempo, se ven más desconcertados y agitados que los hombres de Dios.

Ella sigue volviendo a algo que le dijo Shaw en el laboratorio. *Es como si sólo vieras el daño que tu silla puede hacer.* Es verdad. Todo lo que ha considerado es el daño potencial, y ese miedo ha formado la trayectoria de su vida desde que estuvo en la plataforma petrolífera de Slade.

Cuando cae la noche en Manhattan, se para junto al ventanal de piso a techo y mira al puente de la calle Cincuenta y Nueve, sus soportes iluminados y reflejados espectacularmente en un remolino de color brillante en la superficie de East River.

Probando lo que se siente al cambiar el mundo.

Día 11

A la mañana siguiente, la llevan al edificio de DARPA, en Queens, donde Shaw la espera de nuevo afuera del área de seguridad.

Mientras se dirigen al laboratorio, él pregunta:

—¿Viste las noticias de anoche?

—Un poco, sí.

—Se sintió muy bien, ¿no?

En el laboratorio, Timoney, Raj y dos hombres que Helena nunca ha visto están sentados a la mesa de conferencias. Shaw le presenta a los recién llegados: un joven SEAL de la Marina llamado Steve, a quien describe como la contraparte de Timoney, y un hombre impecablemente vestido con un traje negro llamado Albert Kinney.

—Albert ha desertado de RAND y ha venido aquí —dice Shaw.

—¿Tú diseñaste la silla? —pregunta Albert, estrechando su mano.

—Desafortunadamente —dice Helena.

—Es asombrosa.

Ella toma uno de los últimos asientos desocupados mientras Shaw se pone a la cabeza de la mesa, donde está de pie, vigilando al grupo.

—Bienvenidos —dice—. He hablado con cada uno de ustedes individualmente durante la última semana sobre la silla de memoria que mi equipo recuperó. Ayer por la tarde, usamos con éxito la silla para evitar el tiroteo en la escuela de Maryland.

227

Hay una filosofía, que respeto, que dice que no podemos confiar en nosotros mismos con algo que posee esta fuerza bruta. No quiero hablar por usted, doctora Smith, pero incluso usted, la creadora de la silla, tiene esa opinión.

—Así es.

—Tengo una perspectiva diferente, incentivada por lo que logramos ayer. Creo que, a medida que la tecnología surge en el mundo, se nos confía su mejor uso para la continuación y mejora de nuestra especie. Creo que la silla contiene un potencial impresionante para hacer el bien en el mundo.

—Además de la doctora Smith, tenemos en esta mesa a Timoney Rodriguez y Steve Crowder, dos de los soldados más valientes y capaces jamás entrenados por el ejército de Estados Unidos. Raj Anand, el hombre responsable de encontrar la silla. Albert Kinney, un teórico de sistemas RAND con una mente como un diamante. Y yo. Como subdirector de DARPA, tengo los recursos para crear, bajo el velo del secreto absoluto, un nuevo programa, que empezamos hoy.

—¿Piensas seguir usando la silla? —pregunta Helena.

—En efecto.

—¿Con qué fin?

—Cuál es la misión de nuestro grupo es algo que elaboraremos juntos.

Albert pregunta:

—¿Así que piensas en nosotros como una especie de *Think tank*?

—Precisamente. Y los parámetros de uso también son algo que decidirán juntos.

Helena empuja su silla hacia atrás y se levanta.

—No seré parte de esto.

Shaw la mira desde la cabecera de la mesa, con la mandíbula tensa.

—Este grupo necesita tu voz. Tu escepticismo.

—No es escepticismo. Sí, salvamos vidas ayer, pero al hacerlo creamos falsos recuerdos y confusión en las mentes de millones de personas. Cada vez que uses la silla, estarás cambiando la forma en que los seres humanos procesan la realidad. No tenemos idea de cuáles podrían ser esos efectos a largo plazo.

—Déjame preguntarte algo —dice Shaw—, ¿crees que alguna persona decente está triste ahora mismo porque diecinueve estudiantes no fueron, de hecho, asesinados? No estamos hablando de intercambiar buenos recuerdos por malos o de alterar la realidad al azar. Estamos aquí con un propósito: la destrucción de la miseria humana.

Helena se inclina hacia delante.

—Esto no es diferente de cómo Marcus Slade usaba la silla. Quería cambiar la forma en que experimentábamos la realidad, pero a nivel práctico. Dejaba que la gente regresara y arreglara sus vidas, lo cual era bueno para algunas personas y *catastrófico* para otras.

Albert dice:

—Helena plantea una preocupación legítima. Ya hay bastante literatura sobre los efectos del SFR en el cerebro, problemas de almacenamiento de memoria excesiva y falsos recuerdos en personas con trastornos mentales. Recomendaría que tengamos un equipo que investigue cada artículo serio que se haya publicado sobre el tema, para que podamos mantenernos informados en el futuro. En teoría, si limitamos la temporalidad de los recuerdos a los que enviamos a nuestros agentes, limitaremos la disonancia cognitiva entre las líneas de tiempo reales y las falsas.

—¿En teoría? —pregunta Helena—. ¿Deberíamos basarnos en información puramente teórica si estamos hablando de cambiar la naturaleza de la realidad?

—Albert, ¿estás proponiendo que dejemos de lado los viajes al pasado lejano? —pregunta Shaw—. Porque tengo aquí una lista —toca un cuaderno de cuero negro— de atrocidades y desastres de los siglos XX y XXI. Sólo estoy disparando ideas al azar, pero ¿qué tal si encontramos a una persona de noventa y cinco años con entrenamiento de francotirador en su pasado.

Una mente aguda. Un recuerdo claro. Helena, ¿cuál es la edad más temprana en la que te sentirías cómoda enviando a alguien a un recuerdo?

—No puedo creer que estemos discutiendo esto.

—Sólo estamos hablando aquí. No hay malas ideas en esta mesa.

—El cerebro femenino está completamente maduro a los veintiún años —dice ella—. El cerebro masculino, unos años más tarde. Tal vez los jóvenes de dieciséis años podrían manejarlo, pero necesitaríamos hacer pruebas para estar seguros. Existe la posibilidad de que si enviamos a alguien de vuelta a sus recuerdos a una edad demasiado temprana, su funcionamiento cognitivo simplemente se colapsaría. Una conciencia adulta metida en un cerebro inmaduro podría ser desastrosa.

—¿Estás sugiriendo lo que creo que eres, John? —pregunta Albert—. ¿Que enviemos agentes a cuarenta, cincuenta, sesenta años atrás para matar a los dictadores antes de que sigan asesinando a millones?

—O para *detener* una matanza que es el catalizador de una tragedia épica. Por ejemplo, cuando Gavrilo Princip, un serbio bosnio, asesinó al archiduque Francisco Fernando en 1914, y al hacerlo volcó el primer dominó de una cadena que finalmente desencadenaría la Primera Guerra Mundial. Simplemente estoy planteando la posibilidad de discusión. Estamos sentados en una habitación con una máquina de increíble poder.

Un silencio aleccionador cae sobre el grupo.

Helena se sienta de nuevo. Su corazón se acelera, su boca se seca. Dice:

—La única razón por la que sigo en esta mesa es porque alguien necesita ser la voz de la razón.

—No podría estar más de acuerdo —dice Shaw.

—Una cosa es cambiar los acontecimientos de los últimos días. No me malinterpretes, eso sigue siendo peligroso y no deberías volver a hacerlo. Otra es salvar las vidas de millones de personas hace medio siglo. Por el bien de la discusión, ¿qué tal si encontramos alguna manera de evitar que la Segunda Guerra Mundial suceda? ¿Y si, por nuestras acciones, vivieran treinta millones de personas que de otra forma habrían muerto? Tal vez pienses que eso suena increíble. Mira más de cerca. ¿Cómo empiezas a calcular el potencial bueno y malo de los que murieron? ¿Quién dice que las acciones de un monstruo como Hitler, Stalin o Pol Pot no impidieron el surgimiento de un monstruo mucho más grande? Al menos, una alteración de esta escala cambiaría nuestro presente más allá de la comprensión. Desharía los matrimonios y nacimientos de millones de personas. Sin Hitler, una generación entera de inmigrantes nunca habría llegado a Estados Unidos. O, más simple aún, si el novio de tu bisabuela no muere en la guerra, se casa con él en lugar de tu bisabuelo. Tus abuelos nunca nacen, tus padres nunca nacen, y, obviamente, tú tampoco.

Ella mira al otro lado de la mesa a Albert.

—¿Eres un teórico de sistemas? ¿Hay algún modelo que pueda concebir que incluso empiece a extrapolar los cambios en la población del planeta a este nivel de magnitud?

—Sí, podría desarrollar algunos modelos; pero sobre su punto, rastrear la causa y el efecto con un conjunto de datos tan inmenso es virtualmente imposible. Estoy de acuerdo con usted en que estamos volando peligrosamente cerca de la ley de las consecuencias involuntarias. Aquí hay un experimento de pensamiento que me viene a la cabeza.

"Si Inglaterra no hubiera entrado en guerra con Alemania por algo que hicimos, Alan Turing, el padre de la computadora y de la inteligencia artificial, no se habría visto obligado a decodificar la tecnología de cifrado alemana. Ahora, quizás aun así hubiera sentado las bases para el mundo moderno, impulsado por el microchip, en el que vivimos. Pero tal vez no, o en menor grado. ¿Y cuántas vidas se han salvado gracias a toda esta tecnología que nos protege? ¿Más que las vidas perdidas en la Segunda Guerra Mundial? La bola de nieve del "qué pasaría si" se extiende hasta el infinito.

Shaw dice:

—Entendido. Éste es el tipo de discusiones que necesitamos tener —mira a Helena—. Por eso te quiero aquí. No me impedirás usar la silla, pero quizá puedas ayudarnos a usarla sabiamente.

Día 17

Pasan la primera semana elaborando reglas básicas, entre ellas...

Las únicas personas a las que se les permitirá usar la silla son agentes entrenados, como Timoney y Steve.

La silla nunca podrá ser usada para alterar eventos en la historia personal de los miembros del equipo, sus amigos y familias.

La silla nunca podrá ser usada para enviar agentes más atrás de cinco días en el pasado.

El único uso de la silla será para deshacer tragedias y desastres impensables, que pueden ser eludidos fácilmente y de forma anónima por un agente.

Todas las decisiones de utilizar la silla se someterán a votación.

Albert se ha acostumbrado a llamar a su grupo "Departamento de Deshacer Mierda Particularmente Horrible", y como muchos nombres que empiezan como una broma pesada sin ser reemplazados rápidamente, el nombre se queda.

Día 25

Una semana después, Shaw somete a la consideración del grupo el siguiente candidato a la misión, incluso trayendo una fotografía para exponer su caso.

Hace veinticuatro horas, en Lander, Wyoming, una niña de once años fue encontrada asesinada en su dormitorio, con el *modus operandi* inquietantemente similar a cinco asesinatos anteriores que habían ocurrido en un periodo de ocho semanas en pueblos remotos del oeste americano.

El asesino había irrumpido en el dormitorio en algún momento entre las once de la noche y las cuatro de la mañana usando un cortador de vidrio. Amordazó a su víctima y la violó mientras sus padres dormían en una habitación al otro lado del pasillo.

—A diferencia de crímenes anteriores —dice Shaw— en los que las víctimas no fueron encontradas hasta días o semanas más tarde, esta vez la dejó en su cama, metida bajo las sábanas para que sus padres la encontraran a la mañana siguiente. Lo que significa que tenemos una ventana de tiempo definitiva para saber cuándo ocurrió el asesinato, y también sabemos el lugar preciso. Parece que no hay duda de que este monstruo volverá a hacerlo. Me gustaría proponer un voto para usar la silla, y voto que sí.

Timoney y Steve son síes instantáneos.

Albert pregunta:

—¿Cómo propones que Steve despache al asesino?

—¿Qué quieres decir?

—Bueno, hay una manera sigilosa de hacerlo: intercepta al tipo y lo lleva al medio de la nada y lo pone en un agujero en el suelo donde nadie lo encontrará nunca. Y luego está la forma ruidosa: el posible asesino es encontrado con la garganta cortada entre los arbustos bajo la misma ventana por la que estaba a punto de subir, con el cortador de vidrio y el cuchillo todavía en su posesión. Con la versión ruidosa estaríamos, en efecto, anunciando la existencia del Departamento de Deshacer Mierda Particularmente Horrible. Tal vez queramos hacer ese anuncio, tal vez no. Sólo estoy planteando la cuestión.

Helena ha estado mirando la fotografía más perturbadora que ha visto, y el pensamiento racional se desintegra bajo sus pies. En este momento, todo lo que quiere es que sufra la persona que hizo eso.

Ella dice:

—Mi voto es que desarmemos este laboratorio y limpiemos los servidores. Pero si decides seguir adelante con esto, sé que no puedo detenerte. Entonces mata a este animal y déjalo con sus herramientas incriminatorias bajo la ventana de la chica.

—¿Por qué, Helena? —pregunta Shaw.

—Porque si la gente sabe que alguien, alguna entidad, está detrás de estos cambios de realidad, entonces la conciencia del trabajo de ustedes comenzará a tomar dimensiones míticas.

—¿Quieres decir como Batman? —Albert pregunta, sonriendo.

Helena pone los ojos en blanco y dice:

—Si tu objetivo es reparar el mal que hacen los hombres, quizá sea importante que los hombres malvados te teman. Además, si encuentran a este tipo cerca de la escena del crimen, listo para entrar en una casa, las autoridades lo vincularán con los otros asesinatos, y las otras familias podrán tener un cierre.

Timoney dice:

—¿Dices que nos convertiremos en el viejo del costal?

—Si alguien elige no cometer una atrocidad porque teme a un grupo de sombras con la capacidad de manipular la memoria y el tiempo, será una misión que ustedes nunca tendrán que afrontar y no se verán en la necesidad de crear falsos recuerdos. Así que sí. Conviértanse en el viejo del costal.

Día 24

Steve encuentra al asesino de niñas a la 1:35 a.m. mientras comienza a hacer un agujero en la ventana del dormitorio de Daisy Robinson. Le tapa la boca, le ata las muñecas con cinta adhesiva y lo degüella lentamente de oreja a oreja, viendo cómo se retuerce y se desangra en la tierra al lado de la casa.

Día 31

La semana siguiente se niegan a intervenir en un descarrilamiento de un tren en la región montañosa de Texas que mata a nueve personas e hiere a muchas más.

Día 54

Cuando un jet regional se estrella en el bosque siempre verde al sur de Seattle, deciden otra vez no usar la silla. El grupo razona que, como en el caso del descarrilamiento, una vez que se determine la causa del accidente, habrá pasado demasiado tiempo para enviar a Steve o Timoney de vuelta.

Día 58

Día a día, se hace más claro el tipo de tragedias que son más adecuadas para arreglar, y si hay alguna duda, cualquiera que sea, para alivio de Helena, se inclinan por el lado de la no intromisión.

Sigue cautiva en el edificio de departamentos cerca de Sutton Place. Alonzo y Jessica le han permitido empezar a dar paseos nocturnos. En uno de ellos avanza media manzana por la parte de atrás; en el otro camina media manzana por delante.

Es la primera semana de enero, y sale sintiendo el azote del aire entre los edificios como una explosión polar en su cara. Pero se deleita con la falsa libertad de caminar en Nueva York por la noche, imaginando que está realmente sola.

Se vuelve contemplativa, pensando en sus padres, en Barry. Sigue volviendo a la última imagen que tiene de él, de pie en el laboratorio de Slade justo antes de que se apagaran las luces. Y un minuto después, el sonido de su voz gritándole que se fuera.

Las lágrimas corren frías por su cara.

Las tres personas más importantes de su vida se han ido, y ella nunca las volverá a ver. Comprender esa dura soledad la corta hasta los huesos.

Tiene cuarenta y nueve años, y se pregunta si esto es lo que realmente significa sentirse vieja, no sólo un deterioro físico, sino también interpersonal. Un silencio creciente causado por las personas que más amas, que te han formado y definido tu mundo, y que te acompaña en lo que vendrá después.

Sin salida, sin final a la vista, y sin todos los que ama, no está segura de cuánto tiempo más seguirá haciendo esto.

Día 61
Timoney vuelve a la memoria para evitar que un vendedor de seguros trastornado de cincuenta y dos años entrara en una manifestación política en Berkeley y masacrara a veintiocho estudiantes con un rifle de asalto.

Día 70
Steve irrumpe en un departamento en Leeds mientras el hombre está ensamblando su chaleco, desliza la hoja de un cuchillo de combate en la base de su cráneo y revuelve su bulbo raquídeo, dejándolo boca abajo en la mesa sobre una pila de clavos, tornillos y pernos que habrían hecho pedazos a doce personas en el metro de Londres a la mañana siguiente.

Día 90
En el aniversario de los tres meses del programa, un reportaje de *The New York Times* hace una descripción de sus ocho misiones, especulando que las muertes de los posibles asesinos, los tiradores de escuelas y un terrorista suicida, sugieren el trabajo de una organización enigmática en posesión de una tecnología más allá de toda comprensión.

Día 115
Helena está en la cama, justo en la cúspide del sueño, cuando un fuerte golpe en la puerta de la entrada hace que su corazón se acelere. Si éste fuera su departamento, podría fingir su ausencia y esperar a que el inoportuno se fuera; pero, por desgracia, vive bajo vigilancia y el cerrojo ya está girando.

Se levanta de la cama, se pone su bata de felpa y sale a la sala de estar mientras John Shaw abre la puerta principal.

—Entra —dice—, por supuesto.

—Lo siento y lamento la visita tardía —se mueve por el pasillo hacia la sala de estar—. Bonito departamento.

Ella puede oler el bourbon con especias de canela en su aliento, una buena cantidad de él.

—Sí, es de alquiler controlado y todo.

Podría ofrecerle una cerveza o algo así; no lo hace.

Shaw se sube a uno de los taburetes acolchados de la cocina, y ella se para frente a él, pensando que se ve más preocupado de lo que lo ha visto jamás.

—¿Qué puedo hacer por ti, John?

—Sé que nunca has creído en lo que estamos haciendo.

—Eso es verdad.

—Pero me alegro de que estés en la operación. Nos haces mejores. No me conoces tan bien, pero no siempre... oye, ¿tienes algo de beber?

Va al refrigerador, saca un par de botellas de cervezas Brooklyn Brewery y abre las tapas.

Shaw toma un largo trago y dice:

—Construyo mierda para los militares para ayudarles a matar gente de la manera más eficiente posible. He estado detrás de una tecnología verdaderamente horrorosa. Pero estos últimos meses han sido los mejores de mi vida. Cada noche, mientras me duermo, pienso en el dolor que estamos borrando. Veo las caras de las personas cuyas vidas o seres queridos estamos salvando. Pienso en Daisy Robinson. Pienso en todos ellos.

—Sé que estás tratando de hacer lo correcto.

—Así es. La primera vez en mi vida, tal vez —bebe su cerveza—. No le he dicho nada al equipo, pero me está presionando gente de las altas esferas.

—¿Qué tipo de presión?

—Debido a mi historia, tengo una larga correa y un mínimo

de supervisión. Pero aun así tengo jefes. No sé si sospechan algo, pero quieren saber en qué estoy trabajando.

—¿Qué puedes hacer? —pregunta.

—Hay algunas formas de jugar. Podríamos crear un programa de falsa fachada, darles algo deslumbrante, que no se parezca a lo que estamos haciendo. Probablemente nos daría un poco de tiempo. La mejor jugada es simplemente decirles.

—No puedes hacer eso.

—El objetivo principal de DARPA es hacer avances en tecnologías que fortalezcan nuestra seguridad nacional, con un enfoque en las aplicaciones militares. Es sólo cuestión de tiempo, Helena. No puedo ocultárselos para siempre.

—¿Los militares cómo usarían la silla?

—¿Cómo no la usarían? Ayer, un pelotón de la 101 fue emboscado en la provincia de Kandahar. Ocho marines KIA. Eso no es información pública todavía. El mes pasado, un Black Hawk se estrelló en una misión de entrenamiento nocturno en Hawái. Cinco muertos. ¿Sabe cuántas misiones fallan porque el enemigo se escabulló por unos días u horas? ¿Lugar correcto, momento equivocado? Verían la silla como una herramienta que daría a los comandantes la capacidad de editar la guerra.

—¿Y si no comparten tu perspectiva sobre cómo debe usarse la silla?

—Oh, no lo harán —Shaw lustra su botella de cerveza. Se desabrocha el cinturón, se afloja la corbata—. No quiero asustarte, pero no es sólo el Departamento de Defensa quien se aprovecharía de la silla. La CIA, la NSA, el FBI... todas las agencias querrán un pedazo de ella si se corre la voz. Somos una agencia del Departamento de Defensa, y eso nos dará algo de cobertura, pero todos exigirán un lugar en la silla.

—Jesús. ¿Se correrá la voz?

—Difícil de decir, pero ¿puedes imaginarte si el Departamento de Justicia tuviera esta tecnología? Convertirían a este país en un *Minority Report*.

—Destruye la silla.

—Helena...

—¿Qué? ¿Qué tan difícil es esto? Destrúyela antes de que pase algo de esto.

—Su potencial para el bien es demasiado alto. Ya lo hemos demostrado. No podemos destruirla por miedo a lo que pueda pasar.

El departamento cae en silencio. Helena envuelve los dedos alrededor de la fría y sudorosa botella de cerveza.

—Entonces, ¿cuál es tu plan? —pregunta.

—No tengo ninguno. Todavía no lo tengo. Sólo necesitaba que supieras lo que se avecina.

Día 136

Comienza antes de lo que nadie anticipa.

Shaw entra en el laboratorio el 22 de marzo para su sesión informativa diaria de toda la mierda horrible que ha pasado en el mundo en las últimas veinticuatro horas y dice:

—Tenemos nuestra primera misión encomendada.

—¿Por quién? —pregunta Raj.

—Alguien más arriba en la cadena alimentaria.

—¿Así que lo saben? —pregunta Helena.

—Sí.

Abre un sobre de papel manila con Top Secret estampado en rojo en el frente.

—Esto no ha salido en las noticias. El 5 de enero, hace setenta y cinco días, un avión de combate de sexta generación falló y se estrelló cerca de la frontera entre Ucrania y Bielorrusia. No creen que el avión haya sido destruido, y están bastante seguros de que el piloto fue capturado. Estamos hablando de un Boeing F/A-XX, que aún está en desarrollo, altamente clasificado, y cargado con todo tipo de parafernalia que preferiríamos que los rusos no tuvieran. Me han pedido que envíe un agente al 4 de enero para que me diga todo acerca de este accidente. Luego debo entregar un mensaje al secretario de Defensa, que se asegurará de que se sepa entre las filas para que el avión sea inspeccionado antes del vuelo de prueba y no planee cerca del territorio ruso.

—¿Setenta y seis días? —pregunta Helena.

—Correcto.

Albert dice:

—¿Les dijiste que no usamos la silla para volver tan lejos?

—No lo dije tan estridentemente, pero sí.

—¿Y?

—Dijeron: "Haz lo que te dicen".

Envían a Timoney de vuelta a las diez de la mañana el 22 de marzo.

A las once de la mañana, Helena y el equipo están frente al televisor, sin despegarse de CNN, en estado de shock. Ésta es la primera vez que han usado la silla para volver atrás *antes* de la fecha de una intervención previa, y por lo que pueden deducir de los informes, ha tenido un efecto extraordinario. Hasta ahora, el fenómeno de la falsa memoria ha obedecido a su patrón predecible, apegándose a sus aniversarios individuales de la línea de tiempo. En otras palabras, cuando un operario altera una línea temporal, los falsos recuerdos de esa línea temporal "muerta" siempre llegan al momento exacto en que el operario murió en el tanque. Esta vez, sin embargo, parece que esos puntos aniversarios han sido anulados, no borrados, sino retrocedidos a las diez de la mañana, el momento del último uso de la silla cuando Timoney regresó para darle a Shaw el mensaje sobre el avión de combate caído. Así que en lugar de recordar cada línea de tiempo muerta como ocurrió, el público recibió el golpe completo de recuerdos muertos de un solo trago, a las diez de la mañana de hoy, todos recordando simultáneamente las masacres que se evitaron desde el 4 de enero, incluyendo la de Berkeley y el atentado suicida del metro de Londres.

Infligir estos falsos recuerdos uno por uno, durante el curso de varios meses, ha sido perturbador. Golpear a todos con todos ellos, en un solo instante, es exponencialmente mayor.

Hasta ahora, los medios de comunicación no han informado de ninguna muerte o avería como resultado del ataque repentino, pero para Helena es un duro recordatorio de que su máquina es demasiado misteriosa, peligrosa y desconocida para existir.

Día 140

Shaw sigue teniendo rienda suelta para intervenir en tragedias civiles, pero su trabajo se está volviendo cada vez más militar.

Usan la silla para volver y deshacer un ataque de drones que golpeó una boda, matando principalmente a mujeres y niños afganos, y fallando del todo en el objetivo previsto, que ni siquiera estaba en la mira.

Día 146

Arreglaron un ataque aéreo de un bombardero B-1 Lancer que dirigió mal su carga y mató a un equipo de operaciones especiales en la provincia de Zabul en lugar de la fuerza talibán que pensaban atacar.

Día 152

Cuatro soldados muertos, atacados por militantes islámicos mientras patrullaban en el desierto en Níger, son resucitados cuando Timoney muere en el tanque y le da a Shaw los detalles de la próxima emboscada.

Usan la silla con tal frecuencia —al menos una vez a la semana— que Shaw trae un nuevo agente para aligerar la carga de Steve y Timoney, que empiezan a experimentar los primeros signos de degradación mental por el estrés de morir una y otra vez.

Día 160

Helena baja al estacionamiento de su edificio y se dirige al Suburban negro con Alonzo y Jessica, sintiendo más desesperanza de la que pueda recordar. No puede seguir haciendo esto. Los militares están usando su silla, y ella se siente impotente para detenerlos. La silla está vigilada las veinticuatro horas del día y no tiene acceso al sistema. Incluso si lograra escapar de Alonzo y Jessica, considerando lo que sabe, el gobierno nunca dejaría de perseguirla. Además, Shaw podría simplemente enviar un agente de vuelta a la memoria para evitar su escape.

Los pensamientos oscuros le susurran de nuevo.

Su teléfono vibra en su bolsillo mientras se dirigen hacia el sur por la FDR Drive, Shaw es quien llama.

Ella responde:

—Hey, estoy en camino.

—Quería decírtelo primero.

—¿Qué?

—Tenemos una nueva tarea esta mañana.

—¿Qué es?

El cielo desaparece al pasar por el portal de Manhattan hacia el túnel Queens-Midtown.

—Quieren que enviemos a alguien de vuelta casi un año atrás.

—¿Por qué? ¿Para qué?

Jessica golpea el pedal de freno lo suficientemente fuerte para que Helena se sacuda contra el cinturón de seguridad. A través del parabrisas, un mar de luces traseras rojas ilumina el túnel que hay adelante, acompañado por la cacofonía de conductores que empiezan a tocar la bocina.

—Un asesinato.

Hay un distante estallido de luz, seguido de un sonido como un trueno, más profundo en el túnel.

Las ventanas traquetean; el auto se estremece bajo ella; las luces de arriba se apagan durante un segundo aterrador antes de volver a parpadear.

—¿Qué demonios fue eso? —Alonzo pregunta.

242

—John, te llamo enseguida —Helena baja su teléfono—. ¿Qué está pasando?

—Creo que hay un choque más adelante.

La gente está empezando a salir de sus coches.

Alonzo abre su puerta, sale al túnel.

Jessica lo sigue.

El olor del humo que penetra a través de los conductos de ventilación devuelve a Helena al presente. Ella mira por la ventana trasera a los coches paralizados detrás de ellos.

Un hombre pasa corriendo por su ventana, corriendo hacia la luz del día, y el primer parpadeo de miedo se desliza por la columna de Helena.

Más gente se acerca ahora, y todos parecen aterrorizados, corriendo entre los coches hacia Manhattan, tratando de escapar de algo.

Helena abre su puerta, sale.

La conmoción del miedo y la desesperación humana resuena en las paredes del túnel, y se eleva, ahogando el ralentí de mil motores de autos.

—¿Alonzo?

—No sé qué pasó —dice—, pero es algo malo.

El aire huele mal, no sólo por los gases de escape del motor, sino también por la gasolina y el derretimiento de las cosas.

El humo sale del túnel y la gente tropieza con miradas de conmoción, sus rostros están sangrando y ennegrecidos. La calidad del aire se deteriora rápidamente, sus ojos comienzan a arder, y ahora apenas puede ver lo que le espera.

Jessica dice:

—Tenemos que salir de aquí, Alonzo. Ahora mismo.

A medida que se giran para irse, un hombre emerge del humo, cojeando y tocando su costado, con un dolor obvio.

Helena se precipita hacia él, tosiendo ahora, y al acercarse ve que él tiene un fragmento de vidrio incrustado en su costado. Sus manos están empapadas de sangre, y su cara está ennegrecida por el humo y torturada por la agonía.

—¡Helena! —grita Jessica—. ¡Nos vamos!

—Necesita nuestra ayuda.

El hombre cae sobre Helena, jadeando para respirar. Alonzo se apresura, y él y Helena toman cada uno de sus brazos y lo sostienen alrededor de sus hombros. Es un hombre grande, al menos de dos metros, y lleva una camisa medio quemada con el nombre y el logo de un servicio de mensajería en el bolsillo de la solapa.

Es un alivio estar dirigiéndose a la salida. A cada paso, el pie izquierdo del hombre aplasta su zapato, que se está llenando de sangre.

—¿Viste lo que pasó? —Helena pregunta.

—Estos dos semirremolques se detuvieron en el tráfico. Estaban bloqueando los dos carriles que estaban delante de mí. Todo el mundo estaba pitando furioso. No pasó mucho tiempo para que la gente empezara a salir de sus coches y se acercara a los camiones para ver qué pasaba. Justo cuando este tipo se subió a uno de los camiones, vi un destello brillante y luego surgió el sonido más fuerte que jamás había escuchado. De repente, una bola de fuego se precipitó sobre todos los coches. Me caí en el piso un segundo antes de que llegara a mi camioneta. El parabrisas explotó y el interior se incendió. Pensé que me iba a quemar hasta morir, pero de alguna manera…

El hombre deja de hablar.

Helena mira fijamente al pavimento, que vibra bajo sus pies, y luego todos miran al túnel hacia Queens.

Es difícil de saber al principio debido al humo, pero pronto el movimiento en la distancia se hace claro, la gente corre hacia ellos, el sonido de los gritos suben y reverberan en las paredes.

Helena mira hacia arriba mientras una fractura se abre en medio del techo, a tres metros y medio de altura, y se quiebra en ángulo recto; trozos de hormigón caen a su alrededor, rompiendo parabrisas y personas. Hay un viento fresco en su cara, y ahora, sobre los gritos de terror, un sonido como el ruido blanco y el trueno, crece exponencialmente con cada segundo que pasa.

El repartidor gime.

Alonzo dice:

—Joder.

Helena siente la neblina en su cara, y luego una pared de agua expulsa el humo, llevando consigo coches y personas.

Golpea a Helena como una pared de ladrillos congelados, barriéndola, y ella cae en un vórtice de violencia glacial, golpeando las paredes y el techo, luego choca con una mujer en traje de negocios; sus ojos se encuentran por dos segundos surrealistas antes de que Helena sea lanzada a través del parabrisas de un camión de FedEx.

Helena se pone de pie en la ventana de su sala de estar, su nariz sangra, su cabeza palpita, tratando de procesar lo que acaba de pasar.

Aunque todavía puede sentir el terror de ser arrastrada a través del conducto en una ola de escombros, agua, coches y personas, su muerte en el túnel nunca ocurrió.

Todo es un recuerdo muerto.

Se despertó, hizo el desayuno, se preparó y se dirigía hacia la puerta cuando escuchó dos explosiones tan fuertes y cercanas que sacudieron el suelo y los cristales.

Volvió corriendo a la sala de estar y, a través de la ventana, miró atónita y sorprendida cómo se quemaba el puente de la calle Cincuenta y Nueve. Después de cinco minutos, vinieron a ella los falsos recuerdos de haber muerto en el túnel.

Ahora, las dos torres del puente de la calle Cincuenta y Nueve que enmarcan Roosevelt Island están envueltas en retorcidas columnas de llamas que llegan a cientos de metros de altura y arden lo suficiente como para que ella sienta el calor, incluso a mil metros de distancia y a través de la ventana.

¿Qué diablos está pasando?

El tramo del puente entre Manhattan y la isla Roosevelt está cubierto por el East River como un tendón cortado, su estructura todavía se aferra a la torre de Manhattan. Los coches se deslizan por el inclinado pavimento hacia el río, la gente se aferra a la barandilla mientras la corriente levanta lentamente el segmento del puente de su sitio con un chillido de torsión que puede sentir en sus empastes.

Se limpia la sangre de su nariz mientras cae en cuenta… *Experimenté un cambio de realidad. Morí en el túnel. Ahora estoy aquí. Alguien está usando la silla.*

El tramo que conecta Roosevelt Island y Queens ya ha sido arrancado por completo, y río abajo, ella ve un tramo de trescientos metros de carretera en llamas estrellarse contra un barco portacontenedores, atravesando su casco con restos de estructuras metálicas convertidos en puntas de lanza.

Incluso dentro del departamento, el aire huele a cosas en llamas que no podrían quemarse, y el sonido de las sirenas de cientos de vehículos de emergencia es ensordecedor.

Mientras su teléfono vibra detrás de ella en la isla de la cocina, los últimos hilos de metal se desprenden de la torre de Manhattan como látigos, y con un tremendo gemido, el segmento del puente se libera, cayendo en picada a cuarenta metros, la carretera de dos pisos se estrella contra el hormigón en FDR Drive, devastando el trafico, arrasando árboles hasta la costa, luego va desgarrando lentamente la terminal este de las calles Cincuenta y Nueve y Cincuenta y Ocho, arrancando todo el costado noreste de un rascacielos; justo libra el edificio de Helena antes de deslizarse hacia el East River.

Ella se apresura a la cocina y contesta el teléfono:

—¿Quién está usando la silla?

—No somos nosotros —dice John.

—Mentira. Acabo de pasar de morir en el túnel del centro a estar en mi departamento, viendo arder este puente.

—Sólo ven aquí tan rápido como puedas.

—¿Por qué?

—Estamos jodidos, Helena. Estamos muy jodidos.

La puerta de su departamento se abre de golpe. Alonzo y Jessica entran corriendo, con la nariz sangrando, con aspecto de estar asustados.

Helena siente una desaceleración de todo movimiento. ¿Viene otra vez?

Jessica dice:

—¿Qué diablos es…?

A través de los cristales tintados de la ventana del asiento trasero ahora Helena está mirando al norte de East River hacia Harlem y el Bronx.

Ella nunca murió en el túnel.

La destrucción del puente de la calle Cincuenta y Nueve no ocurrió.

De hecho, están a mitad de camino del nivel superior de la calle Cincuenta y Nueve, que está intacto en este momento.

Desde detrás del volante, Jessica dice:

—Oh, Dios.

El Suburban se desvía al carril adyacente, y Alonzo toma el volante desde el asiento del copiloto y regresa el vehículo a su carril.

En línea recta, un autobús se mete en su carril, golpeando a tres coches y aplastándolos contra la pared divisoria, en un chorro de chispas y cristales destrozados.

Jessica gira el volante, evitando el choque, mientras el auto se inclina momentáneamente sobre dos ruedas.

—Miren detrás de nosotros —dice.

Helena mira hacia atrás, ve grandes columnas de humo que salen del centro de la ciudad.

—Es una cosa de falsa memoria, ¿no? —dice Jessica.

Helena llama a Shaw, se lleva el teléfono a la oreja, pensando: *Alguien está usando la silla para cambiar la realidad de un desastre a otro.*

—Todos las líneas están ocupadas, por favor intente su llamada de nuevo.

Alonzo enciende la radio.

… obteniendo informes de que dos semirremolques explotaron cerca de la terminal Grand Central. Hay bastante confusión. Antes hubo informes de algún tipo de accidente en el túnel Queens-Midtown, y recuerdo haber visto caer el puente de la calle Cincuenta y Nueve, pero… no sé cómo es posible. Lo veo en perfecto estado desde la cámara de la torre…

… y están parados en la calle Cincuenta y Siete Este, el aire se asfixia con el humo, sus oídos zumban.

Otro dolor de cabeza.

Otra hemorragia nasal.

Otro cambio.

Lo del túnel nunca ocurrió.

Lo del puente nunca ocurrió.

La terminal Grand Central nunca fue bombardeada.

Sólo quedan los recuerdos muertos de esos eventos, apilados en su mente como recuerdos oníricos.

Se despertó, preparó el desayuno, se vistió y bajó al estacionamiento debajo de su edificio con Jessica y Alonzo, como todas las mañanas. Se dirigían al oeste por la calle Cincuenta y Siete Este para dar la vuelta al puente cuando un destello cegador partió el cielo, junto con un sonido como de mil cañonazos sincronizados rebotando en los edificios de alrededor.

Ahora están atascados en el tráfico, y a su alrededor la gente está parada en la acera, mirando con horror a la Torre Trump, que es una nube de humo y llamas.

Los diez pisos inferiores se están hundiendo como un rostro que se derrite, los interiores de las habitaciones están expuestos como cubículos. En su mayoría los pisos superiores están intactos, con gente dentro de ellos mirando al cráter que solía ser la intersección de la Cincuenta y Siete y la Quinta Avenida.

Mientras la ciudad se inunda con el ruido de las sirenas, Jessica grita:

—¿Qué está pasando? ¿Qué está *pasando*?

En línea recta, un ser humano cae del cielo y choca con el techo de un taxi.

Otra persona atraviesa el parabrisas de un coche y se estrella en la parte trasera del Suburban.

Una tercera cae en picada a través del toldo de un club deportivo privado. Helena se pregunta si la gente se tira de los edificios porque esto es demasiado para su psique. No le sorprendería. Si no supiera lo de la silla, ¿qué pensaría que le está pasando a la ciudad, al tiempo, a la propia realidad?

Jessica está llorando.

Alonzo dice:

—Se siente como el final de todo.

Helena mira por su ventana cómo una rubia salta de una oficina cuyo cristal se rompió por la explosión. Cae como un cohete, de cabeza, gritando hacia el impacto, y Helena empieza a darse la vuelta, pero no puede.

El movimiento de todo se desacelera de nuevo.

El humo que se agita.

Las llamas.

La mujer que cae, se desploma en cámara lenta extrema, su cabeza está cada vez más cerca del pavimento.

Todo se detiene.

Esta línea de tiempo está muriendo.

Las manos de Jessica agarran el volante eternamente.

Helena no puede apartar la mirada de la saltadora, que nunca golpeará el suelo, porque está congelada en el aire, la parte superior de su cabeza se encuentra a treinta centímetros del pavimento, su pelo amarillo desparramado, ojos cerrados, el rostro en una mueca perpetua, preparándose para el impacto…

Y Helena está caminando a través de las puertas dobles del edificio de DARPA, donde Shaw se encuentra justo fuera del área de seguridad.

Se miran el uno al otro, procesando esta nueva realidad mientras el conjunto de acompañamiento de memorias de reemplazo hace clic.

Nada de esto sucedió.

Ni el túnel, ni el puente, ni la Grand Central, ni la Torre Trump. Helena se despertó, se preparó y fue conducida aquí como cada mañana, sin incidentes.

Abre la boca para hablar, pero Shaw dice:

—Aquí no.

Raj y Albert están sentados a la mesa de conferencias del laboratorio, viendo las noticias en un televisor incrustado en la pared. La pantalla se ha dividido en cuatro imágenes en vivo de las cámaras de la torre que muestran el puente de la calle Cincuenta y Nueve, la terminal Grand Central, la Torre Trump y el túnel Queens-Midtown, todo intacto, sobre el súper "mal funcionamiento de la memoria masiva en Manhattan".

—¿Qué diablos está pasando? —Helena pregunta.

Está temblando físicamente, porque, aunque nunca ocurrió, todavía puede sentir el impacto de la pared de agua contra ella. Puede oír los cuerpos golpeando los coches a su alrededor y el chillido del puente desgarrándose.

—Siéntate —dice Shaw.

Toma la silla frente a Raj, que parece completamente conmocionado.

Shaw permanece de pie.

—Los esquemas de la silla, el tanque, nuestro software, el protocolo… todo se ha filtrado.

Helena apunta a la pantalla.

—¿Alguien más está haciendo esto?

—Sí.

—¿Quién?

—No lo sé.

—Llevaría más de un par de meses construir la silla si sólo se trabajara a partir de planos —dice.

—Se filtró hace un año.

—¿Cómo es posible?

—Marcus estuvo operando en ese hotel por más de un año. Alguien se puso a curiosear sobre lo que estaba haciendo y hackeó sus servidores. Raj acaba de encontrar pruebas de la incursión.

—Fue una brecha masiva de datos —dice Raj.

—Lo escondieron bien, y se llevaron todo.

Shaw mira a Albert.

—Dile lo que encontraste.

—Otros ejemplos de cambios de la realidad.

—¿Dónde?

—Hong Kong, Seúl, Tokio, Moscú, cuatro en París, dos en Glasgow, uno en Oslo. Muy similar a la forma en que las historias de SFR se presentaron por primera vez en Estados Unidos el año pasado.

—Así que la gente está usando la silla, y tú lo sabes con certeza.

—Sí. Incluso encontré una empresa en São Paulo que la utiliza para el turismo.

—Jesucristo. ¿Cuánto tiempo ha estado sucediendo todo esto?

—Se remonta a casi tres meses.

—Los gobiernos de China y Rusia nos buscaron para decir que tienen esta tecnología —dice Shaw.

—Es como si cada nueva frase que dices fuera más aterradora que la anterior.

—Bueno, siguiendo esa tendencia… —abre una laptop y escribe una URL—. Esto salió al aire hace cinco minutos. No hay cobertura de prensa todavía.

Se inclina hacia la pantalla.

Es la página principal de WikiLeaks.

Bajo el título de "Guerra y Militar", ella ve una imagen de

un soldado sentado en una silla que se ve exactamente como la de esta habitación, con el encabezado:

Máquina de Memoria Militar de los Estados Unidos.
Miles de páginas que contienen esquemas completos de un aparato que pretende enviar a los soldados de vuelta a sus recuerdos pueden explicar la oleada de tragedias invertidas en los últimos seis meses.

Su pecho comienza a tensarse.

Hay estrellas negras ardiendo alrededor de su campo de visión.

Ella pregunta:

—¿Cómo está WikiLeaks conectando la silla con nuestro gobierno?

—No se sabe.

—Para recapitular, los servidores de Slade fueron hackeados. El contenido probablemente se vendió a múltiples compradores. De uno o más de ellos, o de los propios hackers, los planes continuaron filtrándose. Es probable que haya varias sillas en uso en muchos países del mundo en este momento. China y Rusia tienen la silla, y ahora, con WikiLeaks publicando los esquemas, cualquier corporación, dictador o individuo rico con veinticinco millones de dólares puede construir su propia máquina de memoria privada —apunta Albert.

—No olvides que un grupo terrorista de algún tipo parece ser uno de los orgullosos propietarios de una silla, y la están usando para repetir el mismo ataque en diferentes puntos de referencia en una de las ciudades más densamente pobladas del mundo —dice Raj.

Helena mira la silla.

El tanque.

La terminal.

El aire tiene un ligero zumbido.

En la pantalla del televisor, las noticias están cubriendo un nuevo ataque en San Francisco, donde el puente Golden Gate envía columnas de humo negro al cielo de la mañana. Su mente está tratando de entender la situación, pero es demasiado inmensa, demasiado enredada, demasiado jodida.

—¿Cuál es el peor escenario posible, Albert? —pregunta Shaw.

—Creo que lo estamos experimentando.

—No, me refiero a lo que podría pasar a continuación.

Albert siempre ha sido imperturbable, como si su gran inteligencia lo protegiera y lo elevara por encima de todo. Pero no hoy. Hoy parece asustado. Dice:

—No está claro si Rusia o China sólo tienen los planos de la silla, o si ya han construido una. Si es lo primero, ten por seguro que están corriendo para construir una silla, junto con todos los demás países del mundo.

—¿Por qué? —pregunta Helena.

—Porque es un arma. Es el arma definitiva. ¿Recuerdas nuestra primera reunión en esta mesa, cuando hablamos de enviar un francotirador de noventa y cinco años a un recuerdo para cambiar el resultado de una guerra?

—¿Quién de nuestros enemigos, incluso nuestros amigos, se beneficiaría de usar la silla contra nosotros?

—¿Quién no lo haría? —Shaw dice.

—¿Así que esto es análogo a un enfrentamiento nuclear? —pregunta Raj.

—Todo lo contrario. Los gobiernos no usan armas nucleares, porque en el momento en que presionen el botón su oponente hará lo mismo. La amenaza de represalias es un gran elemento disuasorio. Pero no hay amenaza de represalias o destrucción mutua asegurada con la silla. El primer gobierno, o corporación, o individuo, que la use con éxito y estratégicamente, ya sea cambiando el resultado de una guerra o asesinando a un dictador que falleció hace tiempo o lo que sea, gana.

—Dices que es por el bien de todos usar la silla —interviene Helena.

—Exactamente. Tan pronto como sea posible. Quien primero reescriba la historia para su propio interés, gana. Es una apuesta demasiado grande para dejar que alguien más llegue primero.

Helena mira la televisión de nuevo.

Ahora la Pirámide Transamerica en el distrito financiero de San Francisco se está quemando.

—Podría haber un gobierno extranjero detrás de estos ataques —dice Helena.

—No —dice Albert, estudiando su teléfono—. Un grupo anónimo acaba de reclamar la autoría en Twitter.

—¿Qué es lo que quieren?

—Ni idea. A menudo, la mera creación de caos y terror es el objetivo del juego.

Ahora una conductora de noticias está en pantalla, parece agitada mientras habla a la cámara.

—Sube el volumen, Albert —dice Shaw.

En medio de informes contradictorios sobre ataques terroristas en Nueva York y San Francisco, se acaba de publicar un informe de Glenn Greenwald de The Guardian, *en el que se afirma que el gobierno de Estados Unidos ha estado en posesión de una nueva tecnología llamada "silla de memoria" durante al menos seis meses, que ha pirateado de una empresa privada. El señor Greenwald sostiene que la silla de memoria permite que la conciencia de su ocupante viaje al pasado, y de acuerdo con sus fuentes confidenciales, esta silla es la verdadera causa del síndrome del falso recuerdo, el misterioso…*

Albert silencia la televisión.

—Tenemos que hacer algo ahora mismo —dice—. En cualquier momento, la realidad podría llevarnos a un mundo completamente diferente, o a la desaparición total de la existencia.

Shaw ha estado paseando, pero ahora se desploma en su silla y mira a Helena.

—Debería haberte escuchado.

—Ahora no es el momento de…

—Pensé que podríamos usarla para el bien. Estaba listo para dedicar el resto de mi…

—No importa. Si hubieras hecho lo que dije y destruido la silla, estaríamos indefensos ahora mismo.

Shaw mira su teléfono.

—Mis superiores están en camino.

—¿Cuánto tiempo tenemos? —pregunta Helena.

—Están en un jet desde D.C., así que en unos treinta minutos. Ellos se apoderarán de todo.

—Nunca se nos permitirá volver a entrar aquí —dice Albert.

—Enviemos a Timoney de vuelta —dice Shaw.

—¿A qué fecha? —pregunta Albert.

—Hasta antes de que el laboratorio de Slade fuera hackeado. Ahora que conocemos la ubicación de su edificio, podemos asaltarlo antes. No habrá ningún robo cibernético, y seremos los únicos custodios de la silla.

—Hasta que lleguemos de nuevo a este momento —dice Albert—. Y entonces el mundo recordará todo el caos que ocurrió esta mañana.

—Y la gente que actualmente tiene la silla la reconstruirá de un falso recuerdo. Como hizo Slade. Será más difícil sin planos, pero no imposible. Lo que necesitamos es más tiempo —dice Helena. Se levanta, se dirige a la terminal, donde toma un casco, y se sube a la silla.

—¿Qué estás haciendo? —pregunta Shaw.

—¿Qué parece que estoy haciendo? ¿Raj? ¿Vienes a darme una mano? Necesito trazar un mapa de la memoria.

Raj, Shaw y Albert intercambian miradas a través de la mesa.

—¿Qué estás haciendo, Helena? —Shaw pregunta de nuevo.

—Sacarnos de este lío.

—¿Cómo?

—*¿Confiarás en mí por una vez, John?* —grita—. Se nos está acabando el tiempo. Me he mantenido al margen, he ofrecido consejo, he jugado con *tus* reglas. Ahora es tu turno de jugar con las mías.

Shaw suspira, desanimado. Ella conoce el dolor de dejar ir la promesa de la silla. No es sólo la decepción por la pérdida de todos los usos científicos y humanitarios a los que podría ser sometida en condiciones ideales. Es la comprensión de que, como una especie profundamente defectuosa, nunca estaremos listos para ejercer tal poder.

—Bien —dice finalmente—, Raj, enciende la silla.

Es el primer sabor real de la libertad que ha conocido.

Al atardecer, sale de la granja de dos pisos y sube al Chevy Silverado del 78, azul y blanco. El único vehículo de su familia.

Nunca esperó que sus padres le dieran uno cuando cumplió dieciséis años hace dos días. Su plan es trabajar el próximo verano como salvavidas y niñera, y con suerte ganar suficiente dinero para comprar su propio auto.

Sus padres están de pie en el porche delantero siempre ligeramente caído, mirando con orgullo cómo desliza la llave en el encendido.

Su madre toma una Polaroid.

Mientras el motor ruge, lo que más le llama la atención es el vacío en la cabina.

No hay ningún padre sentado en el asiento del copiloto.

Sin mamá entre ellos.

Es sólo ella.

Puede escuchar la música que quiera, tan fuerte como desee. Ir a donde quiera, conducir tan rápido como le plazca. Por supuesto, no lo hará.

En su viaje inaugural, su plan es aventurarse en los peligrosos y lejanos parajes de la tienda, a dos kilómetros de distancia.

Llena de energía, pone la camioneta en marcha y acelera lentamente por el largo camino, sacando el brazo izquierdo por la ventana para saludar a sus padres.

El camino rural que pasa frente a su casa está vacío.

Sale a la carretera y enciende la radio. La nueva canción "Faith" de George Michael suena en la emisora de radio de la universidad de

Boulder y ella canta a todo pulmón mientras los campos abiertos pasan velozmente, sintiendo el futuro más cerca que nunca. Como si realmente hubiera llegado.

Las luces de la gasolinera brillan en la distancia, y mientras quita el pie del pedal del freno, registra un dolor punzante detrás de sus ojos. Su visión se vuelve borrosa, su cabeza duele, y apenas evita estrellar la camioneta en las bombas.

En un espacio de estacionamiento al lado de la tienda, ella apaga el motor y lleva los pulgares a sus sienes contra el dolor punzante, pero sigue creciendo y creciendo tan intensamente que teme que se vaya a enfermar.

Y entonces ocurre la cosa más extraña.

Su brazo derecho se mueve hacia la columna de dirección y agarra las llaves. Ella dice: "¿Qué demonios?".

Porque no movió su brazo.

A continuación, observa cómo su muñeca gira la llave y reinicia el motor, y ahora su mano se mueve hacia la palanca de velocidades y la desliza hacia la reversa.

Contra su voluntad, mira por encima del hombro, por la parte trasera, retrocediendo la camioneta a través del estacionamiento, y luego cambia a modo de marcha.

No deja de pensar: "No estoy conduciendo, no estoy haciendo nada de esto", mientras la camioneta va a toda velocidad por la autopista, de vuelta a casa.

Una oscuridad se está acercando hacia los bordes de su visión, el Front Range y las luces de Boulder disminuyen y se hacen más pequeñas, como si ella estuviera cayendo lentamente en un pozo profundo. Quiere gritar, para evitar que esto suceda, pero ahora es sólo un pasajero en su propio cuerpo, incapaz de hablar, oler o sentir algo.

El sonido de la radio es poco más que un murmullo agonizante y, de repente, el pinchazo de luz que era su conciencia del mundo desaparece con un guiño.

15 de octubre de 1986

Helena se sale del camino y entra en la vereda de la granja de dos pisos en la que creció, sintiéndose más a gusto con cada momento que pasa en esta versión más joven de sí misma.

La granja parece más pequeña, mucho más insignificante de lo que recordaba en su mente, e innegablemente frágil contra la pared azul de las montañas que se elevan en las llanuras, a veinte kilómetros de distancia.

Se estaciona y apaga el motor, mira por el espejo retrovisor su cara de dieciséis años.

No hay arrugas.

Muchas pecas.

Ojos claros y verdes y brillantes.

Todavía es una niña.

La puerta cruje al abrirla y se baja en la hierba. La dulce y húmeda intensidad de una granja lechera cercana está en la brisa, y es sin duda el olor que más asocia con el hogar.

Se siente tan ligera de pies al subir los desgastados escalones del porche.

El ruido sordo de la televisión es lo primero que oye cuando abre la puerta y entra. En el pasillo, que conduce a las escaleras, oye el movimiento en la cocina: revolver, mezclar, ollas chocando, agua corriendo. Toda la casa huele a pollo asado en el horno.

Helena mira hacia la sala de estar.

Su padre está sentado en su sillón reclinable con los pies en alto, haciendo lo que hacía todas las tardes de la semana de su juventud: ver *World News Tonight*.

Peter Jennings informa que Elie Wiesel ha ganado el Premio Nobel de la Paz.

—¿Cómo estuvo tu viaje? —pregunta su padre.

Se da cuenta de que los niños son siempre demasiado jóvenes y egocéntricos para ver a sus padres en la flor de la vida. Pero ella ve a su padre en este momento como nunca lo ha hecho antes.

Es tan joven y guapo.

Ni siquiera tiene cuarenta años.

No puede apartar la vista de él.

—Fue muy divertido —su voz suena extraña para ella… y delicada.

Él mira de nuevo al televisor, no la ve limpiarse las lágrimas.

—No necesito la camioneta mañana, así que pregúntale a mamá, y si ella tampoco la necesita, puedes llevarla a la escuela.

Esta realidad se siente cada vez más fuerte.

Se acerca al sillón, se inclina y envuelve sus brazos alrededor del cuello de ella.

—¿Y eso? —pregunta.

El aroma de Old Spice y el débil rasguño de su recién crecida barba casi la quiebra.

—Por ser mi padre —susurra.

Ella camina a través del comedor y en la cocina encuentra a su madre apoyada en la mesa, fumando un cigarrillo y leyendo una novela barata.

La última vez que Helena la vio estaba en un centro de atención para adultos cerca de Boulder, dentro de veinticuatro años, con su cuerpo frágil y su mente destruida.

Todo eso todavía sucederá, pero en este momento lleva unos jeans y una blusa de botones. Luce una permanente y un flequillo típicos de los años ochenta, y está en la cima de su vida.

Helena cruza la pequeña cocina y le da a su madre un fuerte abrazo.

Está llorando otra vez, y no puede parar.

—¿Qué pasa, Helena?

—Nada.

—¿Sucedió algo en tu paseo?

Helena sacude la cabeza.

—Sólo estoy emocionada.

—¿Por qué?

—Ni siquiera lo sé.

Siente las manos de su madre recorriendo su cabello y huele el perfume que siempre usó, White Linen de Estée Lauder, mezclado con el humo del cigarrillo.

—Envejecer puede ser aterrador —dice su madre.

Se siente imposible que ella esté aquí. Hace unos momentos, estaba sufriendo en un tanque de privación, a dos mil cuatrocientos kilómetros y treinta y tres años en el futuro.

—¿Necesitas ayuda con la cena? —Helena pregunta, finalmente se aparta.

—No, al pollo todavía le falta un rato. ¿Estás segura de que estás bien?

—Sí.

—Los llamaré cuando esté listo.

Helena se dirige a través de la cocina y el pasillo hasta el pie de las escaleras. Son más empinadas de lo que ella recuerda, y mucho más chirriantes.

Su habitación es un desastre.

Como siempre lo fue.

Como lo serán todos sus futuros departamentos y oficinas.

Ve piezas de ropa que había olvidado.

Un oso de peluche de un solo brazo que perderá en la universidad.

Un walkman, que abre para ver el casete transparente de INXS, *Listen Like Thiees*.

Se sienta frente el pequeño escritorio y mira fijamente a través del encantador y distorsionado cristal de la vieja ventana. La vista es de las luces de Denver, a treinta y dos kilómetros, y las llanuras púrpuras al este, el gran y salvaje mundo que se asoma más allá. A menudo se sentaba aquí, soñando despierta con lo que su vida podría llegar a ser.

Nunca hubiera podido predecirlo.

Un libro de ciencias está abierto junto a un examen de biología celular que deberá terminar esta noche.

En el cajón del medio, encuentra un cuaderno de redacción blanco y negro con "Helena" escrito en el frente.

Esto, recuerda.

Abre el cuaderno; página tras página, aparece su garabateada letra adolescente.

Aunque nunca perdió sus recuerdos de anteriores líneas de tiempo después de haber usado la silla, alberga el temor de que pueda suceda ahora. Éstas son aguas inexploradas, nunca ha viajado tan lejos, o dentro de sí misma a una edad tan temprana. Hay una posibilidad de que pueda olvidar a qué vino, por qué está aquí.

Toma un bolígrafo y se vuelve hacia una página en blanco del diario, anota la fecha y comienza una nota para sí misma para explicar todo lo que ha sucedido en sus vidas anteriores:

Querida Helena. El 16 de abril de 2019, el mundo recordará una silla de memoria que tú creaste. Tienes treinta y tres años para encontrar alguna manera de evitar que esto suceda. Eres la única que puede evitar que esto suceda…

LIBRO CINCO

*Cuando una persona muere, sólo aparenta morir. Todavía está
muy viva en el pasado... Todos los momentos, pasados, presentes
y futuros siempre han existido, siempre existirán. Es sólo una ilusión
que tenemos aquí en la Tierra que un momento sigue a otro, como
cuentas en una cuerda, y que una vez que un momento se ha ido,
se ha ido para siempre.*

KURT VONNEGUT, *Matadero cinco*

....

16 de abril de 2019

Barry está sentado en una silla a la sombra, mirando a través de una zona de saguaros, un desierto que se ilumina por la mañana.

El agudo dolor detrás de sus ojos está retrocediendo misericordiosamente.

Estaba tumbado en el piso diecisiete de un edificio en Manhattan, las balas pasaron silbando y acribillando su cuerpo y la sangre manaba de él mientras se imaginaba la cara de su hija.

Entonces una bala le dio en la cabeza y ahora está aquí.

—Barry.

Se vuelve para mirar a la mujer sentada a su lado: pelo rojo corto, ojos verdes, palidez celta. Helena.

—Estás sangrando.

Ella le da una servilleta, que él sostiene en su nariz para parar la sangre.

—Háblame, querido —dice—. Éste es un nuevo territorio. Treinta y tres años de recuerdos muertos que acuden a tu mente. ¿Qué está pasando por ella en este momento?

—No lo sé. Yo estaba… se siente como si estuviera en ese hotel.

—¿El de Marcus Slade?

—Sí, me dispararon. Me estaba muriendo. Todavía siento

las balas golpeándome. Te estaba gritando que corrieras. Luego, de repente, estaba aquí. Como si no hubiera transcurrido el tiempo. Pero mis recuerdos de ese hotel se sienten muertos ahora. Negro y gris.

—¿Te sientes más como el Barry de esa línea de tiempo o de ésta?

—Aquél. No tengo idea de dónde estoy. Lo único que me resulta familiar eres tú.

—Pronto tendrás los recuerdos de esta línea de tiempo.

—¿Muchos de ellos?

—Toda una vida de ellos. No estoy segura de qué esperar de ti. Puede que sea un poco extraño.

Mira la cordillera de las montañas marrones. El desierto está floreciendo. Los pájaros cantan. No hay viento, y el frío de la noche permanece en el aire.

—Nunca he visto este lugar antes.

—Éste es nuestro hogar, Barry.

Se toma un momento para dejar que esa idea se asiente.

—¿Qué día es hoy?

—Dieciséis de abril de 2019. En la línea de tiempo en la que moriste, usé un tanque de privación de DARPA para retroceder treinta y tres años hasta 1986. Y luego viví mi vida de nuevo, hasta este momento, tratando de encontrar la manera de evitar que el día de hoy suceda.

—¿Qué pasa hoy?

—Después de la muerte de Slade en su hotel, el conocimiento de la silla se filtró al público, y el mundo se volvió loco. Hoy es el día en que el mundo lo recordará todo. Hasta ahora, tú y yo somos los únicos que lo sabíamos.

—Me siento… extraño —dice.

Toma un vaso de agua helada de la mesa y se lo bebe. Sus manos empiezan a temblar.

Helena se da cuenta y dice:

—Si se pone muy mal, tengo esto —levanta una jeringa con tapa.

—¿Qué es?

—Un sedante. Sólo si lo necesitas.

Empieza como una tormenta de verano.

Sólo una gota de lluvia gélida aquí y allá.

El estruendo de un trueno lejano.

Un rayo seco que chispea a través del horizonte.

El recuerdo inicial de esta línea de tiempo llega hasta él.

La primera vez que vio a Helena ella se subió al taburete junto a él en un bar en Portland, Oregón, y le dijo: "Parece que quieres invitarme a un trago". Era tarde, estaba borracho, y ella no se parecía a nadie que hubiera conocido, sino a una vieja alma con la mente más brillante que hubiera encontrado. La familiaridad instantánea de estar en su presencia se sintió no sólo como si la conociera de toda la vida, sino como si se despertara por primera vez. Hablaron tonterías hasta la última ronda, y luego ella lo llevó de vuelta al motel donde se estaba quedando y se lo cogió como si fuera el último día en la Tierra.

Otro...

Llevaban varios meses juntos, y él ya estaba enamorado de ella cuando ella le dijo que podía ver el futuro.

Él dijo:

—Tonterías.

Ella dijo:

—Algún día lo probaré.

No le dio mucha importancia. Lo dijo de pasada, casi como una broma, y se olvidó de eso hasta diciembre de 1990. Estaban viendo las noticias una noche, y ella le dijo que el próximo mes Estados Unidos expulsaría a las fuerzas iraquíes de Kuwait en una misión llamada Operación Tormenta del Desierto.

Hubo otros casos.

Al entrar en un cine para ver El silencio de los inocentes, *le dijo que la película arrasaría con los premios Oscar el año siguiente por estas fechas.*

Esa primavera, lo sentó en el pequeño departamento en el que vivían, le dio una grabadora de mano y cantó el coro de "Smells Like Teen Spirit" de Nirvana dos meses antes de que se estrenara la canción.

Luego se grabó a sí misma diciéndole que el gobernador de Arkansas anunciaría su candidatura a la presidencia de Estados Unidos a finales de año y que ganaría el año siguiente, derrotando al titular y a un fuerte contrincante de un tercer partido.

Llevaban juntos casi dos años cuando él le exigió que le dijera cómo podía saber estas cosas. No era la primera vez que lo pedía. Estaban sentados en un bar en Seattle, viendo los resultados de las elecciones generales de 1992. Y por cómo ella lo había hecho —demostrando su buena fe antes de pedirle a Barry que creyera una historia loca sobre una silla de memoria y un futuro que ya habían vivido— él le creyó, incluso cuando le dijo que no recordaría ninguna de sus vidas pasadas hasta dentro de veintisiete años, y que la tecnología suficiente para que ella construyera la silla no existiría hasta dentro de quince años.

—¿Estás bien? —pregunta Helena.

Su foco está en el momento, sentado en su patio de concreto, viendo una abeja volando alrededor de los restos del desayuno.

—Es la sensación más extraña —dice.

—¿Puedes intentar describirla?

—Es como… dos personas separadas, dos conciencias distintas, con historias y experiencias muy diferentes, que se están fusionando dentro de mí.

—¿Es una más dominante que la otra?

—No. Al principio me sentí como el yo al que le dispararon en el hotel, pero ahora a la vez me siento en casa, en esta realidad.

Recordar una vida en el lapso de sesenta segundos es una cosa del demonio.

Se enfrenta a un tsunami de recuerdos, pero son los momentos tranquilos los que golpean con más fuerza…

Una Navidad nevada con Helena y sus padres en su casa de campo en Boulder, Dorothy se olvida de poner el pavo en el horno y todos menos Helena se ríen, porque sabía que era el comienzo del deterioro mental de su madre.

Su boda en Aruba.

Un viaje, sólo ellos dos, a la Antártida en el verano de 2001 para presenciar la migración de los pingüinos emperadores, que considerarían como el mejor momento de su vida juntos, un respiro de la carrera siempre presente para arreglar el futuro que se avecina.

Varias amargas peleas por tener hijos y la insistencia de Helena en que no trajeran un niño a un mundo que probablemente se destruiría a sí mismo dentro de dos décadas.

Los funerales de la madre de él, su madre y, más recientemente, su padre.

La vez que ella le preguntó a Barry si quería saber algo de su antigua vida, y Barry dijo que no quería saber de ninguna realidad más que ésta.

La primera vez que ella demostró el poder de la silla.

Ahora el arco completo de su tiempo juntos se está completando.

Pasaron sus vidas construyendo la silla de la memoria en secreto y tratando de encontrar una manera de evitar que el mundo recuerde cómo construirla. Aunque la silla había sido utilizada en innumerables ocasiones en líneas de tiempo anteriores, el uso más "reciente" de la silla por Helena (en el laboratorio de DARPA) anuló todos los otros falsos puntos de aniversario de la memoria. Lo que significaba que nadie, ni siquiera Slade, tendría conocimiento de esas líneas temporales anteriores.

Hasta el 16 de abril de 2019.

Entonces, y sólo entonces, los falsos recuerdos de todo lo que había sucedido caerían fuertemente sobre todos.

Con una fortuna amasada en 2001, tenían una silla operando en 2007.

Una vez construida la silla, pasaron una década haciendo experimentos con ella e imaginando los cerebros de los demás, estudiando la actividad neuronal en el momento en que se producía un cambio de realidad y los recuerdos muertos llegaban, buscando la cascada neuronal de la nueva información que la acompañaba.

Su esperanza era encontrar una forma de evitar que los recuerdos muertos de las líneas temporales más antiguas aparecieran sin dañar

el cerebro. Pero lo único que lograron fue registrar la actividad neu-
ronal asociada a los recuerdos muertos. No hicieron ningún progreso
para encontrar un método que protegiera al cerebro de esos recuerdos.

Barry mira a su esposa de veinticuatro años, un hombre completamente diferente de quien era hace unos momentos.

—Fallamos —dice.

—Sí.

La otra mitad de su dualidad, la que vivió cada momento de esta línea de tiempo, acaba de experimentar los falsos recuerdos de Meghan y Julia. Su vida como detective en la ciudad de Nueva York. La muerte de su hija, su divorcio y su descenso a la depresión y al arrepentimiento. Cuando conoció a Slade y retrocedió once años para salvar a Meghan. Perderla por segunda vez. El momento en que Helena entró en su vida. Su conexión. Su muerte en el hotel de Slade.

—Estás llorando —dice Helena.

—Es mucho.

Ella se acerca, toma su mano entre las suyas. Él dice:

—Finalmente lo recuerdo.

—¿Qué?

—Esos pocos meses en Nueva York contigo después de que asaltara el hotel de Slade con Gwen la primera vez. Recuerdo el final de esa línea de tiempo, inclinándome y besándote mientras flotabas en el tanque de privación, a punto de morir. Estaba enamorado de ti.

—¿Lo estabas?

—Locamente.

Están tranquilos por un momento, mirando hacia el desierto de Sonora: un paisaje que han llegado a amar juntos, tan diferente de los exuberantes bosques del noroeste del Pacífico de su juventud y de los bosques siempre verdes de Helena.

Éste ha sido un buen lugar para ellos.

—Deberíamos mirar las noticias —dice Helena.

—Esperemos —dice Barry.

—¿De qué servirá esperar?

—Vivamos un poco más con la esperanza de que nadie más haya recordado.

—Sabes que eso no va a pasar.

—Siempre fuiste la realista.

Helena sonríe, las lágrimas brillan en los pliegues de sus ojos.

Barry se levanta de la silla y se gira para mirar su enorme hogar en el desierto. Construido con tierra apisonada y amplios paneles de vidrio, se mezcla perfectamente con su entorno.

Se dirige al interior a través de la cocina, pasando por la mesa del comedor, hasta la sala de estar junto al televisor. Vacila cuando levanta el control remoto, mientras los pasos descalzos de Helena se mueven hacia él a través de las frías baldosas.

Ella le quita el control remoto de la mano y presiona el botón de encendido.

Lo primero que lee es una pancarta en la parte inferior de la pantalla.

Suicidios en masa reportados en todo el mundo.

Helena lanza un doloroso suspiro.

Las imágenes tomadas con celular de una calle de la ciudad muestran cuerpos rebotando en la acera como una horrible tormenta de granizo.

Como Barry, el mundo entero recordó la línea de tiempo anterior cuando la existencia de la silla se hizo pública. Los ataques a la ciudad de Nueva York. WikiLeaks. El uso generalizado de la silla en todo el mundo.

Barry dice.

—Tal vez todo esté bien. Tal vez Slade tenía razón. Tal vez la humanidad se adapte y evolucione para aceptar esto.

Helena cambia de canal.

Un comentarista de aspecto agotado está tratando de mantener algún vestigio de profesionalismo. *Rusia y China acaban de liberar una declaración conjunta en la* ONU, *acusando a Estados Unidos de robar la realidad en un esfuerzo por evitar que otras naciones usen la silla de la memoria. Han prometido reconstruir la tecnología inmedia-*

tamente y han advertido que cualquier uso posterior de la silla será visto como un acto de guerra. Estados Unidos aún no ha respondido…

Vuelve a cambiar de canal.

Otra comentarista en estado de shock: *Además de los suicidios en masa, los hospitales de las principales ciudades informan de la afluencia de pacientes que sufren catatonia, un estado de estupor sin respuesta provocado por…*

Su copresentador interviene: *Siento interrumpirte, David. La FAA está informando… Jesús… Cuarenta aviones comerciales se han estrellado en el espacio aéreo de Estados Unidos en los últimos quince…*

Helena apaga el televisor, deja el control remoto en el sofá y entra al vestíbulo. Barry la sigue hasta la puerta principal, que ella abre.

La vista desde el porche da a la entrada de grava y al suave declive del desierto mientras se inclina durante veinte kilómetros hacia la ciudad de Tucson, brillando como un espejismo en la distancia.

—Sigue siendo tan tranquilo —dice—. Es difícil de creer que todo se esté desmoronando allá fuera.

Los últimos treinta y tres años de la existencia de Barry están echando raíces en su mente, sintiéndose más reales con cada respiración. No es el hombre que era en el hotel de Slade. No es el hombre que pasó los últimos veinticuatro años con Helena, tratando de salvar al mundo de la violencia de lo ocurrido ese día. Él es, de alguna manera, ambos.

—Había una parte de mí que creía que esto no pasaría —dice.

—Sí.

Helena se gira y lo abraza con una fuerza repentina que lo hace retroceder varios pasos hacia la puerta.

—Lo siento —susurra él.

—No quiero hacer esto.

—¿Qué?

—¡Esto! ¡Mi vida! Volver a 1986, encontrarte, convencerte de que no estoy loca. Amasar una fortuna. Construir la silla. Tratar de evitar las memorias muertas. Fracasar. Observar cómo el mundo recuerda. Enjuague, repita. ¿El resto de mis muchas vidas no es nada más que tratar de encontrar una manera de salir de este bucle ineludible?

La mira, enmarcando su mandíbula en sus manos.

—Tengo una idea —dice—. Olvidemos todo esto.

—¿De qué estás hablando?

—Vamos a estar juntos hoy. Vivamos.

—No podemos. Todo esto está sucediendo. Esto es real.

—Lo sé, pero podemos esperar hasta esta noche para que vuelvas al 86. Sabemos lo que viene después. Lo que tiene que pasar. No necesitamos obsesionarnos con eso. Sólo estemos presentes durante el tiempo que nos queda juntos.

Salieron a su caminata favorita por el desierto para obligarse a mantenerse alejados de las noticias.

El camino es uno que han abierto a lo largo de los años, justo en la parte de atrás de su casa y en las colinas cubiertas de saguaros.

El sudor sale a chorros de Barry, pero el esfuerzo es exactamente lo que necesitaba, algo para quemar el shock surrealista de la mañana.

Al mediodía, llegan a la roca que emerge a varios cientos de metros sobre su casa, que es prácticamente invisible desde esta altura, camuflada contra el suelo del desierto.

Barry abre su mochila y saca una botella de agua. La pasan de un lado a otro y tratan de recuperar el aliento.

No hay movimiento en ninguna parte.

El desierto es tan silencioso como una catedral.

Barry piensa que hay algo en la roca y en los cactus ancestrales que sugiere la permanencia congelada e intemporal de un recuerdo muerto.

Mira a Helena.

Se echa un poco de agua en la cara y le da la botella.

—Podría hacer esto por mi cuenta la próxima vez —dice.

—¿Eso es lo que estás pensando sentado aquí durante nuestras últimas horas juntos?

Ella le toca un costado de la cara.

—Durante décadas has compartido la carga de la silla conmigo. Sabías que este día iba a llegar, que probablemente significaría el fin de todo, y que tendría que volver a 1986 e intentarlo todo de nuevo.

—Helena.

—Tú querías hijos, yo no. Sacrificaste tus intereses para ayudarme.

—Ésas fueron todas mis elecciones.

—La próxima vez podrías tener una vida diferente, sin el conocimiento de lo que viene. Eso es todo lo que digo. Podrías tener las cosas que…

—¿Quieres hacer esto sin mí?

—No. Quiero respirar el mismo aire que tú cada minuto de cada día de mi vida, no importa cuántas líneas de tiempo viva. Por eso te encontré en primer lugar. Pero esta silla es la cruz que debo cargar.

—No me necesitas.

—Eso no es lo que estoy diciendo. Por supuesto que te necesito. Necesito tu amor, necesito tu mente, tu apoyo, todo eso. Pero necesito que sepas…

—Helena, no.

—¡Déjame decir esto! Es suficiente con que tenga que ver la silla destruyendo el mundo entero. La gente se lanza de los edificios por algo que yo hice. Es ver otra vez cómo arruina la vida del hombre que amo.

—La vida contigo no es una vida arruinada.

—Pero sabes que esto es todo lo que puede ser. Atrapado en este bucle de treinta y tres años, tratando de encontrar una manera de evitar que este día llegue. Todo lo que digo es que si quieres vivir tu puta vida sin la presión de tratar de mantener el mundo intacto, está bien.

—Mírame.

El agua que goteaba en su cara se ha acumulado en la capa de protector solar. Él mira fijamente sus ojos esmeralda, claros y brillantes en el sol.

—No sé cómo haces esto, H. No sé cómo cargas este peso. Pero mientras esté sobre tus hombros, también está sobre los míos. Encontraremos una forma de resolverlo. Si no en la próxima vida, entonces en la siguiente. Y si no en ésa, entonces en la siguiente.

Ella lo besa en la cima de su montaña.

Están a cien metros de la casa cuando el sonido de un helicóptero se escucha detrás de ellos, y luego se refleja en el cielo de la tarde.

Barry se detiene y mira cómo se dirige hacia Tucson.

—Es un Black Hawk—dice—. Me pregunto qué está pasando en la ciudad.

El helicóptero se inclina con fuerza hacia la izquierda y reduce su velocidad, ahora retrocediendo en su dirección a medida que desciende desde los quinientos pies hacia el suelo.

Helena dice:

—Están aquí por nosotros.

Arrancan corriendo hacia la casa, el Black Hawk ahora se cierne a setenta y cinco pies sobre el suelo del desierto, los rotores rugen y se arremolinan en una nube de polvo y arena, Barry está lo suficientemente cerca para ver tres pares de piernas colgando a cada lado de la cabina abierta sobre los patines.

La punta de la bota de Helena golpea una roca semienterrada y cae con fuerza por el sendero. Barry la agarra por debajo de los brazos y la pone de pie, con la sangre corriendo por su rodilla derecha.

—¡Vamos! —grita.

Pasan por la piscina de agua salada y llegan al patio donde desayunaron.

Gruesas cuerdas caen del Black Hawk como tentáculos, los soldados ya están descendiendo.

Barry abre la puerta trasera, y se precipitan por la cocina y giran por el pasillo. A través de las ventanas que dan al desierto al otro lado de la casa, ve a un grupo de soldados fuertemente armados y blindados con ropa de camuflaje, corriendo en formación táctica a través del paisaje hacia su puerta principal.

Helena está delante de él, cojeando por su caída.

Pasan corriendo por la oficina y la habitación de invitados y, a través de otra ventana, Barry ve al Black Hawk bajando por la entrada detrás de sus autos.

Se detienen donde termina el pasillo, y Helena presiona una de las rocas de la pared de piedra del río, que se abre para revelar una puerta oculta.

Ella y Barry se deslizan dentro mientras el sonido de una pequeña explosión atraviesa la casa.

Entonces son sólo ellos dos, jadeando por respirar en la oscuridad.

—Están en la casa —susurra Barry.

—¿Puedes encender la luz?

Palpa a su alrededor hasta que sus dedos rozan el interruptor.

—¿Estás segura de que no la verán?

—No, pero no puedo hacer esto en la oscuridad.

Barry pulsa el interruptor. Una sola bombilla sin sombra se enciende desde arriba. Están de pie en una especie de antesala, apenas más grande que una despensa de cocina. La puerta interior tiene el tamaño y la forma básica de una puerta estándar, excepto que pesa doscientos setenta kilogramos, está construida de placas de acero con un grosor de cinco centímetros, y cuando se activa, dispara diez enormes pernos en una jamba.

Helena escribe el código en el teclado, los pasos de al menos media docena de soldados se mueven hacia ellos por el pasillo, Barry los imagina acercándose a las terminaciones de piedra de río, el sonido de voces susurrantes y pisadas de botas y el ajetreo entre el equipo se acerca cada vez más.

Una voz que grita desde el lado más alejado de la casa, probablemente en su suite principal, resuena en el largo pasillo.

—¡Despejado en el lado este!

—Imposible. Los vimos entrar en la casa. ¿Todos revisaron los clósets? ¿Debajo de las camas?

En la pantalla iluminada, Barry observa cómo Helena teclea el último número.

El agudo zumbido de los engranajes internos se hace audible en la antesala, y posiblemente más allá, Barry y Helena se miran mutuamente mientras los diez pernos se retraen uno por uno como disparos apagados.

La voz de una mujer entra por el otro lado de la puerta oculta:

—¿Oyes eso?

—Vino del interior de esta pared.

Escucha lo que suena como manos pegando a través de las piedras falsas. Helena abre a rastras la pesada puerta. Barry la sigue a través del umbral hacia otro lugar de oscuridad, justo cuando la puerta oculta se abre.

Un soldado grita:

—¡Hay algo aquí atrás!

Helena cierra la puerta de la bóveda, escribe el código de bloqueo en el teclado de este lado, y los diez pernos se disparan de nuevo.

Cuando llega a las luces, revelan una claustrofóbica escalera de metal, que se hunde en espiral a tres metros en la tierra.

La temperatura baja a medida que descienden.

Los soldados golpean la puerta de la bóveda.

—Encontrarán una forma de atravesarla —dice Barry.

—Entonces démonos prisa.

Tres pisos bajo tierra, la escalera termina en una puerta que conduce a un laboratorio de ciento ochenta metros cuadrados, donde han pasado la mayor parte de sus horas de vigilia durante los últimos quince años. Es, a todos los efectos, un búnker, con un sistema dedicado de recirculación y filtración de aire, un sistema eléctrico autónomo alimentado por energía solar, una cocina y dormitorios, y raciones de comida y agua para un año.

—¿Cómo está tu pierna? —pregunta Barry.

—No importa.

Pasa cojeando por delante de la silla Eames, que han reacondicionado como silla de memoria, y luego una región del laboratorio que usaron para imágenes cerebrales, y su estudio del procesamiento de la memoria muerta.

Helena se sienta en la terminal y sube el programa de reactivación de memoria que siempre mantienen en espera en caso de emergencia. Como ya ha cartografiado la memoria de su primer viaje en solitario cuando cumplió dieciséis años, puede ir directamente a la cámara de privación.

—Pensé que hoy tendríamos más tiempo —dice Barry.

—Yo también.

Una detonación sobre ellos sacude el suelo y hace temblar las paredes.

El polvo de yeso cae del techo como nieve fina.

Barry se precipita de vuelta a través del laboratorio hasta el pie de la escalera. El aire está lleno de polvo, pero no oye voces o pasos todavía.

Mientras regresa al laboratorio, ve a Helena quitándose de encima la camisa y el top deportivo, y luego deslizar sus pantalones cortos por las piernas. Ella está de pie desnuda ante él, con el casco puesto, su pierna derecha sangra, las lágrimas caen por su cara.

Él va hacia su esposa y la abraza mientras otra explosión sacude los cimientos de su laboratorio subterráneo.

—No los dejes entrar aquí —dice ella.

Ella se limpia los ojos y lo besa, y luego Barry la ayuda a entrar en el tanque.

Cuando ella está flotando en el agua, él la mira y le dice:

—Estaré en ese bar de Portland en octubre de 1990, esperándote.

—Ni siquiera me reconocerás.

—Mi alma conoce tu alma. En cualquier momento.

Cierra la escotilla y se mueve hacia la terminal. Es un momento silencioso, no hay más sonido que el zumbido de los servidores.

Inicia el programa de reactivación y se inclina hacia atrás en la silla, tratando de preparar su mente para lo que viene después.

Una explosión que sacude la tierra agrieta las paredes y el suelo de hormigón bajo sus pies, Barry se pregunta si el Black Hawk dejó caer una bomba en su casa.

El humo está saliendo a través de los conductos de ventilación, y los paneles de luz están parpadeando, pero el programa de reactivación sigue funcionando.

Va al hueco de la escalera de nuevo, la única forma de entrar o salir del laboratorio. Ahora oye voces arriba y ve rayos de luz que se balancean a través del humo que se desprende del polvo.

Han abierto una brecha en la puerta de la bóveda, sus botas están golpeando los escalones de metal.

Barry cierra la puerta del laboratorio y gira el cerrojo. Es sólo una puerta metálica contra incendios... probablemente podrían patearla.

Regresa a la terminal y estudia la lectura de los signos vitales de Helena. Ella ha estado sin vida por varios minutos. Algo golpea el otro lado de la puerta. Otra vez.

Y otra vez.

Una ametralladora dispara y otra bota u hombro o ariete golpea el metal.

Milagrosamente, se mantiene.

—Vamos —dice Barry.

Escucha voces gritando en el hueco de la escalera y luego una explosión ensordecedora que hace estallar sus oídos: una granada o una carga.

Aparece una pared de humo donde había estado la puerta, y un soldado pasa por encima de la puerta aplastada, apuntando a Barry con un rifle automático.

Barry sube los brazos sobre su cabeza y se levanta lentamente de la silla mientras más soldados entran en el laboratorio.

La pantalla de la terminal, que muestra el estado de los estimuladores, parpadea y alerta sobre la liberación de DMT.

Vamos… Vamos.

Dentro del tanque, Helena se está muriendo, su cerebro vierte el último de los químicos que la hará retroceder tres décadas a un recuerdo.

El soldado principal se acerca a Barry, gritando algo que no puede entender por el sonido de su…

La sangre gotea de su nariz, creando pequeños agujeros en la nieve.

Mira a su alrededor las oscuras plantas de hoja perenne, sus ramas caídas bajo el peso de una reciente tormenta.

Mira a Helena, con el pelo diferente al de la última vez que la vio, en su laboratorio del sótano en el desierto de Sonora. Ahora es blanco y rojo a partes iguales. Lo lleva largo y recogido en una cola de caballo, y su cara se ve de alguna manera más dura.

—¿Qué día es hoy? —pregunta.

—Dieciséis de abril de 2019. Segundo aniversario de la línea de tiempo desde que morí en el tanque de DARPA.

Están de pie con raquetas de nieve, en un claro en la ladera de una montaña, con vistas a una ciudad en una llanura, a veinte kilómetros de distancia.

—Eso es Denver —dice Helena—. Construimos nuestro laboratorio aquí para poder estar cerca de mis padres.

Ella lo mira.

—¿Nada todavía?

—Se siente como si hubiera estado en nuestra casa en Tucson literalmente hace segundos.

—Siento decir que acabas de pasar de una mierda de 16 de abril de 2019 a otra.

—¿De qué estás hablando?

—Fallamos de nuevo.

Su primer encuentro en el bar de Portland. Por segunda vez. El anuncio de su clarividencia. Se enamoró de ella aún más rápido, porque ella parecía conocerlo mejor de lo que él se conocía a sí mismo.

La prisa de la memoria es más intensa esta vez.

Casi dolorosa.

Se derrumba en la nieve al igual que los últimos veintinueve años con Helena golpean su cerebro con un tren de recuerdos.

Pasaron la década antes de que la tecnología fuera suficiente para construir la silla estudiando el espacio-tiempo, la naturaleza de la materia, la dimensión y el entrelazamiento cuántico. Aprendieron todo lo que pudieron sobre la física del tiempo, pero no lo suficiente. No lo suficiente.

Luego exploraron métodos para viajar de vuelta a la memoria sin usar el tanque, buscando un camino más rápido. Pero sin la privación sensorial, todo lo que lograron fue matarse una y otra vez.

Luego vienen los recuerdos que lo rompen.

Perder a su madre otra vez.

Peleas con Helena por no tener hijos (eso debió de haber sido un ataque de furia para ella la segunda vez).

El sexo, el amor, el hermoso amor.

Momentos de alegría al saber que eran las únicas dos personas en el mundo que luchaban por salvarlo.

Momentos de horror de la misma revelación, y la certeza de que estaban fallando.

Y entonces se fusiona completamente. El Barry con recuerdos de todas las líneas temporales.

Mira a Helena. Ella se sienta a su lado en la nieve, mirando un kilómetro y medio vertical hacia la ciudad con la misma mirada de mil metros que ha tenido durante el último año, sabiendo que este día vendría, a menos que ocurriera un milagro.

Comparando esta nueva línea de tiempo contra la anterior, el cambio en Helena es desconcertante, esta versión de ella es una ligera degradación de la iteración anterior, más evidente en los momentos más tranquilos.

Menos paciencia. Más distancia. Más ira. Más depresión. Más dura.

¿Cómo debe de haber sido para ella revivir una relación desde el principio, con todo el conocimiento de sus debilidades y fortalezas, antes de que empezara? ¿Cómo fue capaz de conectar con él? ¿Con su ingenuidad? Debe de haber sido como hablarle a un niño a veces, porque, aunque técnicamente sigue siendo la misma persona, la brecha de perspectiva entre quien Barry era hace cinco minutos y quien es ahora con todos sus recuerdos es un gran abismo. Sólo ahora es realmente él mismo.

—Lo siento, H —dice.

—¿Qué sientes?

—Debe de haber sido enloquecedor, vivir nuestra relación de nuevo.

Ella casi sonríe.

—Quería asesinarte un día sí y el otro también.

—¿Te aburriste?

—Nunca.

El aire está cargado con la pregunta.

—No tienes que hacerlo de nuevo —dice.

—¿Qué quieres decir?

—Conmigo.

Ella lo mira, herida.

—¿Estás diciendo que no quieres?

—Eso no es lo que estoy diciendo. Para nada.

—Está bien si así es.

—No es así.

—¿Quieres estar conmigo otra vez? —pregunta.

—Te quiero.

—Ésa no es una respuesta.

—Quiero pasar cada vida contigo. Te lo dije la semana pasada —dice.

—Es diferente ahora que tienes recuerdos completos de cada línea de tiempo. ¿No es así?

—Estoy contigo, Helena. Sólo arañamos la superficie en la física del tiempo. Hay mucho más que aprender.

Siente que su teléfono vibra en el bolsillo de su chamarra. Esta última caminata juntos a su lugar favorito valió la pena, pero deberían irse ahora. Regresar a la civilización. Observar cómo el mundo recuerda y luego se va a la mierda antes de que los soldados vengan por ellos, aunque duda que él y Helena sean encontrados tan pronto. Esta vez vivieron bajo nuevas identidades.

Helena saca su teléfono y abre la pantalla de inicio. Dice:

—Oh, Dios.

Luchando por ponerse de pie, sale corriendo sobre sus raquetas de nieve, moviéndose torpemente de vuelta por el sendero.

—¿Qué estás haciendo? —pregunta.

—¡Tenemos que irnos!

—¿Qué pasa? —grita él.

Ella le grita:

—¡Te dejaré!

Él sube la cima y va tras ella.

Van a medio kilómetro cuesta abajo a través de los abetos. Su teléfono sigue zumbando —alguien lo inunda con mensajes de texto— y a pesar del enorme calzado, llega a la cabeza del sendero en menos de cinco minutos, chocando contra el capó de su jeep, sin aliento y sudando a través de su equipo de invierno.

Helena ya está al volante y él se mete en el asiento del pasajero, todavía con las raquetas de nieve mientras ella arranca el motor y sale del estacionamiento, que fuera de ellos estaría vacío, con los neumáticos girando sobre el pavimento helado.

—¿Qué demonios, Helena?

—Mira tu teléfono.

Lo saca de su chamarra.

Lee las primeras líneas de un texto de emergencia en la pantalla de inicio:

Alerta de emergencia
AMENAZA DE MISILES BALÍSTICOS QUE SE DIRIGEN A OBJETIVOS
MÚLTIPLES. BUSQUEN REFUGIO INMEDIATO. ESTO NO ES UN
SIMULACRO.
Deslice para más…

—Deberíamos haberlo visto venir —dice—. ¿Recuerdas la declaración de la ONU en la última línea de tiempo?

—Cualquier uso posterior de la silla será visto como un acto de guerra.

Helena conduce demasiado rápido en una curva cerrada, los neumáticos se deslizan sobre la nieve, los frenos ABS se activan.

—Si estampas el jeep contra un árbol, nunca…

—Crecí aquí, sé cómo conducir en la nieve.

Ella maneja en línea recta, pasando gran cantidad de abetos que se precipitan a cada lado mientras gritan por la montaña.

—Tienen que atacarnos —dice Helena.

—¿Por qué dices eso?

—Por todas las razones que hablamos cuando estaba en DARPA. El peor de los escenarios es que un país envíe a alguien medio siglo atrás y reescriba la existencia de miles de millones. Tienen que golpearnos con todo lo que tienen y esperar destruir la silla antes de que la usemos.

Helena enciende la radio mientras sale de la entrada del parque estatal. Ya han descendido un par de miles de kilómetros, y la única nieve en el suelo consiste en parches de derretimiento a la sombra.

… interrumpimos este programa. Esto es una emergencia nacional. Seguirán instrucciones importantes. El aterrador sonido del Sistema de Alerta de Emergencia resuena dentro del jeep. *El siguiente mensaje se transmite a petición del gobierno de Estados Unidos. Esto no es una prueba. El Mando de Defensa Aeroespacial de Norteamérica ha detectado el lanzamiento de misiles balísticos intercontinentales rusos y chinos. Se espera que estos misiles alcancen numerosos*

objetivos en el continente norteamericano en los próximos diez o quince minutos. Ésta es una advertencia de ataque.

Repito. Ésta es una advertencia de ataque. Una advertencia de ataque significa que se ha detectado un ataque real contra este país y que se deben tomar medidas de protección. Todos los ciudadanos deben ponerse a cubierto inmediatamente. Muévanse a un sótano o a una habitación interior en el piso más bajo de un edificio sólido. Aléjense de las ventanas. Si está en el exterior o en un vehículo, diríjase a un refugio. Si no hay ninguno disponible, acuéstese en una zanja o en otra depresión.

Helena acelera a 160 kilómetros por hora en el camino rural, las colinas se alejan detrás de ellos en los espejos laterales y retrovisores.

Barry se inclina y comienza a desabrochar las correas que sujetan las raquetas de nieve a sus botas de senderismo.

Cuando se unen en la interestatal, Helena empuja el motor hasta su punto de ruptura.

Después de un kilómetro y medio, llegan a las afueras de la ciudad.

Más y más autos son abandonados en el arcén, con las puertas abiertas, mientras los conductores abandonan sus vehículos en busca de refugio.

Helena pisa el freno cuando la carretera se atasca de tráfico en todos los carriles. Hordas de personas huyen de sus coches, saltan la barandilla y caen por un terraplén que se encuentra en el fondo de un arroyo que corre pesado y marrón con nieve derretida.

—¿Puedes pasar a la siguiente salida? —pregunta Barry.

—No lo sé.

Helena sigue adelante, esquivando a la gente y conduciendo a través de un conjunto de puertas de coches abiertas, el parachoques delantero del jeep las arranca para poder pasar. La rampa de salida de su desvío es intransitable, así que maniobra el jeep por una colina empinada y cubierta de hierba hasta el arcén, para finalmente apretarse entre un camión de UPS y un descapotable para llegar a la cima del paso elevado.

A diferencia de la interestatal, la avenida está prácticamente vacía, y ella acelera al máximo, mientras otra alerta suena a través de los altavoces.

Su laboratorio está en Lakewood, un suburbio del oeste de Denver, en un edificio de ladrillos rojos que solía ser un cuartel de bomberos.

Están a poco más de un kilómetro de distancia, y Barry mira fijamente la meta, pensando en lo extraño que es ver tan poco movimiento en cualquier lugar.

No hay otros coches conduciendo en la carretera.

Apenas hay gente fuera.

Según su estimación, han pasado al menos diez minutos desde que escucharon la primera emisión de alerta de emergencia.

Mira a Helena para decir lo que ya ha dicho antes, que quiere hacer esto de nuevo con ella sin importar lo que pase, cuando a través de su ventana, vislumbra la luz más brillante que jamás haya visto, una flor incandescente floreciendo en el horizonte oriental cerca del enjambre de rascacielos del centro, tan intensa que le quema las córneas al igual que el estallido del mundo.

El rostro de Helena se vuelve radiante, y todo en su campo de visión, incluso el cielo, se ve despojado de color, blanqueándose en un albo brillante y abrasador.

Se queda ciego durante cinco segundos, y cuando puede ver de nuevo, todo sucede de una vez.

Todos los cristales del jeep explotan…

Los pinos de un parque se inclinan tanto que sus puntas tocan el suelo…

Los escombros estructurales de una franja comercial desintegrada al otro lado de la carretera son arrastrados por un viento furioso…

Un hombre que empujaba un carrito de compras en la acera es lanzado quince metros por el aire…

Y entonces su jeep se voltea, el rasguño de metal contra el pavimento es ensordecedor como la onda de choque que los golpea en la carretera, las chispas vuelan sobre la cara de Barry.

Cuando el jeep se detiene en la cuneta, llega el ruido de la explosión, y es lo más fuerte que ha oído en el mundo, un ruido que le aplasta el pecho, y un solo pensamiento se abre paso en su mente: la onda sonora de la detonación les llegó demasiado rápido.

Una cuestión de segundos.

Están demasiado cerca de la zona cero para sobrevivir mucho tiempo.

Todo se pone quieto.

Sus oídos están zumbando.

Sus ropas están chamuscadas por todos lados con agujeros anillados por el fuego que aún están carcomiendo la tela.

Un recibo que estaba en uno de los portavasos se ha quemado.

El humo se vierte a través de los conductos de ventilación.

El jeep está descansando en el lado del copiloto, y él aún está sujeto al asiento por el cinturón de seguridad, con una actitud soslayada hacia lo que queda del mundo. Levanta el cuello para mirar a Helena, que sigue atada al volante, con la cabeza colgando inmóvil.

La llama por su nombre, pero ni siquiera puede oír su propia voz en su cabeza.

Nada más que la vibración de su laringe.

Se desabrocha el cinturón de seguridad y se gira dolorosamente para enfrentar a su esposa. Sus ojos están cerrados y su cara es de color rojo brillante, el lado izquierdo de la misma está cubierto de esquirlas de vidrio de la ventana.

Se acerca y desabrocha su cinturón de seguridad, y mientras ella se cae del asiento sobre él, sus ojos se abren y toma un repentino y jadeante respiro.

Sus labios se mueven, tratando de decir algo, pero se detiene cuando se da cuenta de que ninguno de ellos puede oír nada. Levanta una mano que se ha vuelto roja por las quemaduras de segundo grado y señala la ventanilla sin cristal.

Barry asiente con la cabeza, y ellos se incorporan, luchando finalmente por ponerse de pie para llegar en medio de la calle, rodeados de devastación sólo vista en las pesadillas.

El cielo se ha ido.

Los árboles se convirtieron en esqueletos y las hojas fundidas cayeron como lluvia de fuego.

Helena ya está tropezando con el camino. Mientras Barry se apresura tras ella, se da cuenta, por primera vez desde la explosión, de que sus manos son del mismo color que el rostro de Helena, y en ellas se están formando ampollas por el destello incandescente de la radiación térmica.

Alcanza a tocar su rostro y su cabeza, se queda con un mechón de pelo.

Oh, Cristo.

El pánico lo golpea.

Se acerca a Helena, que ahora corre sin fuerzas por el pavimento, cubierto de escombros humeantes.

Está oscuro al atardecer, el sol es invisible. El dolor está invadiéndolo.

En su cara, sus manos, sus ojos.

Su audición regresa.

El sonido de sus pasos.

Las alarmas de los coches.

Alguien grita a lo lejos.

El terrible silencio de una ciudad aturdida.

Doblan en la siguiente calle, Barry cree que aún están a un kilómetro del cuartel de bomberos.

Helena se detiene repentinamente, se inclina y vomita en medio de la calle.

Intenta poner su mano en su espalda, pero cuando su palma toca su chamarra, él instintivamente la quita con dolor.

—Me estoy muriendo, Barry. Tú también.

Se endereza, se limpia la boca.

El cabello de Helena se está cayendo, y su respiración suena irregular y dolorosa. Igual que la suya.

—Creo que podemos lograrlo —dice.

—Tenemos que hacerlo. ¿Por qué atacarían Denver?

—Si desatan todo su arsenal, atacarán todas las grandes ciudades de Estados Unidos, miles de ojivas, probablemente esperando que tengan suerte y eliminen la silla.

—Tal vez lo hicieron.

Se mueven, más cerca de la zona cero por el aspecto de la imponente nube de ceniza y fuego, que todavía se agita y se precipita en la distancia indeterminada.

Pasan al lado de un autobús escolar volcado, el amarillo se volvió negro, el vidrio explotó, los llantos salen desde el interior.

Barry reduce la velocidad y comienza a ir hacia él, pero Helena dice:

—La única forma de ayudarlos es que volvamos a casa.

Sabe que ella tiene razón, pero hace falta todo lo que esté en su mano para no intentar ayudar, aunque sea con una palabra de consuelo.

—Ojalá nunca hubiéramos vivido para ver un día como éste —dice.

Pasan corriendo junto a un árbol en llamas con una motocicleta, su conductor voló hacia las ramas, a diez metros de altura.

Luego ven a una mujer tambaleándose sin pelo y desnuda en medio de la calle con su piel desprendida como la corteza de un abedul y sus ojos anormalmente grandes y blancos, como si se hubieran expandido para absorber el horror a su alrededor. Pero la verdad es que está ciega.

—Bloquéalo —dice Helena, llorando—. Vamos a cambiar esto.

Barry saborea la sangre en su boca, el dolor lentamente abarca su mundo.

Se siente como si sus entrañas se estuvieran derritiendo.

Otra explosión, esta vez mucho más lejos, sacude el suelo debajo de ellos.

—Allí —dice Helena.

La estación de bomberos está justo enfrente.

Están parados en medio de su vecindario, y él apenas se dio cuenta.

Debido al dolor.

Sobre todo porque no se parece en nada a su calle.

Todas las casas construidas con madera han sido destruidas, los cables de electricidad han sido derribados, árboles quemados y despojados de todo rastro de verde.

Los vehículos han sido esparcidos por todas partes, algunos volteados sobre sus techos, otros sobre sus costados, algunos más todavía ardiendo.

La lluvia de cenizas y sus efectos colaterales les provocarán un agudo envenenamiento por radiación si siguen en este paisaje infernal al anochecer.

El único movimiento en cualquier lugar es de formas ennegrecidas que se retuercen en el suelo. En la calle.

En los humeantes patios delanteros de lo que una vez fueron casas.

Barry siente una oleada de náuseas impotentes al darse cuenta de que las formas son personas.

La estación de bomberos sigue en pie.

Las ventanas están destrozadas, las cuencas de las ventanas están negras y el ladrillo rojo se ha vuelto del color del carbón.

El dolor en la cara y las manos de Barry es demoledor mientras suben los escalones de la entrada e ingresan por la puerta principal, que está agrietada y demolida en el vestíbulo.

Incluso a través del dolor, el shock de ver su casa de veintiún años así es devastador.

Una débil luz se filtra a través de las ventanas, revelando un lugar de total ruina.

La mayoría de los muebles simplemente han explotado.

La cocina apesta a gas natural, y en el rincón más alejado de la casa el humo se filtra a través de la puerta abierta hacia su dormitorio, donde el parpadeo de las llamas es visible en las paredes.

Mientras corren por la casa, Barry pierde el equilibrio en el arco entre el comedor y la sala de estar. Se agarra al lado del arco para evitar caerse y grita de dolor, dejando una huella de sangre y piel en la pared.

El acceso a su laboratorio secreto es otra puerta de la bóveda, esta vez en el armario de almacenamiento de lo que solía ser la oficina en casa. La puerta está conectada al resto de la casa, así que no se puede usar el teclado de entrada. Helena abre la aplicación de la linterna en su teléfono y configura la combinación de cinco dígitos manualmente en la semioscuridad.

Alcanza la perilla, pero Barry dice:

—Déjame.

—Está bien.

—Todavía tienes que morir en el tanque.

—Me parece justo.

Se acerca a la puerta y se agarra a la manija, gime con agonía mientras se esfuerza por girar la perilla. No se mueve nada más que las capas de piel que se están desprendiendo, y se le ocurre un pensamiento horripilante… ¿qué pasaría si el calor de la explosión hubiera fusionado las paredes de la puerta? Una visión de su último día juntos, cocinados lentamente por la radiación térmica en la cáscara quemada de su casa, sin poder alcanzar la silla, sabiendo que fallaron. Que cuando ocurriera el siguiente turno, si alguna vez ocurriera, o bien parpadearían para dejar de existir o para entrar en un mundo creado por otra persona.

La perilla se mueve, y finalmente cede.

Las cerraduras se retraen y la puerta se abre, dejando al descubierto una escalera de caracol que lleva a un laboratorio casi idéntico al que construyeron en el desierto en las afueras de Tucson. Sólo que aquí, en lugar de cavar en la tierra, forraron el sótano de piedra de la vieja estación de bomberos con paredes de acero.

No hay luz.

Barry deja parte de su mano en la perilla mientras la aparta y sigue a Helena, bajando las escaleras con la escasa luz del flash de la cámara de su teléfono.

El laboratorio está extrañamente silencioso.

No hay zumbidos de los ventiladores que enfrían los servidores.

O la bomba de calor que mantiene el agua del tanque de privación a la temperatura constante de la piel humana.

La luz del teléfono barre las paredes mientras se mueven hacia el final del rack de servidores, donde un banco de baterías de iones de litio es lo único que brilla en el laboratorio.

Barry va a un panel de interruptores en la pared que transfiere la energía de la red eléctrica a las baterías. Se enfrenta a otro momento de puro terror, porque si la explosión dañó las baterías o los conectores de cualquiera de los equipos, todo esto es inútil.

—¿Barry? —dice Helena—. ¿Qué estás esperando?

Él acciona los interruptores.

Las luces del techo parpadean.

Los servidores comienzan a zumbar.

Helena ya se está relajando en la silla de la terminal, que ha comenzado su secuencia de arranque.

—Las baterías sólo nos darán treinta minutos de energía —dice.

—Tenemos generadores y mucho gas.

—Sí, pero llevará años redirigir la energía.

Se deshace de su chamarra quemada y de sus pantalones para la nieve y se lleva la silla al lado de Helena, que ya está escribiendo en el teclado tan rápido como la punta de sus dedos quemados le permiten, su boca y ojos sangran.

Cuando comienza a quitarse la ropa de invierno, Barry va al gabinete y toma el único casco que le queda y que tiene una carga completa. Lo enciende y lo coloca con cuidado sobre la cabeza de su esposa, que está llena de ampollas.

Las quemaduras de segundo grado en su cara entran en el terreno de lo insoportable. Hay morfina en el gabinete médico, pero tampoco hay tiempo.

—Terminaré de colocar el casco —dice—. Sólo hay que ponerle el puerto de inyección.

Agarra un puerto y lo enciende, asegurándose de que la conexión Bluetooth con la terminal esté en línea.

En fuerte contraste con sus manos quemadas por el sol nuclear, los antebrazos de Helena están suaves y delicados, protegidos del destello inicial por su chamarra y varias capas de camisas y ropa interior térmica. Le toma varios intentos con sus dedos arruinados para ensartar la intravenosa en su vena. Finalmente ata el puerto a su antebrazo y se dirige al tanque de privación. El agua está un grado y medio más fría que el ideal de 37 grados, pero tendrá que servir.

Levanta la escotilla y se vuelve hacia Helena, que tropieza con él como un ángel roto.

Sabe que no se ve más lindo.

—Desearía poder hacer la siguiente parte en tu lugar —dice.

—Sólo va a doler un poco más —dice ella, con lágrimas corriendo por su cara—. Además, me merezco esto.

—Eso no es verdad.

—No tienes que volver a recorrer este camino conmigo —dice.

—Lo haré tantas veces como sea necesario.

—¿Estás seguro?

—Completamente.

Se agarra al lado del tanque y mueve la pierna. Cuando sus manos tocan el agua, grita.

—¿Qué pasa? —pregunta Barry.

—La sal. Dios mío…

—Traeré la morfina.

—No, podría arruinar la reactivación de la memoria. Sólo apúrate, por favor.

—Bien. Te veré pronto.

Cierra la escotilla sobre la cara de su esposa, flotando en agonía en el agua salada. Vuelve a la terminal e inicia la secuencia de inyección. Mientras la droga paralizante se dispara, él trata de sentarse, pero el dolor es tan intenso que no puede quedarse quieto.

Se dirige al laboratorio y sube la escalera de caracol, a la oficina y a los restos de la bomba incendiaria que es su casa y la de Helena. Afuera, en los escalones de la estación de bomberos, está oscuro como la noche y están lloviendo manchas de fuego del cielo.

Barry desciende los escalones y sale a la mitad de la calle.

Un periódico ardiente vuela sobre la acera.

Al otro lado de la calle, una figura ennegrecida yace en posición fetal, acurrucada contra la banqueta en su lugar de descanso final. Hay un susurro de viento caliente.

Gritos y gemidos lejanos.

Y nada más.

Parece imposible que hace menos de una hora estuviera sentado en un claro nevado a tres mil metros, mirando Denver en una perfecta tarde de primavera.

Hemos hecho que sea demasiado fácil destruirnos a nosotros mismos.

Apenas puede mantenerse en pie.

Sus rodillas se doblan; se desploma.

Sentado ahora en medio de la calle frente a la estación de bomberos, ve el mundo arder y trata de no dejar que el dolor lo abrume.

Han pasado varios minutos desde que salió del laboratorio.

Helena se está muriendo en el tanque.

Él se está muriendo aquí.

Se recuesta en la acera y mira fijamente al fuego que cae del cielo negro.

Una sensación brillante de agonía atraviesa la parte posterior de su cráneo, y él registra una ola de alivio, sabiendo que significa que el fin está llegando, que el DMT está inundando el cerebro de Helena mientras hace un túnel al recuerdo de su caminata hacia un Chevy blanco y azul como una chica de dieciséis años con toda su vida por delante.

Lo harán todo de nuevo, con la esperanza de que sea mejor la próxima vez.

Y las motas de fuego caen gradualmente más y más lentamente, hasta que están suspendidas a su alrededor en el aire como mil millones de luciérnagas...

Está frío y húmedo.

Huele la sal del mar.

Escucha las olas golpeando las rocas y los gritos de los pájaros en aguas abiertas.

Su visión se enfoca.

Hay una orilla irregular a cien metros de distancia, y niebla sobre el agua gris azulado, oscureciendo los abetos en la distancia, que se encuentran a lo largo de la orilla como una línea de caligrafía encantada.

El dolor de su rostro que se derrite se ha ido.

Está sentado en un kayak de mar con un traje de neopreno, con un remo en su regazo, limpiándose la sangre de la nariz y preguntándose dónde está.

Dónde está Helena. Por qué no hay recuerdos de esta línea de tiempo todavía.

Estaba tirado en medio de la calle frente al cuartel de bomberos que solía ser su casa en Denver hace unos segundos, viendo en agonía cómo llovía fuego desde el cielo.

Ahora está... dondequiera que esté. Su vida se siente como un sueño, revoloteando de una realidad a otra, los recuerdos se convierten en pesadillas. Todo es real en el momento, pero fugazmente. Paisajes y emociones en un constante estado de flujo, y sin embargo hay una lógica retorcida en todo ello... el modo en que un sueño tiene sentido sólo cuando estás dentro de él.

Sumerge un remo en el agua y tira del kayak hacia delante.

Una caleta protegida se desliza a la vista, la isla se extiende suavemente varios cientos de metros a través de un bosque de abedules oscuros, entremezclados con las pinceladas blancas de los árboles.

En los flancos inferiores de la colina, una casa se asienta sobre una extensión de hierba verde, rodeada de edificios más pequeños, dos casas de huéspedes, un restaurante, y en la orilla, un cobertizo para botes y un muelle.

Rema hacia la caleta, tomando velocidad al acercarse a tierra, llevando el kayak a la orilla sobre un lecho de grava. Mientras sale torpemente del puesto de mando, un solo recuerdo cae: *Está sentado en ese bar de Portland mientras Helena sube al taburete a su lado por tercera vez en su extraña y recursiva existencia.*

—*Parece que quieres invitarme una copa.*

Qué extraño es tener tres recuerdos distintos de lo que es esencialmente el mismo momento en el tiempo.

Se mueve descalzo a través de la orilla rocosa y en la hierba, preparándose para la marea de recuerdos, pero hoy llegan tarde.

La casa está construida sobre cimientos de piedra, la madera se ha vuelto gris por décadas de sal, sol y viento y por los duros inviernos.

Un enorme perro viene saltando hacia él a través del patio. Es un sabueso escocés, del mismo color que el revestimiento de la casa, y saluda a Barry con un afecto baboso, sobre sus patas traseras para encontrarse con él ojo a ojo y lamerle la cara.

Barry sube los escalones de la terraza, que tiene una vista espectacular de la caleta y del mar.

Desliza la puerta de cristal y entra en una cálida sala de estar construida alrededor de una chimenea de piedra que se eleva a través del corazón de la casa.

El pequeño fuego que arde en la rejilla perfuma el interior con el aroma de la leña.

—¿Helena?

No hay respuesta.

La casa está en silencio.

Se mueve a través de una cocina de campo francesa con vigas y bancos alrededor de una gran isla coronada por un bloque de madera.

Luego por un largo y oscuro pasillo, se siente como un intruso en la casa de alguien más. En el otro extremo, se detiene en la entrada de una oficina acogedora y desordenada. Hay una estufa de leña, una ventana que da al bosque y una vieja mesa en el centro de la habitación que se hunde bajo las pilas de libros. Una pizarra está cerca, cubierta de ecuaciones y diagramas incomprensibles de lo que parecen ser intrincadas líneas de tiempo.

Los recuerdos llegan en un parpadeo.

Un momento nada.

Al siguiente, sabe exactamente dónde está, la trayectoria completa de su vida desde que Helena lo encontró, y exactamente lo que significan las ecuaciones de la pizarra.

Porque él las escribió.

Son extrapolaciones de la solución de Schwarzschild, una ecuación que define lo que el radio de un objeto debe ser, basado en su masa, para formar una singularidad. Esa singularidad crea entonces un agujero de gusano de Einstein-Rosen que puede, en teoría, conectar instantáneamente regiones lejanas del espacio, e incluso del tiempo.

Debido a que sus conciencias de las líneas de tiempo anteriores se están fusionando con su conciencia actual, la perspectiva de su trabajo durante los últimos diez años es paradójica y simultáneamente nueva e íntimamente familiar. La ve, tanto con ojos frescos como con una pérdida total de objetividad.

Pasó gran parte de su vida estudiando la física de los agujeros negros. Si bien Helena estaba con él al principio, estos últimos cinco años, desde el 16 de abril de 2019, al no tener ningún avance en el rango, ella comenzó a retirarse.

La certeza de que tendría que hacer todo esto de nuevo simplemente la quebrantó.

En el vidrio de la ventana que da al bosque, las cuestiones

fundamentales que escribió con un rotulador negro hace muchos años aún se burlan de él, sin respuesta.

¿Cuál es el radio de Schwarzschild de un recuerdo?

Una idea descabellada… Cuando morimos, ¿la inmensa gravedad de nuestros recuerdos colapsados crea un microagujero negro?

Una idea aún más descabellada… ¿el procedimiento de reactivación de la memoria, en el momento de la muerte, abre un agujero de gusano que conecta nuestra conciencia con una versión anterior de nosotros mismos?

Va a perder todo este conocimiento. No es que haya sido más que una teoría, un intento de descorrer la cortina y entender por qué la silla de Helena hizo lo que hizo. Ninguno de sus conocimientos significa nada sin pruebas científicas. Sólo en el último par de años se le ha ocurrido a Barry que debería llevar su equipo al laboratorio del CERN en Ginebra, Suiza, y matar a alguien en el tanque en presencia de los detectores del Gran Colisionador de Hadrones (GCH). Si pudieran probar la aparición de la entrada a un microagujero de gusano en el momento en que alguien muere en el tanque, y la salida de un agujero de gusano en el momento en que su conciencia se vuelve a generar en su cuerpo en un momento anterior, podrían empezar a entender la verdadera mecánica del retorno de la memoria.

Helena odiaba la idea. Ella no creía que el beneficio del conocimiento valiera la pena el riesgo de que su tecnología volviera a salir al mundo, lo que casi con certeza sucedería si compartían su conocimiento con la comunidad científica del GCH. Además, llevaría años convencer a las autoridades de que les dieran acceso a un detector de partículas, y años más para que los equipos de científicos escribieran algoritmos y desarrollaran el software para extraer los datos físicos del sistema. Al final del día, iba a ser mucho más difícil y largo estudiar la física de partículas de la silla que construirla.

Pero tiempo es lo que tienen.

—Barry.

Se da la vuelta.

Helena está de pie en la puerta, y el shock de ver esta iteración de su esposa, en contraste con las dos anteriores, hace sonar una alarma dentro de él. Parece una versión desintegrada
de la mujer que ama, demasiado delgada, sus ojos oscuros y
vacíos, sus huesos orbitales con un toque demasiado pronun-
ciado.

Un recuerdo se apodera de él. Ella intentó suicidarse hace
dos años. Las cicatrices blancas que corren por sus antebrazos
aún son visibles. La encontró en la vieja bañera con patas en la
alcoba con vista al mar, el agua del baño se volvió del color del
vino. Él recuerda que la levantó casi sin vida, sacó su cuerpo
del agua y lo colocó sobre el azulejo, envolviendo frenética-
mente sus muñecas en gasa médica justo a tiempo para detener la hemorragia.

Casi se muere.

La parte más difícil fue que no había nadie con quien pudiera hablar. Ningún psiquiatra con el que pudiera compartir
la carga de su existencia. Sólo tenía a Barry, y la culpa de no
ser suficiente para ella lo ha estado carcomiendo durante años.

En este momento, mirándola en la puerta, se siente abruma-
do por su devoción a esta mujer.

—Eres la persona más valiente que he conocido —dice.

Ella sostiene su teléfono.

—Los misiles fueron lanzados hace diez minutos. Volvimos
a fallar.

Toma un sorbo del vaso de vino tinto que tiene en la mano.

—No deberías beber eso antes de meterte en el tanque.

Ella bebe el resto.

—Es sólo un traguito para calmar mis nervios.

Ha sido difícil entre ellos. No puede recordar la última vez
que durmió en su cama. La última vez que tuvieron sexo. La
última vez que se rieron de algo estúpido. Pero él no puede en-
vidiarla. Para él, su relación comienza cada iteración en ese bar
de Portland, cuando él tiene veintiún años y ella veinte. Pasan
veintinueve años juntos, y mientras cada iteración se siente

nueva para él (hasta que llegan a este momento del juicio final y recobran recuerdos de las líneas de tiempo anteriores), desde la perspectiva de Helena, ella ha estado con el mismo hombre durante ochenta y siete años, reviviendo, una y otra vez, el mismo tramo de tiempo de veinte a cuarenta y nueve años.

Las mismas peleas.

Los mismos miedos.

La misma dinámica.

Lo mismo… todo.

Sin sorpresas reales.

Sólo ahora, en este breve momento, son iguales. Helena intentó explicarlo antes, pero finalmente ahora lo entiende, y este conocimiento le recuerda algo que Slade dijo en el laboratorio de su hotel, justo antes de su muerte… Su perspectiva cambia cuando ha vivido incontables vidas.

Tal vez Slade tenía razón. No puedes entenderte a ti mismo de verdad hasta que no hayas vivido muchas vidas. Tal vez el hombre no estaba completamente loco.

Helena entra en la habitación.

—¿Estás lista? —pregunta.

—¿Puedes relajarte un minuto? Nadie está enviando una bomba nuclear a la costa de Maine. Tendremos las consecuencias de Boston, Nueva York y el Medio Oeste, pero eso está a horas de distancia.

Han peleado por este momento exacto. Cuando en los últimos años quedó claro que no iban a encontrar una solución en este bucle, Barry abogó por matar esta línea temporal y enviar a Helena de vuelta antes de que el mundo recordara su violento final en la línea temporal anterior, y sufriera uno nuevo en ésta. Pero Helena argumentó que incluso la más mínima posibilidad de que no volvieran los falsos recuerdos valía la pena que continuaran. Y lo más importante, ella quería, aunque fuera por un fragmento de tiempo muy breve, estar con el Barry que recordaba todas las líneas de tiempo y todo lo que habían pasado juntos. Si era honesto consigo mismo, también quería eso.

Éste es el único momento en la totalidad de su existencia compartida en el que pueden estar realmente juntos.

Ella se acerca a la ventana y se pone a su lado.

Con un dedo, comienza a borrar lo que habían escrito en el vidrio.

—Todo esto fue un desperdicio, ¿eh? —dice ella.

—Deberíamos haber ido al CERN.

—¿Y si se demostrara que tu teoría de los agujeros de gusano es correcta? ¿Entonces qué?

—Mantengo mi creencia de que si pudiéramos entender cómo y por qué la silla es capaz de enviar nuestra conciencia de vuelta a un recuerdo, estaríamos en un mejor lugar para saber cómo detener los falsos recuerdos.

—¿Alguna vez has considerado la posibilidad de que no se pueda saber?

—¿Estás perdiendo la esperanza? —pregunta.

—Oh, querido, se ha ido hace mucho tiempo. Aparte de mi propio dolor, cada vez que vuelvo destruyo la conciencia de esa chica de dieciséis años que sale en la camioneta en su primer momento de verdadera libertad. La estoy matando una y otra vez. Nunca ha tenido la oportunidad de vivir su vida. Por culpa de Marcus Slade. Por mi culpa.

—Entonces déjame tener la esperanza para los dos por un tiempo.

—Has estado haciéndolo.

—Déjame continuar.

Ella lo mira.

—Todavía crees que encontraremos una forma de arreglar esto.

—Sí.

—¿Cuándo? ¿La próxima iteración? ¿La trigésima?

—Es tan extraño —dice.

—¿Qué?

—Entré en esta habitación hace cinco minutos y no tenía ni idea de lo que significaban esas ecuaciones. Entonces de repente tuve recuerdos de esta línea de tiempo y comprendí las ecuaciones diferenciales parciales.

Un fragmento de conversación de otra vida parpadea en la estructura neuronal de su cerebro. Dice:

—¿Recuerdas lo que dijo Marcus Slade cuando lo teníamos a punta de pistola en su laboratorio en ese hotel?

—Te das cuenta, desde mi perspectiva, que eso fue hace casi cien años y tres líneas de tiempo.

—Le dijiste que si el mundo llegaba a saber de la existencia de la silla, ese conocimiento nunca podría ser devuelto. Justo contra lo que estamos luchando ahora. ¿Recuerdas?

—Vagamente.

—Y dijo que estabas cegada por tus limitaciones, que todavía no veías todo, y que nunca lo harías a menos que hubieras viajado como él lo hizo.

—Estaba loco.

—Eso es lo que yo también pensé. Pero la diferencia entre tu yo en esa primera línea de tiempo y tu yo actual puede que te esté volviendo loca, pero has dominado campos enteros de la ciencia, has vivido vidas enteras que la primera Helena nunca hubiera soñado. Ves el mundo en formas que ella nunca lo hizo. Es lo mismo para mí. ¿Quién sabe cuántas vidas vivió Slade y lo que aprendió? ¿Y si realmente encontró una salida? ¿Alguna laguna en el problema de la memoria muerta? ¿Algo que necesitarías, quizá muchos más de estos bucles para descubrirlo por ti misma? ¿Y si todo este tiempo nos hemos estado perdiendo algo crucial?

—¿Cómo qué?

—No tengo ni idea, pero ¿no te gustaría preguntarle a Slade?

—¿Cómo propone que hagamos eso, detective?

—No lo sé, pero no podemos rendirnos.

—No, *no* puedo rendirme. Puedes zafarte cuando quieras y vivir tu vida en la dichosa ignorancia de que este día se acerca.

—¿Realmente valoras tan poco mi presencia en tu vida?

Ella suspira.

—Por supuesto que no.

Un pisapapeles traquetea en la mesa detrás de ellos.

Una grieta en forma de telaraña atraviesa el cristal de la ventana.

El bajo estruendo de una lejana explosión se estremece a través de sus huesos.

—Esto es una especie de infierno —dice, sombría—. ¿Listo para bajar al laboratorio y matarme de nuevo, cariño?

Barry ya no está en el laboratorio subterráneo de su isla y la de Helena en la costa de Maine, sino que está sentado frente a un escritorio de aspecto familiar en una habitación de aspecto familiar. Le duele la cabeza con una sensación que no ha experimentado en mucho tiempo: el palpitar detrás de los ojos de una resaca profunda.

Está mirando la declaración de un testigo en la pantalla de una computadora delante de él, y aunque todavía no hay recuerdos de esta línea temporal, se da cuenta, con un horror creciente, de que está en el cuarto piso de la comisaría 24 de la policía de Nueva York.

En la calle 100 Oeste.

En el Upper West Side.

Manhattan.

Ha trabajado aquí antes. No sólo en este edificio. En este piso.

En este lugar. Y no en un escritorio como éste. Este mismo escritorio. Incluso reconoce la mancha de tinta de un accidente con un bolígrafo.

Saca su teléfono, comprueba la pantalla de inicio: 16 de abril de 2019.

El cuarto aniversario de la muerte de Helena en el laboratorio de DARPA.

¿Qué demonios?

Se levanta de su silla —sustancialmente más pesado que en

Maine, Colorado y Arizona— y dentro de su saco, siente el peso de algo que no ha usado en años: una pistolera.

Un espeluznante silencio se ha apoderado de todo el cuarto piso de los cubículos. Nadie escribe a máquina.

Nadie habla.

Sólo un silencio aturdidor.

Mira a la mujer que está frente a él, una policía a la que recuerda, pero no en esta línea de tiempo, sino desde la original, antes de que el tiempo fuera fracturado por la silla de Helena. Es una detective de homicidios llamada Sheila Redling, que jugaba de parador en corto en la liga de softball. Tenía un brazo muy bueno, y era la mejor bebedora del equipo. La sangre sale de la nariz de Sheila y baja por su blusa blanca, y la mirada en su cara es sin duda la de una mujer en estado de puro terror.

El hombre del cubículo de al lado también tiene la nariz ensangrentada y las lágrimas le corren por la cara.

Un disparo hace estallar el silencio al otro lado en el piso, seguido de jadeos y chillidos que se extienden por el laberinto de cubículos.

Hay otro disparo, esta vez más cerca.

Alguien grita:

—¿Qué carajos está pasando? ¿Qué carajos está pasando?

Después del tercer disparo, Barry mete la mano en su saco para sacar su Glock, preguntándose si están siendo atacados, pero no puede ver ninguna amenaza en sus alrededores.

Sólo un mar de rostros desconcertados.

Sheila Redling se levanta con un brinco, saca su arma, se pone la pistola en la cabeza y dispara.

Mientras cae al suelo, el hombre que comparte el cubículo con ella se levanta de su silla, toma su arma del charco de sangre y se la lleva a la boca.

Barry grita:

—¡No!

Mientras dispara y cae sobre Sheila, Barry se da cuenta de que todo esto tiene un terrible sentido. Sus recuerdos de la línea de tiempo anterior están con Helena en la costa de Maine, pero estas personas estaban en medio de un ataque nuclear en la ciudad de Nueva York, donde todos murieron o estaban en medio de una muerte horrible, después de haber sufrido el mismo destino en la línea de tiempo anterior, donde otro ataque nuclear acababa de ocurrir.

Ahora los recuerdos de esta línea temporal se rompen como una ola que se estrella.

Se mudó a Nueva York a los veinte años y se hizo policía.

Se casó con Julia.

Subió por los escalafones de la policía de Nueva York hasta ser detective en la División Central de Robos.

Vivió su vida original de nuevo.

Y lo golpea como un tiro a los riñones: Helena nunca se le acercó en ese bar de Portland. Nunca la conoció. Nunca supo nada de ella. Por alguna razón, ella eligió vivir esta línea de tiempo sin él. Él sólo la conoce en los recuerdos muertos.

Saca su celular para llamarla, tratando de recordar su número, y se da cuenta de que no puede ser el mismo en esta línea de tiempo. No tiene forma de contactar con ella, y la impotencia de ese conocimiento es casi más de lo que puede soportar en este momento, los pensamientos desgarran su mente...

¿Significa esto que ella terminó con él?

¿Encontró a alguien más?

¿Finalmente se cansó de vivir el mismo ciclo de veintinueve años con el mismo hombre?

Mientras más disparos estallan a su alrededor y la gente empieza a huir del área, recuerda la última conversación que tuvo con Helena en su casa de Maine y su idea de encontrar a Slade.

Concéntrate en eso. Si las vidas pasadas son una guía, sólo tienes un tiempo limitado antes de que el infierno caiga sobre Nueva York.

Ignora el caos y desliza su silla hacia el escritorio, encendiendo su computadora.

Una búsqueda en Google de "Marcus Slade" arroja un obituario en el *San Francisco Chronicle*, detallando que Slade murió de una sobredosis de drogas la Navidad pasada.

Mierda.

Luego busca "Jee-woon Chercover" y encuentra múltiples coincidencias. Chercover dirige una empresa de capital de riesgo en el Upper East Side llamada Apex Venture. Barry toma una foto de la información de contacto de su sitio web, agarra sus llaves y corre hacia el hueco de la escalera.

Mientras baja las escaleras, marca Apex.

Todas las líneas están ocupadas, por favor intente más tarde…

Corre a través del vestíbulo de la planta baja, hasta el mediodía, llegando a la acera de la calle 100 Oeste, sin aliento, una nueva alerta ilumina la pantalla de su teléfono:

Alerta de emergencia
AMENAZA DE MISILES BALÍSTICOS QUE SE DIRIGEN A OBJETIVOS MÚLTIPLES. BUSQUEN REFUGIO INMEDIATO. ESTO NO ES UN SIMULACRO.

Deslice para más…

Jesús.

Aunque tiene recuerdos de esta línea de tiempo, su identidad contiene, fugazmente, todas las vidas que ha vivido. Desafortunadamente, esa perspectiva de línea de tiempo múltiple terminará cuando los misiles impacten.

Se pregunta: ¿qué pasa si esto es todo lo que queda de su vida? ¿De la vida de todos?

Una media hora del mismo horror interminable y repetitivo.

Una especie de infierno.

Quince pisos arriba, en un edificio al otro lado de la calle, una ventana se rompe, el vidrio baña la aceras, seguido de una silla y luego un hombre con un traje a rayas.

Choca de cabeza contra el techo de un coche, cuya alarma es un chillido penetrante.

La gente pasa corriendo por delante de Barry.

En las aceras.

En las calles.

Más hombres y mujeres caen en picada desde los rascacielos, porque recuerdan lo que era morir en un ataque nuclear.

Una sirena de la defensa civil comienza a gritar, y la gente sale de los edificios circundantes como ratas y se mete en un estacionamiento subterráneo para ponerse a cubierto.

Barry salta a su coche y enciende el motor. Apex está en el Upper East Side, justo al otro lado del parque, a apenas seis largas manzanas de su ubicación actual.

Da vuelta en la calle, pero todo lo que puede hacer es arrastrarse a través de las hordas de gente.

Barry se apoya sobre la bocina, girando finalmente hacia Columbus, que está un poco menos transitada.

Conduce contra el tráfico y gira a la derecha en el primer callejón al que llega, acelerando en las sombras entre los edificios de departamentos. Dispara su barra de luz y sirenas y fuerza a lo largo de dos calles más, llenas de gente frenética e histérica.

Y entonces está acelerando su Crown Vic por un sendero en Central Park, tratando de llamar a Apex de nuevo. Esta vez, el teléfono suena.

Por favor, por favor, por favor contesta.

Y suena.

Y suena.

Hay demasiada gente en el camino, así que se desvía hacia North Meadow, atravesando los diamantes de beisbol donde solía jugar.

—¿Hola?

Barry frena y detiene su coche en medio del campo y pone el teléfono en el altavoz.

—¿Quién es?

—Jee-woon Chercover. ¿Eres Barry?

—¿Cómo lo supiste?

—Pensé que llamarías.

La última vez que Barry interactuó con Jee-woon, él y Helena le dispararon en el laboratorio de Slade mientras se lanzaba desnudo por un arma.

—¿En dónde estás? —pregunta Barry.

—En mi oficina, en el trigésimo piso de mi edificio. Mirando hacia la ciudad. Esperando a morir de nuevo, como todos nosotros. ¿Tú y Helena están haciendo esto?

—Hemos estado tratando de detenerlo. Quería encontrar a Slade…

—Murió el año pasado.

—Lo sé. Así que necesito preguntarte… cuando Helena y yo encontramos a Slade en el hotel, él dijo que había una forma de deshacer los recuerdos muertos. Alguna forma diferente de viajar. De usar la silla de la memoria.

Hay silencio al otro lado de la línea.

—Quieres decir cuando me mataste.

—Sí.

—Lo que pasó después…

—Mira, no hay tiempo. Necesito esta información si la tienes. He estado en un bucle de treinta y tres años con Helena tratando de encontrar alguna manera de borrar el conocimiento del mundo de la silla de la memoria. Nada funciona. Por eso seguimos llegando a este momento de apocalipsis una y otra vez. Y va a seguir sucediendo a menos que…

—Puedo decirte esto, y es todo lo que sé. Marcus creía que había una forma de reiniciar una línea de tiempo, para que no hubiera recuerdos muertos. Incluso lo hizo una vez.

—¿Cómo?

—No sé los detalles. Mira, necesito llamar a mis padres. Por favor, arregla esto si puedes. Estamos todos en el infierno.

Jee-woon cuelga. Barry arroja su teléfono en el asiento del pasajero y sale del coche. Se sienta en la hierba, apoya sus manos en las piernas.

Están temblando.

Todo su cuerpo está temblando.

En la próxima línea de tiempo, no recordará la conversación que acaba de tener con Jee-woon hasta el 16 de abril de 2019.

Si hay una próxima línea de tiempo.

Un pájaro aterriza cerca y se sienta muy quieto, mirándolo.

Los edificios del Upper East Side se elevan sobre el perímetro del parque, y el ruido de la ciudad es mucho más fuerte de lo que debería ser: disparos, gritos, las sirenas de la defensa civil, las sirenas de los camiones de bomberos, coches patrulla, ambulancias... todo se mezcla en una sinfonía discordante.

Le llega un pensamiento.

Uno malo.

¿Y si Helena murió en ese periodo de cuatro años entre 1986 y 1990, antes de que ella lo encontrara en Portland? ¿Podría el destino de la realidad en sí mismo depender de que una persona no sea atropellada por un autobús?

¿O qué pasa si ella decide no hacer nada de esto? ¿Sólo vivir su vida y nunca construir la silla y dejar que el mundo se destruya a sí mismo? Sería difícil culparla, pero significaría que el próximo cambio de la realidad será elegido por otra persona. O no habrá ningún cambio si el mundo se aniquila a sí mismo con éxito.

Los edificios a su alrededor y el campo abierto y los árboles brillan con el blanco más brillante que Barry ha visto nunca, incluso más que en Denver.

No hay sonido.

Ya el brillo está disminuyendo, y en su lugar viene un infierno hacia él a través del Upper East Side, el calor es insoportablemente intenso, pero sólo por el medio segundo que tarda en quemar las terminaciones nerviosas de la cara de Barry.

En la distancia, ve a la gente corriendo a través de las calles, tratando de superar su último momento.

Y se prepara para que la pared de color lava de fuego ardiente y muerte lo envuelva mientras se expande a través de Central Park, pero la onda expansiva golpea primero, lanzándolo sobre la pradera a una velocidad inconcebible que se está desacelerando.

Desacelerando.

Desacelerando.

Pero no sólo a él.

Todo.

Mantiene la conciencia mientras esta línea de tiempo se desacelera hasta un punto muerto, dejándolo suspendido a diez metros del suelo y rodeado por los escombros de la onda de choque: piezas de vidrio y acero, una patrulla, gente con la cara derritiéndose.

La bola de fuego se detiene a un cuatrocientos metros de distancia, a mitad de camino a través de North Meadow, y los edificios a su alrededor han quedado atrapados en el momento de la vaporización —vidrio, muebles, contenido, personas, todo menos los marcos de acero derretido que explotan como un estornudo— y la inmensa nube de muerte que se eleva sobre la ciudad de Nueva York desde el punto de impacto se detiene a kilómetro y medio en su ascenso en el cielo. El mundo comienza a perder color, y ve todo congelado mientras el tiempo se desangra y su mente se llena de preguntas...

Si la materia no puede ser creada ni destruida, ¿a dónde irá toda esta materia cuando esta línea de tiempo deje de existir? ¿Qué ha pasado con la materia de todas las líneas temporales muertas que han dejado atrás? ¿Están encapsuladas en el tiempo en dimensiones inalcanzables? Y si es así, ¿qué es la materia sin tiempo? ¿Materia que no persiste? ¿Cómo sería eso?

Tiene una última revelación antes de que su conciencia sea catapultada desde esta realidad moribunda, esta desaceleración del tiempo significa que Helena podría estar viva en algún lugar, muriendo en el tanque en este mismo instante para matar esta línea de tiempo y comenzar otra.

Y un rayo de alegría lo atraviesa ante la posibilidad de que ella viva, y la esperanza de que, en esta próxima realidad, aunque sea por un momento, él esté con ella de nuevo.

Barry está acostado en la cama en la penumbra de una habitación fresca. A través de una ventana abierta, puede escuchar una suave lluvia cayendo. Revisa su reloj a las 9:30 p.m., hora de Europa occidental. Cinco horas antes que en Manhattan.

Mira a su esposa por veinticuatro años, leyendo a su lado en la cama.

—Son las nueve y media —dice.

En su última vida, se metió en la cámara de privación a las 4:35 p.m., hora del este, así que se acercan rápidamente al quinto aniversario de la línea de tiempo del 16/4/19.

En este momento, la perspectiva de Barry es la de haber vivido una sola vida. Ésta. Helena se estrelló contra la puerta de su vida cuando él tenía veintiún años en un bar de Portland, y han sido inseparables desde entonces. Por supuesto, él sabe todo sobre sus cuatro vidas pasadas juntos. Su trabajo. Su amor. Cómo siempre termina con su muerte en la cámara de privación el 16 de abril de 2019, cuando el mundo vuelve a recordar la existencia de la silla de la memoria y todo el horror que causó. La línea de tiempo anterior que pasaron separados ella se quedó cerca de sus padres en Boulder, construyó la silla ella misma y la usó para mejorar la calidad de vida de su madre una vez que el Alzheimer se apoderó de ella. Pero nunca hizo ningún progreso en detener el ataque de las memorias muertas, que jura que sucederá en cualquier momento. Ella no sabe lo que Barry hizo con su última vida, y él tampoco. Aun así. En ésta, continuaron su búsqueda de entender cómo el cerebro procesa los recuerdos muertos, y profundizaron en los estudios de la física de partículas que rodean el uso de la silla. Incluso han hecho algunos contactos en el CERN, que esperan utilizar en la próxima línea de tiempo.

Pero la verdad es que, como en las pasadas iteraciones de su vida, no han hecho ningún avance significativo para detener lo que está a punto de suceder. Son sólo dos personas, y el problema que enfrentan es enormemente complejo. Tal vez insuperable.

Helena cierra su libro y mira a Barry. El ruido de la lluvia golpeando las tejas de su casa solariega del siglo XVII es quizá su sonido favorito en el mundo.

—Me temo que cuando lleguen tus recuerdos de la última línea de tiempo, sentirás que te he abandonado. Como si te hubiera traicionado. No pasé la última línea temporal contigo, pero no es porque no te amara o necesitara. Espero que puedas entenderlo. Sólo quería que vivieras una vida sin que el fin del mundo se acercara, y espero que fuera buena. Espero que hayas encontrado el amor. Yo no lo encontré. Todos los días te extrañé. Todos los días te necesitaba. Me sentía más sola de lo que había estado en mis muchas vidas —dice ella.

—Estoy seguro de que hiciste lo que tenías que hacer. Sé que esto es infinitamente más difícil para ti que para mí.

Mira su reloj mientras la hora cambia de 9:34 a 9:35.

Ella le ha dicho todo lo que va a pasar. El dolor de cabeza, la pérdida temporal de conciencia y control. Cómo el mundo inmediatamente comienza a implosionar. Y aun así hay una parte de él que no puede creer que eso suceda. No es que piense que Helena está mintiendo. Pero es difícil imaginar que los problemas del mundo puedan alcanzarlos hasta aquí.

Barry siente un destello de dolor detrás de sus ojos. Agudo y cegador.

Mira a su esposa.

—Creo que está empezando.

A la medianoche ya es el Barry de muchas vidas, aunque la anterior, en la ciudad de Nueva York, es extrañamente la última en llegar. Quizá porque hay tantos, los recuerdos llegan más lentamente que cualquiera de los aniversarios anteriores.

Él se derrumba llorando en la cocina con alegría de que Helena haya vuelto a él, y ella se sienta en su regazo en la pequeña mesa y le besa la cara y le pasa los dedos por el pelo y le dice cuánto lo siente, prometiéndole que nunca más lo dejará.

—Mierda —dice Barry—. Acabo de recordar.

—¿Qué?

Mira a Helena.

—Yo tenía razón. Hay una manera de salir de este bucle apocalíptico. Slade sí sabía cómo detener los recuerdos muertos.

—¿De qué estás hablando?

—Busqué a Slade en los últimos momentos de la línea de tiempo anterior. Murió la Navidad pasada, pero hablé con Jeewoon. Dijo que Slade había regresado y comenzado una nueva línea de tiempo que no causó ningún recuerdo muerto en el punto de aniversario.

—Oh, Dios mío, ¿cómo?

—Jee-woon no lo sabía. Me colgó el teléfono, y entonces el mundo se acabó.

La tetera silba.

Helena va a la estufa y la quita del fuego, luego vierte el agua hirviendo sobre los infusores.

—En la próxima línea de tiempo, hasta que lleguemos al aniversario —dice Barry— no recordaré nada de esto. Tienes que llevar este conocimiento contigo.

—Lo haré.

Se quedan despiertos toda la noche, y sólo cuando amanece se atreven a poner las noticias. Éste es el mayor tiempo que han dejado pasar una línea de tiempo más allá del punto de aniversario. Parece que todas las armas nucleares del planeta han sido disparadas, y todas las grandes ciudades de Estados Unidos, Rusia y China han sido alcanzadas. Incluso las áreas metropolitanas de los aliados de Estados Unidos fueron atacadas, entre ellos Londres, París, Berlín y Madrid. El ataque más cercano a Helena y Barry fue Glasgow, a doscientos noventa kilómetros al sur. Pero están a salvo por el momento. La corriente de chorro está llevando la lluvia al este de Escandinavia.

Se dirigen al amanecer a través del patio trasero para poner a Helena en la cámara de privación. Compraron esta propiedad hace quince años y renovaron cada centímetro cuadrado. La casa tiene más de trescientos años, y desde los campos de alrededor la vista es del Mar del Norte, que bordea la península en Cromarty Firth, y en la dirección opuesta, las montañas de las Tierras Altas del norte.

Llovió toda la noche, todo está goteando.

El sol todavía sigue debajo del horizonte, pero el cielo se está llenando de luz. A pesar de los horrores de las noticias, todo parece sorprendentemente normal. Las ovejas que los observan desde los pastos. La fría tranquilidad. El olor de la tierra húmeda. El musgo en las paredes de piedra. Sus pisadas en el camino de grava.

Se detienen en la entrada de la casa de huéspedes, la cual transformaron en su laboratorio, ambos mirando hacia la casa en la que volcaron sus vidas, la cual nunca volverán a ver. De todos los lugares en los que han hecho su hogar juntos, de todas las vidas, éste es el que Barry más ha amado.

—Tenemos un plan, ¿verdad? —dice.

—Lo tenemos.

—Bajaré contigo —dice.

—No, por qué no vas a mirar los campos hasta que esté hecho. Te encanta esa vista.

—¿Estás segura?

—Estoy segura. Así es como quiero dejarte en esta vida.

Ella lo besa.

Él le limpia las lágrimas.

En la siguiente vida, Barry camina con Helena hacia el establo. El aire nocturno es dulce, y las colinas que rodean su valle brillan bajo las estrellas.

—¿Todavía nada? —pregunta ella.

—No.

Llegan a la puerta del granero de madera y entran a través de un establo, y luego por un corredor de caballerizas vacías que no han albergado caballos en más de una década.

La entrada está escondida detrás de un par de puertas corredizas. Helena introduce el código, y ellos bajan la escalera de caracol a un sótano insonorizado.

La celda está encerrada en dos lados por paredes de piedra, y los otros dos por láminas de vidrio ultrafuerte con agujeros de ventilación. Dentro de la celda hay un baño, una ducha, una pequeña mesa y una cama, sobre la que yace Marcus Slade.

Cierra el libro que ha estado leyendo y se sienta, mirando a sus captores.

En esta línea de tiempo, se establecieron en el campo del condado de Marin, a treinta minutos al norte de San Francisco, para estar cerca de Slade y prepararse para este momento exacto. Lo secuestraron antes de que pudiera tener una sobredosis la Navidad pasada, y lo trajeron de vuelta al rancho.

Slade se despertó en esta celda bajo el granero, donde lo tienen desde entonces.

Barry acerca una silla al cristal y toma asiento.

Helena recorre el perímetro de la celda.

Slade los vigila.

No le han dicho por qué está aquí. No sobre las anteriores líneas de tiempo o la silla de la memoria. Nada.

Slade se levanta del extremo de la cama y se acerca al cristal. Mira fijamente a Barry, con pantalones deportivos y sin camisa. Su barba esté descuidada, su pelo es una maraña sin lavar, sus ojos lucen temerosos y furiosos. Mientras Barry lo mira a través del cristal, no puede evitar sentir lástima por el hombre, a pesar de lo que hizo en otras épocas. No tiene idea de por qué está aquí. Barry y Helena le han prometido en múltiples ocasiones que no tienen intención de hacerle daño, pero esas garantías, sin duda, suenan huecas.

Si Barry es honesto, está profundamente incómodo con lo que están haciendo. Pero entre la presciencia de Helena y su construcción de la silla de la memoria con su increíble capacidad, él confía implícitamente en su esposa. Incluso cuando ella le dijo que necesitaban secuestrar a un hombre llamado Marcus Slade antes de que muriera de una sobredosis de drogas en su departamento de Dogpatch.

—¿Qué? —pregunta Slade—. ¿Finalmente están aquí para decirme por qué están haciendo esto?

—En unos momentos —dice Helena— lo entenderás todo.

—¿Qué carajos quieres decir...?

La sangre sale de la nariz de Slade. Se tambalea hacia atrás, agarrándose las sienes, su cara se descompone por el dolor, y ahora una agonía punzante y pulsante golpea a Barry detrás de los ojos, doblándolo en la silla.

El aniversario de la línea de tiempo ha llegado, y ambos hombres gimen mientras las vidas anteriores comienzan a alcanzarlos.

Ahora Slade está sentado en el extremo de su cama. El miedo se ha ido de sus ojos. Incluso su lenguaje corporal ha cambiado para reflejar una confianza y equilibrio interior que no existían antes.

Sonríe, asintiendo con la cabeza.

—Barry —dice—. Me alegro de verte de nuevo, Helena.

Barry se está tambaleando. Una cosa es que le hayan contado lo que pasó en todas esas otras líneas de tiempo, y otra muy distinta es poseer los recuerdos de su hija muerta y de ver al mundo destruirse una y otra vez. De morir en medio de Central Park por un golpe de la onda expansiva. Todavía no recuerda la última línea temporal. Helena le ha dicho que tuvo lugar en Escocia, que fue aparentemente donde se le ocurrió esta idea, pero los recuerdos están llegando tan lentamente como un goteo intravenoso.

Barry mira a Slade y le dice:

—¿Recuerdas tu hotel en Manhattan?

—Por supuesto.

—¿Recuerdas la noche en que moriste allí? ¿Lo que le dijiste a Helena justo antes?

—Podría necesitar que me refresquen la memoria sobre eso.

—Le dijiste que los recuerdos muertos de las líneas de tiempo más antiguas podrían borrarse si sabía cómo viajar de la manera que tú lo hiciste.

—Ah —Slade sonríe de nuevo—. Ustedes dos han construido su propia silla.

Helena dice:

—Después de que moriste en tu hotel, DARPA entró y se llevó todo. Las cosas estaban bien al principio, pero el 16 de abril de 2019, hace seis líneas de tiempo hoy, la tecnología se volvió viral. Había sillas de memoria que se usaban en todo el mundo. Los esquemas fueron publicados en WikiLeaks. La realidad comenzó a cambiar constantemente. Retrocedí treinta y tres años para comenzar una nueva línea de tiempo, para tener la oportunidad de encontrar una manera de detener los recuerdos muertos. Pero siempre vienen. El mundo siempre recuerda la silla, no importa lo que hagamos.

—¿Así que estás buscando una forma de salir de este bucle? ¿Un reinicio?

—Sí.

—¿Por qué?

—Porque exactamente lo que te dije que pasaría, pasó. La caja de Pandora se abrió. No sé cómo cerrarla.

Slade va al fregadero y se salpica agua en la cara.

Vuelve al cristal.

—¿Cómo detenemos los recuerdos muertos? —pregunta.

—Hiciste que me mataran en una vida. Me secuestraste en otra. Así que déjame preguntarte: ¿por qué iba a ayudarte?

—¿Porque tal vez todavía tienes una pizca de decencia?

—La humanidad merece una oportunidad de evolucionar más allá de nuestra prisión de tiempo. Merece una oportunidad de verdadero progreso. El trabajo de tu vida fue la silla. Dársela a la humanidad fue la mía.

Una ola de rabia atraviesa a Barry.

—Marcus, escúchame —dice—. No hay ningún progreso. En este momento, el mundo está recordando la existencia de la silla de la memoria, y esos recuerdos muertos desencadenarán un apocalipsis nuclear.

—¿Por qué?

—Porque nuestros enemigos creen que Estados Unidos está alterando la historia.

—¿Sabes a qué me suena eso? —Slade pregunta—. A una mentira.

Barry se levanta y se mueve hacia el cristal.

—He visto suficiente horror durante mil vidas. Helena y yo casi morimos en Denver cuando los misiles impactaron. Vi cómo se vaporizaba la ciudad de Nueva York. Cientos de millones de personas tienen cuatro recuerdos distintos de morir en un holocausto nuclear.

Helena mira a Barry y sostiene su teléfono.

—La alerta acaba de llegar. Tengo que ir al laboratorio.

—Espera un segundo —dice Barry.

—Estamos demasiado cerca de San Francisco. Ya hemos hablado de esto.

Barry mira a Slade a través del cristal.

—¿Qué es esta forma especial de viajar?

Slade da un paso atrás y se sienta en el borde de la cama. Barry dice:

—He vivido casi setenta años para preguntarte esto, ¿y tú sólo vas a mirar el suelo?

Siente que Helena le toca el hombro.

—Me *tengo* que ir.

—Aguanta.

—*No puedo*. Ya lo sabes. Te quiero. Te veré en el fin del mundo. Seguiremos tras los microagujeros. Supongo que es todo lo que podemos hacer, ¿verdad?

Barry se da la vuelta y la besa. Ella se apresura a subir la escalera de caracol, sus pasos chocan contra los escalones de metal.

Entonces son sólo Barry y Slade en el sótano.

Barry saca su teléfono, le muestra a Slade la alerta de emergencia, y ve una amenaza de misiles balísticos que se dirigen a múltiples objetivos de Estados Unidos.

Slade sonríe.

—Como dije, me mataste, me secuestraste, probablemente me estás mintiendo otra...

—Juro que te estoy diciendo la verdad.

—Pruébalo. Dame pruebas que no sea una falsa alerta que podrías haber enviado a tu teléfono. Déjame verlo con mis propios ojos o vete a la mierda.

—No tenemos tiempo.

—Tengo todo el tiempo del mundo.

Al pasar a la puerta de cristal de la celda, Barry saca la llave y abre el cerrojo.

—¿Qué? —pregunta Slade—. ¿Crees que vas a poder sacármelo a golpes?

A Barry ciertamente no le gustaría nada más que golpearlo contra el muro de piedra hasta que no quedara nada.

—Vamos —dice Barry.

—¿Adónde?

—Veremos el fin del mundo juntos.

Suben las escaleras, pasan los establos, salen del granero y suben a través de los largos pastos de una colina hasta que están en lo alto del rancho. La luna está arriba, el campo es brillante. Al oeste, a varios kilómetros de distancia, la oscura extensión del Pacífico es brillante.

Las luces del área de la bahía brillan al sur.

Se sientan en silencio por un momento.

Luego Barry pregunta:

—¿Qué te hizo matar a Helena en esa primera línea de tiempo?

Slade suspira.

—Yo no era nada. Nadie. Había caminado dormido por la vida. Y entonces se me presentó este... regalo, esta oportunidad para hacerlo todo de nuevo. Piensa lo que quieras de mí, pero no me guardé la silla para mí.

Una bola de luz blanca y caliente florece cerca del puente Golden Gate, iluminando el cielo y el mar más brillante que el más refulgente mediodía. Tan cegadora que Barry no puede evitar mirar hacia otro lado. Cuando vuelve la mirada, una onda expansiva se extiende a través de la bahía y El Presidio.

Mientras una segunda ojiva estalla sobre Palo Alto, Barry mira a Slade.

—¿Cuánta gente crees que acaba de morir en esa fracción de segundo? ¿Cuántos más sufrirán una muerte agonizante por la radiación en las próximas horas si Helena no reinicia esta línea de tiempo? Lo que está pasando en San Francisco está sucediendo en todo Estados Unidos. A las principales ciudades de nuestros aliados. Y estamos descargando nuestro arsenal en Rusia y China. Es aquí donde tu gran sueño nos ha llevado. Y es la quinta vez que ocurre. Entonces, ¿cómo te sientas ahí sabiendo que la sangre de toda esta gente está en tus manos? No estás ayudando a la humanidad a evolucionar, Marcus. Nos estás torturando. No hay futuro para nuestra especie después de esto.

El rostro de Slade no tiene expresión mientras ve dos columnas de fuego subir al cielo como antorchas. Las redes de luz de San Francisco, Oakland y San José se han oscurecido, pero las ciudades arden como los restos de un fuego moribundo.

La onda expansiva de la primera ojiva las alcanza, y a esta distancia, suena como un cañón que resuena en las laderas. Hace que el suelo tiemble bajo ellos.

Slade se frota los brazos desnudos.

—Tienes que volver a lo que pasó primero.

—Lo intentamos. Múltiples veces. Helena regresó a 1986...

—Deja de pensar linealmente. No al principio de esta línea de tiempo. Ni siquiera las últimas cinco o seis. Tienes que volver al evento que comenzó todo esto, y eso es en la original.

—La línea de tiempo original sólo existe en una memoria muerta.

—Exactamente. Tienes que volver y reiniciarla. Es la única manera de evitar que la gente recuerde.

—Pero no se puede trazar un mapa de un recuerdo muerto.

—¿Lo han intentado?

—No.

—Será la cosa más difícil que hayas hecho. Probablemente fallarán, lo que significa que morirán. Pero es posible.

—¿Cómo lo sabes?

—Helena descubrió cómo hacerlo en mi plataforma petrolera.

—Eso no es cierto. Si lo hubiera hecho, habríamos...

Slade se ríe.

—Trata de seguirme, Barry. ¿Cómo crees que sé que funciona? En cuanto descubrimos la técnica, la usé. Volví a un recuerdo muerto y reinicié la línea de tiempo justo antes de que lo descubriera— chasquea los dedos—. Y, puf, borró sus recuerdos del descubrimiento. El suyo y el de todos los demás.

—¿Por qué?

—Porque cualquiera que lo supiera podría hacer justo lo que estás proponiendo ahora. Podrían quitarme la silla, hacer que nunca existiera —mira a Barry a los ojos, la luz de las ciudades en llamas brillan desde sus pupilas—. Yo no era nada. Un drogadicto. Mi vida desperdiciada. La silla me convirtió en algo especial. Me dio la oportunidad de hacer algo que cambiaría el curso de la historia. No podía arriesgar todo eso —sacude la cabeza y sonríe—. Y hay una cierta elegancia en la solución, ¿no crees? Usar el descubrimiento para borrarse a sí mismo.

—¿Cuál es el evento que inició todo esto?

—Maté a Helena el 5 de noviembre de 2018, en la línea de tiempo original. Retrocedan lo más cerca posible a esa fecha... y deténganme.

—¿Cómo...?

Otro parpadeo de luz, a cientos de kilómetros al sur, ilumina todo el mar.

—Ve —dice Slade—. Si no llegas a Helena antes de que muera en el tanque, no recordarás lo que te acabo de decir hasta la próxima...

Y Barry se pone en marcha, baja corriendo la colina hacia la casa principal, saca el celular del bolsillo, se cae, se levanta y marca el número de Helena.

Se lleva el teléfono a la oreja mientras corre hacia las luces de su casa.

Timbrando.

Timbrando.

La onda sonora de la segunda explosión le llega.

El teléfono sigue sonando.

Va al buzón de voz.

Lo tira al suelo cuando llega al nivel del suelo, el sudor le pica en los ojos, la casa está justo enfrente. Grita:

—¡Helena! ¡Espera!

La vivienda es una enorme casa de campo construida junto a un arroyo que serpentea por el valle.

Barry sube las escaleras del porche y atraviesa la puerta principal, gritando el nombre de Helena mientras corre por el salón, derribando una mesa y derramando un vaso de agua que cae en las baldosas.

Luego por el pasillo del ala este, pasando la suite principal, hacia el final del pasillo, donde la puerta de la bóveda del laboratorio está abierta.

—¡Helena, detente!

Baja las escaleras hacia el laboratorio subterráneo que alberga la silla de la memoria y el tanque de privación. Ellos tienen la respuesta. O al menos algo para probar que no requiere otros treinta y tres años. La mirada en el rostro de Slade, brillando a la luz de los distantes incendios nucleares, no era la mirada de un hombre que mentía, sino la de uno que de repente había aceptado lo que había hecho. El dolor que estaba causando.

Barry sale del último escalón del laboratorio. Helena no está en ninguna parte, lo que significa que ya está en la cámara de privación. Las pantallas de la terminal lo confirman, una de ellas muestra el mensaje en rojo: LIBERACIÓN DE DMT DETECTADA.

Llega a la cámara de privación, pone sus manos en la escotilla para abrirla…

El mundo se detiene.

El laboratorio sangra de color.

Está gritando por dentro, tiene que evitar que esto suceda, tienen la respuesta.

Pero no puede moverse, no puede hablar. Helena se ha ido, y también esta realidad.

Se da cuenta de que yace de lado en la oscuridad total.

Sentado, el movimiento de Barry activa un panel de luz sobre él, que se oscurece al principio, luego se ilumina lentamente, mostrando la existencia de una pequeña habitación sin ventanas que contiene la cama, un vestidor y una mesa de noche.

Tira las mantas y se levanta de la cama, tambaléandose.

Va a la puerta y sale a un pasillo esterilizado. Después de quince metros, emerge en una vía principal que lleva a este corredor y a otros tres mientras que también se abre al otro lado a un espacio vital un piso más abajo.

Ve una cocina completa.

Mesa de ping-pong y mesas de billar.

Y un gran televisor con la cara de una mujer detenida en la pantalla.

Tiene una vaga memoria de su rostro, pero no puede recordar su nombre. Toda la historia de su vida está al acecho justo debajo de la superficie, pero no puede comprenderla.

—¿Hola?

Su voz resuena a través de la estructura.

No hay respuesta.

Se dirige al pasillo principal, pasando un cartel pegado a la pared junto a la abertura del siguiente pasillo.

Ala 2. Nivel 2. Laboratorio

Y otra.

Ala 1. Nivel 2. Oficinas

Luego, baja unas escaleras y llega al nivel principal.

Hay un vestíbulo con una suave inclinación hacia delante que se enfría con cada paso, terminando finalmente en una puerta que parece lo suficientemente compleja como para sellar una nave espacial.

Una lectura digital en la pared de al lado muestra las condiciones en tiempo real en el otro lado:

Viento: del NE 56.2 mph; 90.45 kph
Temperatura: –51.9 °F; –46.6 °C
Frío del viento: –106.9 °F; –77.2 °C
Humedad: 27%

Sus calcetines están congelados, y aquí el viento lleva el gemido de un fantasma de voz profunda. Agarra la palanca de la puerta, y siguiendo las instrucciones visuales, la fuerza hacia abajo y en sentido contrario a las agujas del reloj.

Una serie de cerraduras se liberan, la puerta queda libre para girar sobre sus bisagras.

La empuja para abrirla, y la más fría bocanada de aire que ha sentido jamás le golpea en la cara con una sensación más allá de la temperatura. Como si unas uñas le arrancaran la piel. Instantáneamente, siente que los pelos de su nariz se congelan, y cuando respira, se ahoga con el dolor que se desliza por su esófago.

A través de la escotilla abierta, ve una pasarela que baja de la estación hacia la capa de hielo, el mundo cubierto de oscuridad y arremolinándose con agujas de nieve que le pican la cara como metralla.

La visibilidad es de menos de trescientos metros, pero a la luz de la luna puede ver otras estructuras cercanas. Una serie de grandes tanques cilíndricos que él sospecha que es una planta de tratamiento de agua. Una torre oscilante que es una

especie de pórtico o una plataforma de perforación. Un teles-
copio, plegado contra la tormenta. Vehículos de diferentes ta-
maños en pistas continuas.

No puede soportarlo más. Se agarra a la puerta con los dedos que ya empiezan a endurecerse y la obliga a cerrarse. Las
cerraduras se encajan.

El viento sopla desde un grito hasta un sostenido y fantas-
mal gemido.

Sale del vestíbulo y bajo las luces de la prismática y aparentemente vacía estación, su cara arde y despierta con el más mínimo toque de congelación.

En este momento, es un hombre sin memoria, y la sensación de estar a la deriva en el tiempo es un horror existencial
aplastante. Como despertar de un sueño agitado, cuando las
líneas entre la realidad y los sueños son todavía turbias y estás
llamando a los fantasmas.

Todo lo que tiene es su nombre de pila, y un sentido de sí
mismo fuera de foco.

En los asientos alrededor del televisor ve un estuche de DVD
abierto y un control remoto. Se sienta en uno de los sofás,
toma el control y oprime Play.

En la pantalla, la mujer está sentada exactamente donde él
está, con una manta sobre sus hombros y una taza de té humeante en la mesa delante de ella.

Ella sonríe a la cámara y se quita un mechón de pelo blanco de la cara, el corazón de él está bombeando fuerte al verla.

—Esto es raro —se ríe nerviosamente—. Deberías estar
viendo esto el 16 de abril de 2019, nuestro día favorito de la
historia. Tu conciencia y tus recuerdos de la última línea de
tiempo acaban de cambiar. O deberían haberlo hecho. Con
cada nueva iteración, tus recuerdos llegan más lenta y errática-
mente. A veces te pierdes vidas enteras. Así que hice este
video, primero, para decirte que no tengas miedo, ya que probablemente te preguntes por qué estás en una estación de investigación en la Antártida. Y en segundo lugar, porque quiero

decirle algo al Barry que recuerda todas las líneas temporales, que es bastante diferente de la que yo vivo ahora. Así que, por favor, haz una pausa hasta que lleguen tus recuerdos.

Hace una pausa en el video.

Está tan tranquilo aquí.

Nada más que el rugido del viento.

Va a la cocina, y mientras prepara una taza de café, se forma una opresión en su pecho.

Hay una tormenta de emoción en el horizonte.

Su cabeza retumba en la base del cráneo y le sangra la nariz.

El bar de Portland.

Helena.

Su lenta revelación de quién era.

Compraron esta vieja estación de investigación en el cambio de milenio.

La restauraron, y luego volaron la silla y todas sus partes componentes hasta aquí abajo en un 737 fletado privadamente que hizo un aterrizaje terrible en la pista polar.

Trajeron un equipo de físicos de partículas con ellos, que aparentemente habían explorado en una línea de tiempo anterior, que no tenían ninguna idea de la verdadera naturaleza de su investigación. Perforaron núcleos de 45 centímetros de diámetro a 2,500 metros de profundidad en el casquete polar y bajaron detectores de luz altamente sensibles a más de dos kilómetros por debajo del hielo. Los sensores fueron diseñados para detectar neutrinos, una de las partículas más enigmáticas del universo. Los neutrinos no llevan carga, raramente interactúan con la materia normal, y típicamente emergen (y por lo tanto indican) de eventos cósmicos como supernovas, núcleos galácticos y agujeros negros. Cuando un neutrino golpea un átomo en la Tierra, crea una partícula llamada muon, que se mueve más rápido que la luz en un sólido, causando que el hielo emita luz. Estas ondas de luz causadas por los muones que pasan a través del hielo sólido es lo que buscaban.

La teoría de Barry, heredada de líneas temporales anteriores, era que si los microagujeros negros y los agujeros de gusano parpadeaban

326

dentro y fuera de la existencia cuando la conciencia de alguien reaparaciera en un recuerdo anterior, estos detectores de luz registrarían las ondas de luz causadas por los muones, provocados por los neutrinos que se expulsan de los agujeros negros y se estrellan contra el núcleo de los átomos de la Tierra.

No llegaron a ninguna parte.

No descubrieron nada.

El equipo de físicos de partículas se fue a casa.

Seis vidas persiguiendo una comprensión más profunda de la memoria y todo lo que habían conseguido era posponer lo inevitable. Mira hacia la pantalla, donde Helena está congelada en medio del gesto. Ahora vienen los recuerdos muertos de las líneas de tiempo anteriores. Sus vidas en Arizona, Denver, en la escarpada costa de Maine. Su vida sin ella en la ciudad de Nueva York, su vida juntos en Escocia. Pero todavía hay agujeros. Tiene flashes de la última línea de tiempo cerca de San Francisco, pero está incompleta, no puede recordar los últimos días de ella, cuando el mundo recordó.

Presiona el botón de Play.

—*¿Así que has recordado? Bien. La única razón de que estés viendo esto es porque me he ido.*

Las lágrimas se liberan. Es la sensación más extraña. Mientras que el Barry de esta línea de tiempo sabe que está muerta, simultáneamente los Barrys de las líneas de tiempo anteriores registran el dolor de su pérdida por primera vez.

—*Lo siento, cariño.*

Recuerda el día en que murió, hace ocho semanas. Ella se veía… casi infantil en ese momento, su mente se había ido. Tuvo que alimentarla, vestirla, bañarla.

Pero esto fue mejor que el momento justo antes, cuando le quedaba suficiente función cognitiva para ser consciente de su confusión completa. En sus momentos de lucidez, describió la sensación como si se hubiera perdido en un bosque de ensueño, sin identidad, sin sentido de cuándo o dónde estaba. O alternativamente, estando absolutamente segura de que tenía quince años y aún vivía con sus padres en Boulder, e intentaba cuadrar su entorno extraño con su sentido del lugar, el tiempo y el yo. A menudo se preguntaba si esto era lo que su madre sentía en su último año.

—*Esta época, antes de que mi mente empezara a quebrarse, fue la mejor de todas. De mi larga vida. ¿Recuerdas ese viaje que hicimos, creo que fue durante nuestra primera vida juntos, para ver migrar a los pingüinos emperadores? ¿Recuerdas cómo nos enamoramos de este continente? ¿La forma en que te hace sentir como si fueras la única persona en el mundo? Una especie de apropiación, ¿no?* —ella mira fuera de cámara, dice—: *¿Qué? No te pongas celoso. Algún día lo verás. Llevarás el conocimiento de cada momento que pasamos juntos, todos los ciento cuarenta y cuatro años.*

Ella mira a la cámara.

—*Tengo que decirte, Barry, que no podría haber llegado tan lejos sin ti. No podría haber seguido tratando de detener lo inevitable. Pero hoy nos detenemos. Como ya sabes, he perdido la capacidad de mapear la memoria. Como Slade, usé la silla demasiadas veces. Así que no volveré. Y aunque volvieras a un punto en la línea de tiempo en el que mi conciencia fuera joven y no viajara, no hay garantías de que pudieras convencerme de construir la silla. ¿Y con qué fin? Lo hemos intentado todo. Física, farmacología, neurología. Incluso nos hemos topado con Slade. Es hora de admitir que fallamos y dejar que el mundo siga destruyéndose a sí mismo, lo que parece tan ansioso de hacer.*

Barry se ve a sí mismo entrar en el cuadro y tomar asiento al lado de Helena. Pone su brazo alrededor de ella. Ella se acurruca en él, su cabeza en su pecho. Una sensación tan surrealista que ahora recuerda el día en que decidió grabar un mensaje para el Barry que un día se fusionaría en su conciencia.

—*Tenemos cuatro años hasta el día del juicio final.*

—*Cuatro años, cinco meses, ocho días* —dice Barry en la pantalla—. *¿Pero quién está contando?*

—*Vamos a pasar ese tiempo juntos. Ahora tienes esos recuerdos. Espero que sean hermosos.*

Lo son.

Antes de que su mente se rompiera completamente, tuvieron dos buenos años, que vivieron libres de la carga de tratar de impedir que el mundo recordara. Vivieron esos años simple y silenciosamente. Caminatas en la capa de hielo para ver la aurora austral. Juegos, películas y cocina aquí abajo en el nivel principal. El viaje ocasional a la Isla Sur de Nueva Zelanda o a la Patagonia. Sólo estar juntos. Mil pequeños momentos, pero suficientes para hacer que la vida valga la pena.

Helena tenía razón. Fueron los mejores años de su vida también.

—*Es extraño* —dice ella—. *Estás viendo esto ahora mismo, presumiblemente dentro de cuatro años, aunque estoy segura de que lo verás antes para mirar mi cara y oír mi voz después de que me vaya.*

Es verdad. Por eso lo hizo.

—*Pero mi momento se siente tan real para mí como el tuyo para ti. ¿Ambos son reales? ¿Es sólo nuestra conciencia la que lo hace así? Puedo imaginarte sentado ahí dentro de cuatro años, aunque estés a mi lado en este momento, en mi momento, y siento que puedo alcanzarte a través de la cámara y tocarte. Ojalá pudiera. He experimentado más de doscientos años, y al final de todo creo que Slade tenía razón. Es sólo un producto de nuestra evolución la forma en que experimentamos la realidad y el tiempo de un momento a otro. La forma en que diferenciamos entre pasado, presente y futuro. Pero somos lo suficientemente inteligentes como para ser conscientes de la ilusión, incluso mientras vivimos de ella, y así, en momentos como éste —cuando puedo imaginarte sentado exactamente donde estoy, escuchándome, amándome, echándome de menos— nos tortura. Porque yo estoy encerrada en mi momento y tú en el tuyo.*

Barry se limpia los ojos, todo el peso emocional de los últimos dos años con ella, y los dos meses solos, aplastándolo. Sólo esperó a experimentar este séptimo aniversario para ver qué se sentía al ser una persona con numerosas historias. Para entenderse del todo a sí mismo. Una cosa es que le digan que tuvo una hija. Otra es recordar completamente el sonido de su risa. Los primeros segundos de sostenerla. La totalidad de todos los momentos es demasiado para soportarlo.

—No vuelvas por mí, Barry.

Ya lo hizo. La mañana en que se dio la vuelta y la encontró muerta a su lado, usó la silla para retroceder un mes y estar con ella un poco más. Luego, cuando ella murió, lo hizo de nuevo. Y otra vez. Se suicidó diez veces en el tanque para posponer el gran silencio y la soledad de la vida sin ella en este lugar.

Helena dice:

—*Ahora él ha salido de este extraño mundo un poco antes que yo. Eso no significa nada. "La gente como nosotros, que creemos en la física, sabemos que la distinción entre el pasado, el presente y el futuro es solo una ilusión obstinadamente persistente. Einstein dijo eso sobre su amiga Michele Besso. Encantador, ¿verdad? Creo que tenía razón.*

El Barry de la pantalla está llorando.

El Barry de este momento está llorando.

—*Diría que valió la pena construir accidentalmente una silla que destruye el mundo porque te trajo a mi vida, pero eso es probablemente una mala forma de decirlo. Si te despiertas el 16 de abril de 2019, y el mundo de alguna manera no recuerda e implosiona, espero que sigas sin mí y tengas una vida increíble. Busca tu felicidad. La encontraste conmigo, lo que significa que es alcanzable. Si el mundo recuerda, hicimos lo que pudimos, y si te sientes solo al final, Barry, sabes que estoy contigo. Tal vez no en tu momento. Pero estoy en éste. Mi corazón.*

Besa al Barry que está a su lado y le da un beso a la cámara. La pantalla se pone negra.

Enciende las noticias, ve cinco segundos de un frenético presentador de la BBC informando que el Estados Unidos continental ha sido golpeado por varios miles de ojivas nucleares, y luego apaga la televisión.

Barry se mueve a través del vestíbulo, hacia la puerta que lo mantiene protegido del frío mortal.

Está en un antiguo recuerdo de Julia. En él, ella es joven, y él también. Meghan está allí, y están acampando en el lago Lágrima de las Nubes, en lo alto de las Adirondacks.

El momento se siente lo suficientemente cerca como para tocarlo. El olor de los árboles siempre perennes. El sonido de la voz de su hija. Pero el dolor de la memoria cuelga como una nube negra en su pecho.

Últimamente, ha estado leyendo a los grandes filósofos y físicos. De Platón a Aristóteles. Desde el tiempo absoluto de Newton hasta el relativismo de Einstein. Una verdad parece emerger de la cacofonía de teorías y filosofías: nadie tiene ni una pista. San Agustín lo dijo perfectamente en el siglo IV: "¿Qué es entonces el tiempo? Si nadie me pregunta, sé lo que es. Si quiero explicárselo al que pregunta, no lo sé".

Algunos días, se siente como un río que pasa por delante de él. Otros, como algo que se desliza por la superficie. A veces, se siente como si todo ya hubiera sucedido, y él está experimentando rodajas incrementales, momento a momento, su conciencia como la aguja en los surcos de un disco que ya existe: principio, medio y final.

Como si nuestras elecciones, nuestros destinos, estuvieran bloqueados desde nuestro primer aliento. Estudia la lectura de la puerta:

Viento: Calma
Temperatura: –83.9 °F; –64.4 °C
Frío del viento: –83.9 °F; –64.4 °C
Humedad: 14%

Pero en una noche como ésta, de mente inquieta y sueños de fantasmas, el tiempo se siente secundario a la verdadera memoria principal. Tal vez la memoria es fundamental, la cosa de la que surge el tiempo.

El dolor de la memoria se ha ido, pero no se resiste a su visión. Ha vivido lo suficiente para saber que el dolor de la memoria es porque hace muchos años, en una línea de tiempo muerta, experimentó un momento perfecto.

No importa la hora que sea. Durante los próximos seis meses, siempre será de noche.

El viento ha muerto, pero la temperatura ha caído en picada hasta una pestaña congelada a 62 grados bajo cero. La estación de investigación está a un kilómetro de distancia, la única mancha de luz hecha por el hombre en el vasto desierto polar.

No hay características terrestres de las que hablar. Desde donde está sentado, no hay nada más que una llanura plana y blanca de hielo esculpido por el viento que se extiende hacia todos los horizontes.

Parece imposible, sentado aquí solo en la quietud perfecta, que el resto del mundo se haga pedazos. Es aún más extraño que todo sea por una silla creada accidentalmente por la mujer que ama.

Está enterrada en el hielo a su lado, a un metro de profundidad en un ataúd que construyó con trozos de pino de la carpintería. Hizo un pequeño marcador con el mejor trozo de roble que pudo encontrar y talló un pequeño epitafio en la madera, su único propósito estos últimos dos meses.

Helena Gray Smith
Nacida el 19 de julio de 1970 en Boulder, Colorado
Murió el 14 de febrero de 2019 en la Antártida
Una valiente y hermosa genio amada por Barry Sutton
La salvadora de Barry Sutton

Él mira a través de la capa de hielo. Ni siquiera un soplo de viento. Nada se mueve.

Un mundo perfectamente congelado.

Como si estuviera fuera del tiempo.

Los meteoros surcan el cielo, y las luces del sur acaban de empezar a bailar en el horizonte, una cinta parpadeante de verde y amarillo.

Barry se asoma por el borde del agujero junto al de Helena. Respira fríamente, luego desliza una pierna por un lado y baja por debajo de la superficie de la llanura.

Sus hombros tocan los lados, y hay un espacio hueco entre su agujero y el de Helena para que pueda alcanzar y tocar su ataúd de pino.

Se siente bien estar cerca de ella otra vez. O lo que una vez fue ella.

Las dimensiones de su tumba enmarcan el cielo nocturno.

Mirar al espacio desde la Antártida se siente como mirar al espacio desde el espacio. En una noche como ésta, sin viento, sin clima, sin luna, la mancha de la Vía Láctea se parece más a un fuego celestial, rebosante de colores que no se verían en ningún otro lugar de la Tierra.

El espacio es uno de los pocos lugares donde el tiempo tiene sentido para él. Sabe, a nivel intelectual, que cuando mira cualquier objeto, está mirando hacia atrás en el tiempo. En el caso de su propia mano, le toma a la luz un nanosegundo, una mil millonésima de segundo, para transportar la imagen a sus ojos. Cuando mira a la estación de investigación desde un kilómetro de distancia, está viendo la estructura tal como existía hace 2,640 nanosegundos.

Parece instantáneo, y para todos los intentos y propósitos, lo es.

Pero cuando Barry mira al cielo nocturno, está viendo estrellas cuya luz tardó un año, o cien, o un millón en llegar a él. Los teleobjetivos que miran al espacio profundo están viendo luz de diez mil millones de años de edad de estrellas que se fusionaron justo después de que el universo comenzó.

Está mirando hacia atrás, no sólo a través del espacio sino también a través del tiempo.

Siente más frío que cuando estaba caminando hacia su tumba,

pero no lo suficientemente frío. Va a tener que abrir su parka y quitarse algunas capas.

Se sienta, se quita la capa exterior de su guante derecho y lo mete en su bolsillo.

Saca una botella de whisky, que se mantiene caliente gracias a la proximidad de su cuerpo y el aire atrapado entre las capas de ropa. Afuera, hace más que suficiente frío para congelarse en un minuto.

Luego, saca el frasco de oxicodina. Contiene cinco tabletas de 20 mg, y si no lo matan de inmediato, seguramente lo pondrán en un sueño profundo mientras el frío termina con él.

Abre el frasco y se lleva las pastillas a la boca, enjuagándolas con varios tragos de whisky helado que aún se siente caliente cuando llega a su estómago.

Ha estado imaginando este momento obsesivamente desde que Helena murió.

La soledad ha sido insoportable sin ella, y al mundo del más allá no le queda nada, si es que sigue existiendo. Ya no quiere saber qué pasará después.

Se acuesta en la tumba, pensando que esperará a abrir su parka hasta que sienta los primeros efectos de la droga, cuando llegue un recuerdo.

Pensó que los tenía todos, pero ahora los últimos momentos de la línea de tiempo anterior aparecen.

Slade dice...

—*Tienes que volver a lo que pasó primero.*

—*Lo intentamos. Múltiples veces. Helena regresó a 1986...*

—*Deja de pensar linealmente. No al principio de esta línea de tiempo. Ni siquiera las últimas cinco o seis. Tienes que volver al evento que comenzó todo esto, y eso es en la original.*

—*La línea de tiempo original sólo existe en una memoria muerta.*

—*Exactamente. Tienes que volver y reiniciarlo. Es la única manera de evitar que la gente recuerde. Maté a Helena el 5 de noviembre de 2018, en la línea de tiempo original. Vuelve lo más cerca posible de esa fecha... y detenme.*

Joder.

Recuerda haber corrido colina abajo, dentro de la casa, gritando su nombre. Sus manos se congelaron en la escotilla de la cámara de privación cuando la línea de tiempo terminó.

¿Y si Slade tenía razón? ¿Y si esas viejas líneas de tiempo siguen ahí fuera? Toma su recuerdo del lago Lágrima de las Nubes. Podía ver claramente los rostros de Julia y Meghan. Recordó sus voces. ¿Y si pudiera reiniciar una memoria muerta por la fuerza de su conciencia respirando vida y fuego hasta la zona gris?

¿Existe la posibilidad de que también haga retroceder la conciencia de todos los demás a esa línea de tiempo muerta?

Y si pudiera volver, no sólo a una línea de tiempo anterior, sino a la original, no habría falsos recuerdos de las líneas de tiempo posteriores, y tampoco de las anteriores.

Porque no hay líneas de tiempo anteriores a la original.

Sería como si nada de esto hubiera ocurrido.

Ya se ha tomado las pastillas. Probablemente tiene una media hora, tal vez más, antes de que la droga haga efecto.

Se sienta en la tumba, despierto.

Los pensamientos se aceleran.

Tal vez Slade estaba mintiendo, pero ¿quedarse aquí, matándose junto al cuerpo de Helena mientras se ahoga en el recuerdo de ella, será el mismo fetichismo de nostalgia que hizo con Meghan? ¿Otro ejemplo de añoranza por el pasado inalcanzable?

De vuelta a la estación, Barry agarra un casco y la tableta que controla la terminal. Se sube a la silla y baja el microscopio MEG sobre el casco, que comienza a zumbar suavemente.

Corre el kilómetro desde la tumba de Helena hasta la estación, y cree que tiene diez o quince minutos antes de que la oxicodina haga efecto. Ha vivido los eventos de la línea de tiempo original varias veces, Julia, Meghan, la muerte de su hija, su divorcio, su vida como policía en la ciudad de Nueva

York. En su mente, los recuerdos de los muertos se superponen, cada vida se manifiesta en el ojo de su mente como un cuadro gris y embrujado. Pero cuanto más antigua es la línea de tiempo, más oscura se vuelve, como el whisky que queda en el barril. Finalmente rodea la línea de tiempo más antigua… más oscura que el cine negro más deprimente y lleva la gravedad palpable del original.

Despierta la tableta y abre un nuevo archivo para registrar la memoria. Se está quedando sin tiempo.

No recuerda nada sobre el 5 de noviembre de 2018. Es sólo una fecha en la cabeza de Slade, y de una conversación que tuvo con Helena hace muchas, muchas vidas.

Pero el 4 de noviembre es el cumpleaños de Meghan. Sabe exactamente dónde estaba.

Barry pulsa Record y recuerda.

Cuando termina, espera a que el programa calcule el número sináptico de la memoria. Se le ocurre que si el número es demasiado bajo, tendrá que buscar en el programa y desactivar el firewall, y eso le llevará más tiempo del que tiene.

La tableta muestra un número.

121.

Apenas en la zona segura.

Barry se coloca un puerto de inyección en su antebrazo izquierdo y carga el coctel de drogas en el mecanismo.

Sigue pensando que siente los primeros signos de la oxicodina mientras programa la secuencia de reactivación de la memoria en la terminal, pero pronto está desnudo y subiendo al tanque.

Flotando de espaldas en el agua, levanta la mano y cierra la escotilla sobre él.

Su mente va en mil direcciones diferentes.

Esto va a fallar y tú vas a morir en este tanque.

Que se joda el mundo, salva a Meghan.

Vuelve ahí fuera y muere al lado de tu mujer como lo has estado intentando durante los últimos dos meses.

Tienes que seguir intentándolo. Helena querría esto.

Hay una sutil vibración en su antebrazo izquierdo. Cierra los ojos y respira profundamente, preguntándose si será la última.

BARRY

El mundo se mantiene tan quieto como una pintura, sin movimiento, vida o color, y sin embargo, es consciente de su propia existencia.

Sólo puede ver en la dirección que está mirando, a través de un conjunto de mesas hacia el oeste, hacia el río, el agua casi negra.

Todo está congelado.

Todo en tonos de gris.

En línea recta, un camarero, oscuro como una silueta, lleva una jarra de agua helada.

La gente ocupa mesas a la sombra de parasoles, atrapados en momentos de risas, de comer y beber, llevándose las servilletas a la boca. Pero no hay movimiento. Bien podrían estar tallados en una urna.

Justo al frente ve a Julia, ya sentada a la mesa. Ella lo está esperando, pausada en un momento de ansiedad, y él tiene un miedo aterrador de que ella lo espere para siempre.

Esto no es nada como volver a un recuerdo en una línea de tiempo en vivo. Es un proceso de encarnarse lentamente a medida que las sensaciones de la memoria te inundan. Entras en acción y energía.

Aquí, no hay ninguna.

Y se le ocurre que finalmente está en un momento del *ahora*. Sea lo que sea o en lo que se haya convertido, Barry tiene una libertad de movimiento que nunca había conocido. Ya no está en el espacio tridimensional, y se pregunta si esto es lo que Slade quiso decir con… *Y tal vez nunca lo haga, a menos que pueda viajar como yo lo he hecho.* ¿Fue así como Slade experimentó el universo?

Imposiblemente, mira dentro de sí mismo y mira fijamente a través de…

No sabe qué es exactamente.

No inmediatamente, al menos.

Está atrapado en el borde principal de algo que le recuerda un camino estelar en el tiempo, sólo que es una parte de él, tanto una extensión de su ser como su brazo o su mente, cayendo y espiando sobre sí mismo en una forma brillante y fractal más hermosa y misteriosa que cualquier otra cosa en su experiencia. Y sabe, a un nivel que no puede empezar a explicar, que ésta es su línea original, y que contiene la amplitud de su existencia formada por la memoria.

Cada recuerdo que ha hecho.

Cada recuerdo que lo ha conformado.

Pero ésta no es su única línea de mundo. Otras se ramifican de éste, retorciéndose y girando sobre sí mismas a través del espacio-tiempo. Él siente la línea de recuerdos cuando salvó a Meghan de ser atropellada.

Un trío de líneas menores, cada una de las cuales terminó con su muerte en el hotel de Slade.

En las vidas subsiguientes, él y Helena vivieron en sus intentos de evitar el final de la realidad.

Incluso las ramas que él creó en su última vida en la Antártida, radios de memoria que forman las diez veces que murió en el tanque para estar con ella de nuevo.

Pero nada de eso importa ya.

La línea de tiempo en la que está es la original, y está acelerando contra el río de su vida, chocando contra los recuerdos olvidados, entendiendo finalmente que la memoria es lo único de lo que está hecho.

Lo único de lo que está hecho todo.

Cuando la aguja de su conciencia toca un recuerdo, su vida comienza a correr, y se encuentra en un momento congelado…

El olor de las hojas muertas y el fresco del otoño en la ciudad, sentado en el Ramble en Central Park, llorando después de firmar sus papeles de divorcio.

Moverse de nuevo…

Más rápido ahora…

A través de más recuerdos de los que puede contar.

Tan numerosos como las estrellas que miran fijamente a través de un universo que es él.

El funeral de su madre, mirando su ataúd abierto, sus manos en las de ella y la fría rigidez de las mismas mientras estudia su cara, pensando: Ése no eres tú…

El cuerpo de Meghan en la losa, su torso aplastado y cubierto por un moretón oscuro.

Encontrarla a un lado de la carretera cerca de su casa.

¿Por qué estos momentos?, se pregunta.

Conduce a través de los suburbios en una fría y oscura noche entre el día de acción de gracias y la Navidad, Julia en el asiento del pasajero delantero a su lado, Meghan en la parte trasera, todos tranquilos y contentos, mirando las luces navideñas a través de las ventanas, una exhalación en medio del viaje de la vida, entre las tormentas, donde todo se ha asentado en una alineación fugaz.

Arrancado de nuevo, ahora se precipita a través de un túnel cuyas paredes de la memoria se están derrumbando sobre él.

Meghan al volante de su Camry, con la parte trasera atravesando la puerta del garaje, su cara roja y con lágrimas deslizándose, mientras sus nudillos blancos se aferraban al volante.

Las rodillas de Meghan manchadas de hierba, después de un partido de futbol, de seis años, su cara enrojecida y feliz.

Los primeros pasos de Meghan, tambaleándose en su estudio de Brooklyn.

¿Cuál es la realidad de este momento?

La primera vez que toca a su hija en una habitación de hospital: su mano a un lado de su pequeña mejilla.

Julia lo toma de la mano, lo lleva al dormitorio de su primer depar-
tamento, lo sienta y le dice que está embarazada.

¿Estoy en mis últimos segundos en el tanque de privación
en la Antártida, revisando mi vida mientras se escapa?

Conduce a casa después de su primera cita con Julia y la ingrávi-
da euforia de la esperanza de haber encontrado alguien a quien amar.

¿Y si esto no es más que los últimos disparos eléctricos de mi
cerebro moribundo? ¿Una actividad neuronal frenética que altera mi percepción de la realidad y conjura recuerdos aleatorios?

¿Es esto lo que todo el mundo experimenta al morir?

¿El túnel y la luz?

¿Este falso cielo?

¿Significa esto que he fallado en reiniciar la línea de tiempo
original y el mundo está acabado?

¿O estoy fuera de tiempo, siendo arrastrado al aplastante
agujero negro de mis propios recuerdos?

Sus manos en el ataúd de su padre y la dura realidad de que la vida
es dolor y siempre lo será.

A los quince años, le llaman a la oficina del director de la escuela
donde su madre está sentada en el sofá, llorando, y él sabe antes de que
le digan que algo le pasó a su padre.

Los labios secos y las manos temblorosas de la primera chica que
besó en la secundaria.

Su madre empujando un carrito de la compra por el pasillo del café
de una tienda de cerámica y él arrastrándose por detrás, con un cara-
melo robado en su bolsillo.

Una mañana, junto a su padre, en la entrada de su casa en Portland,
Oregón, los pájaros se callaron, todo quieto, y el aire tan frío como la
noche. La cara de su padre mirando el momento de la totalidad es más
impresionante que el eclipse en sí mismo. ¿Con qué frecuencia ve a sus
padres asombrados?

Acostados en la cama en el segundo piso de la granja de sus abue-
los en New Hampshire cuando una tormenta de verano llega desde las
Montañas Blancas, empapando los campos y los manzanos y golpe-
teando el techo de hojalata.

La vez que estrelló su bicicleta y se rompió el brazo cuando tenía seis años.

La luz que entra por una ventana y las sombras de las hojas que bailan en la pared sobre una cuna. Es tarde, no sabe cómo lo sabe, y el tono del canto de su madre atraviesa las paredes y llega a su guardería.

Mi primer recuerdo.

No puede explicar por qué, pero parece el recuerdo que ha estado buscando toda su vida, y la seductora gravedad de la nostalgia está atrayendo su conciencia, porque esto no es sólo la quintaesencia, el recuerdo esencial del hogar, es el momento seguro y perfecto, antes de que la vida tuviera un dolor real.

Antes de que fracasara.

Antes de que perdiera a la gente que amaba.

Antes de que experimentara despertar con miedo de que sus mejores días estuvieran ya detrás de él.

Sospecha que podría deslizar su conciencia en este recuerdo como un viejo en una cama caliente y suave. Vive este momento perfecto para siempre.

Podría haber destinos peores.

Y tal vez no mejores.

¿Es esto lo que quieres? ¿Dejarte caer en foto fija de un recuerdo porque la vida te ha roto el corazón?

Durante muchas vidas, vivió en un estado de perpetuo arrepentimiento, volviendo obsesiva y destructivamente a tiempos mejores, a momentos que deseaba cambiar. La mayoría de esas vidas las vivió mirando por el espejo retrovisor.

Hasta Helena.

El pensamiento viene casi como una oración, no quiero mirar más atrás. Estoy listo para aceptar que mi existencia a veces contendrá dolor. No más intentos de escapar, ya sea por nostalgia o por una silla de la memoria. Ambos son la misma maldita cosa.

La vida con un código de engaños no es vida. Nuestra existencia no es algo que se pueda diseñar u optimizar para evitar el dolor.

Eso es lo que es ser humano, la belleza y el dolor, cada uno es carente de sentido sin el otro.

Y está en la cafetería otra vez.

Las aguas del Hudson se vuelven azules y comienzan a fluir. El cielo recupera su color, los rostros de los clientes, los edificios, cada superficie. Siente el aire fresco de la mañana que sale del río en su cara. Huele la comida. El mundo de repente es vibrante, rebosante del sonido de la gente riendo y hablando a su alrededor.

Está respirando.

Está parpadeando.

Sonriendo y llorando.

Y caminando por fin hacia Julia.

EPÍLOGO

La vida sólo puede ser entendida en retrospectiva;
pero debe ser vivida hacia delante.

Søren Kierkegaard

4 de noviembre de 2018

La cafetería ocupa un lugar pintoresco a orillas del Hudson, a la sombra de la West Side Highway. Barry y Julia comparten un breve y frágil abrazo.

—¿Estás bien? —pregunta ella.

—Sí.

—Me alegro de que hayas venido.

El camarero se acerca para tomar sus órdenes de bebidas, y platican de cualquier cosa hasta que llega el café.

Es un domingo, hay una multitud en el brunch, y en el incómodo silencio inicial con Julia, Barry comprueba con presión sus recuerdos. Su hija murió hace once años.

Julia se divorció de él poco después.

Nunca conoció a Marcus Slade o a Ann Voss Peters.

Nunca viajó de vuelta a un recuerdo para salvar a Meghan.

El síndrome del falso recuerdo nunca ha plagado el mundo.

La realidad y el tiempo nunca se han desentrañado en las mentes de miles de millones. Y nunca ha puesto los ojos en Helena Smith. Sus muchas vidas juntos tratando de salvar al mundo de los efectos de la silla han sido desterrados al páramo de la memoria muerta.

No hay duda… puede sentirlo en sus huesos.

Esta línea de tiempo es la primera, la original.

Barry mira a Julia desde el otro lado de la mesa y le dice:

—Me alegro mucho de verte.

Hablan de Meghan, de lo que cada uno imagina que haría con su vida, y es todo lo que Barry puede hacer para no decirle a Julia que realmente lo sabe. Que lo ha visto de primera mano en un recuerdo lejano e inalcanzable. Que su hija habría sido más vital, más testaruda y más amable de lo que cualquiera de sus especulaciones podría hacer justicia a su memoria.

Cuando llega la comida, recuerda a Meghan sentada a la mesa con ellos. Jura que casi puede sentir su presencia, como un miembro fantasma. Y aunque le duele, no lo rompe como lo habría hecho una vez. El recuerdo de su hija duele porque él experimentó una cosa hermosa que desde entonces se ha ido. Lo mismo que con Julia. Lo mismo que con toda la pérdida que ha experimentado.

La última vez que vivió este momento con Julia recordaron un viaje familiar a las Adirondacks, al lago Lágrima de las Nubes, la fuente del Hudson.

Y la mariposa que seguía viniendo le hizo pensar en Meghan.

Julia dice:

—Pareces estar mejor.

—¿Sí?

—Sí.

Es otoño tardío en la ciudad, Barry piensa que esta realidad se siente cada vez más sólida. No hay cambios que amenacen con derribar todo.

Está cuestionando su memoria de todas las otras líneas temporales. Incluso Helena se siente más como una fantasía que se desvanece que como una mujer a la que tocó y a la que amó.

Lo que se siente real en este momento no es su recuerdo fantasma de ver una onda expansiva vaporizar el Upper West Side. Lo que se siente real son los sonidos de la ciudad, la gente en las mesas a su alrededor, su exesposa, el aliento entrando y saliendo de sus pulmones.

Para todos, excepto para él, el pasado es un concepto singular.

No hay historias conflictivas.

No hay falsos recuerdos.

Las líneas de tiempo muertas del caos y la destrucción son las únicas que puede recordar.

Cuando llega la cuenta, Julia trata de pagar, pero él se la quita y pone su tarjeta.

—Gracias, Barry.

Se extiende al otro lado de la mesa y toma su mano, registrando la sorpresa en sus ojos por este gesto de intimidad.

—Necesito decirte algo, Julia.

Él mira hacia el Hudson. La brisa que sale del agua lleva una bocanada fresca, y el sol es cálido en sus hombros. Los barcos turísticos suben y bajan el río. El ruido del tráfico es incesante en la autopista de arriba. El cielo se entrecruza con las descoloridas estelas de mil aviones.

—Estuve enfadado contigo durante mucho tiempo.

—Lo sé —dice ella.

—Pensé que me habías dejado por Meghan.

—Tal vez. No lo sé. Era demasiado para seguir respirando el mismo aire que tú en esos días oscuros.

Él niega con la cabeza.

—Creo que si tú y yo pudiéramos volver a antes de que muriera, aunque pudiéramos evitarlo de alguna manera, tú habrías seguido tu camino y yo el mío. Creo que estábamos destinados a estar juntos por un tiempo. Tal vez perder a Meghan acortó nuestra vida, pero incluso si hubiera vivido, seguiríamos separados en este momento.

—¿Realmente crees eso?

—Sí, y lamento haberme aferrado a la ira. Siento que sólo haya visto esto ahora. Tuvimos tantos momentos perfectos, y durante mucho tiempo no pude apreciarlos. Sólo podía mirar atrás con pesar. Esto es lo que quería decirte: no cambiaría nada. Me alegro de que hayas entrado en mi vida cuando lo hiciste.

Me alegro por el tiempo que tuvimos. Me alegro por Meghan, y de que haya venido de parte de los dos. Que no pudo haber venido de otras dos personas. No me retractaría ni un segundo de nada de eso.

Se limpia una lágrima.

—Todos estos años, pensé que deseabas no haberme conocido. Pensé que me culpabas de haber arruinado tu vida.

—Sólo estaba sufriendo.

Ella le aprieta la mano.

—Siento que no hayamos sido el uno para el otro, Barry. Tienes razón en eso, y lo siento por todo lo demás.

BARRY

5 de noviembre de 2018

El loft está en el tercer piso de un almacén convertido en el Dogpatch de San Francisco, un antiguo barrio de construcción naval en la bahía.

Barry estaciona el coche de alquiler a tres manzanas y camina hasta la entrada del edificio.

La niebla es tan densa que suaviza los bordes de la ciudad, cubriendo todo con una laca gris y difuminando los globos de iluminación de los postes de luz, convirtiéndolos en órbitas etéreas. Le recuerda, en cierto modo, la paleta de colores de un recuerdo muerto, pero le gusta el anonimato que proporciona.

Una mujer que se dirige hacia la noche abre la puerta principal. Él se desliza a su lado y entra en el vestíbulo, subiendo dos tramos de escaleras y luego bajando un largo pasillo hacia la Unidad 7.

Llama, espera.

Nadie responde.

Llama de nuevo, esta vez con más fuerza, y después de un momento, la suave voz de un hombre llega por la puerta.

—¿Quién es?

—Detective Sutton —Barry retrocede y sostiene su placa en la mirilla—. ¿Podría hablar con usted?

—¿De qué se trata?

—Sólo abra la puerta, por favor —pasan cinco segundos.

Barry piensa: *No me va a dejar entrar.*

Guarda su placa, y mientras da un paso atrás para patear la puerta, la cadena del otro lado se desliza y un cerrojo se gira.

Marcus Slade está de pie en el umbral.

—¿En qué puedo ayudarle? —Slade pregunta.

Barry pasa junto a él, en un pequeño y desordenado loft con grandes ventanas que dan a un astillero, a la bahía y a las luces de Oakland más allá.

—Bonito lugar —dice Barry mientras Slade cierra la puerta.

Barry se mueve hacia la mesa de la cocina y recoge un almanaque deportivo de los años noventa y luego un enorme volumen titulado *The SRC Green Book of 35. Year Historical Stock Charts.*

—¿Lectura casual? —pregunta.

Slade parece nervioso y molesto. Tiene las manos metidas en los bolsillos de su saco verde, y sus ojos se mueven de un lado a otro, parpadeando a intervalos irregulares.

—¿A qué se dedica, señor Slade?

—Trabajo para Industrias Ion.

—¿Haciendo qué?

—Investigación y desarrollo. Soy asistente de una de sus científicas principales.

—¿Y qué tipo de cosas hacen ustedes? —pregunta Barry mientras examina un montón de páginas que se imprimieron recientemente de un sitio web… *Los históricos de los números ganadores de la lotería por estado.*

Slade se acerca y le quita las páginas de la mano a Barry.

—La naturaleza de nuestro trabajo está protegida por un

acuerdo de confidencialidad. ¿Por qué está aquí, detective Sutton?

—Estoy investigando un asesinato.

Slade se endereza.

—¿Quién fue asesinado?

—Bueno, éste es uno raro —Barry mira a los ojos de Slade—. No ha ocurrido todavía.

—No entiendo.

—Estoy aquí por un asesinato que va a ocurrir más tarde esta noche —Slade traga, parpadea—. ¿Qué tiene que ver esto conmigo?

—Sucederá en su lugar de trabajo, y el nombre de la víctima es Helena Smith. Es su jefa, ¿verdad?

—Sí.

—Ella también es la mujer que amo.

Slade está de pie frente a Barry, la mesa de la cocina entre ellos, sus ojos se abren de par en par. Barry señala los libros.

—¿Así que tienes todas estas cosas memorizadas? Obviamente, no puedes llevártelas contigo.

Slade abre la boca y la cierra de nuevo. Luego dice:

—Quiero que se vaya.

—Por cierto, funciona.

—No sé de qué está hablando…

—Tu plan. Funciona como un éxito de ventas. Te haces rico y famoso. Desafortunadamente, lo que haces esta noche causa el sufrimiento de miles de millones y el fin de la realidad y el tiempo tal como lo conocemos.

—¿Quién es usted?

—Sólo un policía de la ciudad de Nueva York.

Mira fijamente a Slade durante diez largos segundos.

—Salga.

Barry no se mueve. El único ruido en el loft es el sonido irregular de la respiración acelerada de Slade. El teléfono de Slade suena en la mesa. Barry mira hacia abajo, y ve un nuevo texto de "Helena Smith" en la pantalla de inicio.

Claro. Puedo reunirme contigo en dos horas.
¿Cuál es el problema?

Barry finalmente se dirige a la puerta.

Está a tres pasos de ella cuando escucha un *clic*. Y otro. Y otro. Se da la vuelta lentamente y mira al otro lado del loft a Slade, quien mira boquiabierto al revólver .357 con el que habría matado a Helena dentro de varias horas. Ve a Barry, que debería estar tirado en el suelo ahora mismo, desangrándose. Slade le apunta a Barry y aprieta el gatillo, pero sólo vuelve a disparar en seco.

—Entré hoy temprano mientras estabas en el trabajo —dice Barry—. Cargué las cámaras con casquillos vacíos. Necesitaba ver por mí mismo de lo que eras capaz.

Slade mira en dirección a su dormitorio.

—Ya no hay balas buenas en tu casa, Marcus. Bueno, eso no es exactamente cierto —Barry saca su Glock de la funda de su hombro—. Mi arma está llena de ellas.

El bar está en Mission, una acogedora taberna de madera llamada Monk's Kettle, sus ventanas se empañan por dentro contra la fría y neblinosa noche. Helena le ha hablado de este lugar en al menos tres de sus vidas.

Barry sale de la neblina y se pasa los dedos por el pelo, que está aplastado por la humedad.

Es un lunes por la noche, y tarde, así que el lugar está casi vacío.

La ve sentada al final del bar, sola, encorvada sobre una laptop. Al acercarse, los nervios le atacan mucho más de lo que esperaba.

Su boca se seca, sus manos sudan.

Ella se ve muy diferente de la mujer dinámica con la que pasó seis vidas. Lleva un suéter gris del que un gato o un perro ha sacado cien hilos pequeños, gafas manchadas, e incluso su pelo es diferente, más largo y recogido en una cola de caballo convencional.

Mirándola, es evidente que su obsesión con la silla de la memoria la ha consumido por completo, y le rompe el corazón.

Ella no lo reconoce de ninguna manera mientras él se sienta a su lado.

Él huele la cerveza en su aliento, y debajo de ella, el sutil y elemental olor de su esposa que conocería en cualquier lugar, de entre un millón de personas. Intenta no mirarla, pero la emoción de sentarse a su lado es demasiada. La última vez que vio su cara, estaba clavando la tapa en su ataúd de pino. Y se sienta en silencio a su lado mientras ella escribe un correo electrónico, pensando en todas las vidas que compartieron.

Los momentos encantadores.

Los feos.

Las despedidas, las muertes.

Y los saludos, como éste.

Como las seis veces que ella se acercó a él en ese bar de mierda de Portland cuando tenía veintiún años, se paró a su lado, joven, de ojos brillantes, hermosa e intrépida.

Parece que quieres invitarme un trago.

Él sonríe para sí mismo, porque ella, en este momento, no parece ni remotamente que quiera invitar a un extraño a una copa. Ella parece, bueno, como Helena, hundida profundamente en su trabajo y ajena al mundo.

El camarero se acerca, Barry ordena, y luego está sentado con su cerveza, haciéndose la pregunta del momento: ¿Qué le dices a la mujer más valiente que has conocido, con la que has vivido media docena de vidas extraordinarias, con la que has salvado el mundo, que te ha salvado de todas las maneras imaginables, pero que no tiene ni idea de que existes?

Barry toma un sorbo de cerveza y deja el vaso. El aire se siente cargado eléctricamente, como justo antes de una tormenta. Las preguntas se desbordan en su mente…

¿Me conocerás?

¿Me creerás?

¿Me amarás?

Asustado, exultante, los sentidos se elevan, el corazón palpita, se gira finalmente hacia Helena, quien, sintiendo su atención, lo mira a través de esos ojos verde jade.

Y dice…

Agradecimientos

Nunca podría haber escrito este libro sin el apoyo infinito de mi compañera de creatividad y vida (y a veces de crimen) Jacque Ben-Zekry. Gracias por las mil conversaciones (a menudo en nuestros bares favoritos) sobre esta historia y sus personajes. Gracias por su paciencia cuando, a veces, este libro gobernó nuestras vidas, y por sus indispensables contribuciones editoriales que hicieron que *Recursión* fuera mejor en todos los sentidos.

David Hale Smith, mi agente literario ninja-cowboy-assassin, ha sido mi genial defensor durante nueve años. Hermano, estoy muy agradecido de tenerte en mi vida.

Y por mantenerlo en la familia de Inkwell Management por un momento, choca esos cinco Alexis Hurley, quien es responsable de llevar mis libros al mundo entero, a Nathaniel Jacks por su magnífico y fino trabajo de contratación, y a Richard Pine por tu mano firme en la nave de Inkwell.

Angela Cheng Caplan y Joel VanderKloot... qué puedo decir, aparte de que todos los escritores deberían ser tan afortunados como para tener un equipo como el suyo conduciendo el tanque de batalla a través de la locura de Hollywood.

He estado escribiendo durante mucho tiempo, y nunca he tenido una mejor experiencia editorial que con el equipo de

Crown. Mi editor, Julian Pavia, mi editora, Molly Stern, Maya Mavjee, Annsley Rosner, David Drake, Chris Brand, Angeline Rodriguez, y la extraordinaria publicista, Dyana Messina, son simplemente lo mejor de lo mejor.

Una ovación doble para Julian por desafiarme a hacer esta historia tan grande y sorprendente como merecía ser. Como el lector se merecía. Su compromiso de superar esta novela cuando la presenté por primera vez coincidió con el mío, que es todo lo que un escritor puede pedir a un editor. *Recursión* sería una cáscara hueca sin tu intrépido ojo editorial.

Wayne Brooks de Pan Macmillan en el Reino Unido, estoy encantado de que defiendas mi trabajo al otro lado del charco.

Rachelle Mandik hizo un excepcional trabajo de edición del manuscrito final.

El doctor Clifford Johnson, profesor del Departamento de Física y Astronomía de la Universidad del Sur de California, proporcionó una valiosa información en las etapas finales del manuscrito. Todos los errores, suposiciones y teorías locas son sólo mías.

Éste fue sin duda el libro más difícil que he escrito, y me apoyé más en mis amigos que nunca antes cuando llegó el momento de obtener retroalimentación. Para dar las gracias a esas valiosas personas que proporcionaron notas sobre *Recursión*, y para rendir homenaje a otros amigos y escritores que admiro mucho, algunos de sus homónimos aparecen en el libro de la siguiente manera:

Barry Sutton = el inimitable Barry Eisler, que fue más allá de sus notas y me ayudó a profundizar en el tema del libro en un momento en el que más necesitaba su consejo.

Ann Voss Peters = la encantadora y talentosa Ann Voss Peterson, que ha mejorado muchos de mis libros con su atenta mirada, en particular las motivaciones de mis personajes.

Helena Smith = la escritora británica de thrillers dinámicos, Helen Smith, que por cierto tiene la mejor voz de todo el mundo al jugar Cards Against Humanity.

Jee-woon Chercover = Sean Chercover, el escritor que mejor huele de los que conozco personalmente, y uno de mis seres humanos favoritos.

Marcus Slade = Marcus Sakey, mi hermano de ideas, que ayudó inconmensurablemente en varios hitos en el camino de la escritura de este libro.

Amor Towles = Amor Towles, genial escritor de *Un caballero en Moscú*, mi libro favorito de los últimos cinco años.

Dr. Paul Wilson = el gran doctor F. Paul Wilson, titán de la ciencia ficción y el horror, y abstemio del vino de serpiente.

Reed King = Reed Farrel Coleman, el poeta de cine negro de Long Island y el benévolo padrino de la comunidad de misterio.

Marie Iden = Matt Iden, el novelista de D.C., admirador de *BoJack* (mi perro), y quizás el mayor fan de los Washington Capitals.

Joseph Hart = el brillante novelista de ciencia ficción y el señor de las llanuras del norte de Minnesota, Joe Hart.

John Shaw = Johnny Motherfucking Shaw, dueño de unas de las mejores cejas en el universo conocido, y uno de nuestros mejores escritores de crímenes.

Sheila Redling = Sheila Redling, la maravillosa escritora de West Virginia y una de las personas más divertidas que conozco.

Timoney Rodriguez = Timoney "cool, cool" Korbar, la única no novelista en este grupo, pero una increíble productora/creadora por derecho propio, y un superhumano completo.

Gracias también a Jeroen ten Berge, Steve Konkoly, Chad Hodge, Olivia Vigrabs, Alison Dasho y Suzanne Blue, por tomarse el tiempo de darme su opinión en varias etapas del proceso de escritura.

Abrazos y besos a mis luminosos hijos, Aidan, Annslee y Adeline. Ustedes son todo lo que me inspira.

Y finalmente, alrededor de la Navidad de 2012, Steve Ramirez y Xu Liu, dos neurocientíficos del MIT, implantaron un falso recuerdo en el cerebro de un ratón. El marco general de la "silla de la memoria" de Helena se desprendió de su impresionante logro. Estoy profundamente agradecido a ellos, y a todos los científicos que han dedicado sus vidas a desentrañar el hermoso misterio de nuestra existencia.